Todesengel

Von Ulrike Puderbach

Buchbeschreibung:

In einem Pflegeheim stirbt ein alter Mann - zunächst deutet alles auf einen natürlichen Tod hin, bis einer Praktikantin eine ungewöhnlich aussehende Einstichstelle auffällt. Die Obduktion ergibt Tod durch Vergiftung und so wird das K9 auf den Plan gerufen.

Kommissar Robert Kunz, der mit der Schwangerschaftsvertretung seiner Kollegin ein paar Startschwierigkeiten hat, ahnt nicht, dass dies der Auftakt zu einer Mordserie ist, die das K9 noch einige Zeit in Atem halten wird. Und während Marina Thomas sich auf ihren Nachwuchs vorbereitet, tritt Robert auf der Suche nach dem Mörder eine Reise in die Vergangenheit an, die Unglaubliches zu Tage fördert. Und die Vergangenheit des Täters ist nicht die einzige Vergangenheit, die auf einmal Einfluss auf sein Leben nimmt.

Über die Autorin:

Ulrike Puderbach wurde 1972 in Wuppertal geboren. Nach dem Abitur in Rheinland-Pfalz und einer technischen Ausbildung studierte sie Sprachpädagogik an der Johannes-Gutenberg-Universität in Mainz.

Ihre Leidenschaft war von jeher das Schreiben und nach der Veröffentlichung eines Lehrwerks für technisches Englisch war "Eiskalte Erinnerung" ihr erster Kriminalroman. Inzwischen sind mit "Blinder Hass", "Abpfiff", "Bittere Vergeltung", "Mord im Eifelpark" und "Todesengel" fünf weitere Romane um die Kommissare aus Hannover und das Kinderbuch "Der Schängel-Schatz" dazu gekommen.

Heute lebt sie mit ihrem erwachsenen Sohn in einem kleinen Ort im Westerwald und arbeitet hauptberuflich als Technische Redakteurin. In ihrer Freizeit treibt sie Sport, liest Krimis und historische Romane, fotografiert und fährt ehrenamtlich im Rettungsdienst.

Dieses Buch ist ein Roman. Handlungen und Personen sind frei erfunden. Ähnlichkeiten mit lebenden oder toten Personen sind rein zufällig und nicht gewollt.

Todesengel

Der sechste Fall für Robert Kunz

Von Ulrike Puderbach

1. Auflage, Juli 2019

Neuauflage, Juni 2024

© Ulrike Puderbach – alle Rechte vorbehalten.

Herstellung und Verlag: BoD – Books on Demand, Norderstedt
ISBN: 9783744856621

Prolog

Heute war die Schule früher aus als geplant. Die Doppelstunde Chemie in der fünften und sechsten war ausgefallen, denn der Lehrer hatte die Grippe. Alle anderen Kinder hatten gejubelt, sich ihre Rucksäcke und Taschen geschnappt und waren aus dem Klassenzimmer gestürmt. Es war ein milder Spätsommertag und die letzten Sonnenstrahlen lockten zum Eis essen oder bummeln durch die Stadt. Sie wollte eigentlich gar nicht nach Hause, hatte aber natürlich vorgegeben, sich über den frühen Schulschluss zu freuen, denn als Streber und Spielverderber wollte sie schließlich auch nicht gelten.

Jetzt ging sie mit schleppenden Schritten die Straße entlang, die zu dem großen Wohnhaus führte, in dem sie mit ihrer Mutter wohnte und wo auch die aktuellen Lebensabschnittsgefährten ihrer Mutter ein- und ausgingen. Auch wenn sie für diese neudeutschen Begriffe nichts übrig hatte, im Falle ihrer Mutter traf das Wort Lebensabschnittsgefährte genau zu.

Es war eine kleine Dreizimmerwohnung in einer anonymen Gegend – eine der Gegenden, in denen sich niemand für den anderen interessierte. Gesichts- und namenlose Nachbarn kamen und gingen, manche waren von heute auf morgen verschwunden, andere wohnten länger dort, aber das Leben spielte sich ausschließlich hinter verschlossenen Türen ab.

Sie hatte den Eingang erreicht und schaute auf ihre Armbanduhr, die eine letzte Erinnerung an ihren Vater war. Er hatte sie mit ihr zusammen in der Stadt ausgesucht – eine Woche, bevor er sich das Leben genommen hatte. Er war ein wundervoller und sensibler Mensch gewesen und mit Sicherheit hatte er ein schlechtes Gewissen dabei gehabt, sie alleine zurückzulassen. Denn jetzt war sie alleine. Die Interessen ihrer Mutter galten in erster Linie ihrem eigenen Vergnügen und ihren zahlreichen Affären mit reichen, allerdings auch fast immer verheirateten Männern, von denen sie sich stets die große Liebe und ein besseres Leben erhoffte. Natürlich wollte keiner der Männer, die bei ihnen zu Hause auftauchten, eine ernsthafte Beziehung mit ihrer Mutter. Sie alle waren auf den schnellen Sex und das Abenteuer aus, die sie sich gerne ein paar schicke Klamotten und ein Taschengeld kosten ließen. Nach ein paar Wochen, in denen sie ihrer Mutter die ganz großen Gefühle vorgegaukelt hatten, verschwanden sie dann so plötzlich wieder, wie sie aufgetaucht waren. Ihre Mutter blieb dann enttäuscht zurück, heulte, fluchte und schimpfte auf alle Männer, behauptete, nie wieder etwas mit einem Kerl zu tun haben zu wollen – doch kurz darauf fand sie die nächste große Liebe und alles begann von neuem. So war es auch schon gewesen, als ihr Vater noch gelebt hatte, bis er irgendwann die endlosen Demütigungen durch sie nicht mehr ausgehalten hatte. Er war depressiv geworden, hatte Tabletten genommen und es irgendwann nicht mehr aus einem Schub heraus geschafft. Eine Woche nach ihrem zwölften Geburtstag war er abends in eine abgelegene Pension gefahren, hatte ihr einen langen Abschiedsbrief geschrieben, in dem er sich bei ihr entschuldigte, und dann eine Packung Benzodiazepine geschluckt, die er mit einer Flasche Wodka heruntergespült hatte.

Sie dachte kurz darüber nach, wie surreal es war, dass sie in ihrem Alter wusste, was Benzodiazepine waren, während andere Mädchen gerade eine vage Ahnung davon hatten, wozu die Anti-Baby-Pille gut war.

Am nächsten Morgen hatte die Putzfrau ihn gefunden – es war zu spät gewesen, sein Herz hatte bereits seit mehreren Stunden aufgehört zu schlagen. Sie hatte gewusst, dass etwas nicht stimmte, als sie aus der Schule nach Hause kam und den Polizeiwagen unten vor dem Haus stehen gesehen hatte. Eine dunkle Ahnung hatte sich wie ein schwarzer Schatten über ihre Seele gelegt und drohte sie auf dem Weg nach oben in die Wohnung zu ersticken. Wie ein bleiernes Band legte sich die Angst um ihre Brust und zog sich immer enger zu. Die Tür zur Wohnung stand offen und sie blieb stehen, unschlüssig, ob sie den Fuß über die Schwelle setzen sollte, als ein junger Polizist ihr entgegentrat. Er gab sich wirklich viel Mühe, ihr die bittere Wahrheit möglichst schonend beizubringen, doch sie hatte geweint, geschrien und getobt. Der eiligst herbeigerufene Rettungsassistent hatte sie vorsichtig weggeführt und so lange im Arm gehalten, bis der Notarzt ihr ein Beruhigungsmittel spritzte und sie sofort einschlief. Als sie in der Klinik erwachte, saß ihre Tante an ihrem Bett. Sie musste noch eine ganze Weile in der Klinik bleiben, denn die Weinkrämpfe und Panikattacken kamen fast jede Nacht. Nach zwei Wochen nahm ihre Tante sie mit zu sich nach Hamburg, wo sie weitere sechs Wochen blieb, bis sich ihre Mutter plötzlich wieder an ihre Existenz erinnerte und darauf bestand, dass sie zurück zu ihr nach Hannover zog. Sie hatte lange Zeit nicht verstanden, woher das plötzliche Interesse an ihr kam – bis irgendwann in einem Gespräch zwischen ihrer Tante und ihrer Mutter das Wort Halbwaisenrente fiel. Da verstand sie – es ging nicht um sie, es ging lediglich ums Geld.

Alle diese Erinnerungen gingen ihr durch den Kopf, als sie leise die Wohnungstür aufschloss und eintrat. Aus dem Schlafzimmer hörte sie Geräusche – Kichern und Stöhnen. Angewidert schüttelte sie den Kopf, stellte den Rucksack leise unter der Garderobe ab und verließ die Wohnung so lautlos, wie sie sie betreten hatte. Sie ging nach unten auf den Spielplatz und legte sich in das Vogelnest, in dem sie auf dem Rücken liegend leicht schaukelnd den Himmel betrachtete und ihren Gedanken nachhing. Noch knapp sechs Jahre, dann war sie volljährig und konnte diese Wohnung ein für alle Mal verlassen - und sie würde nie zurückkehren, so viel stand fest. Sie wusste nicht, wie lange sie tief in Gedanken versunken vor sich hingeschaukelt hatte, als eine Stimme sie zurück in die Wirklichkeit holte.

„Hej, was machst du denn schon hier? Früher Schule ausgehabt?", es war Max, der in einem der Nachbarhäuser mit seinen Eltern wohnte und ihr einziger richtiger Freund war. Max war ein Jahr älter als sie und ging auf dasselbe Gymnasium wie sie, allerdings schon in die siebte Klasse.

„Ja, Chemie ist ausgefallen, der Hausmann hat die Grippe", antwortete sie, während sie sich aufsetzte.

„Was machst du denn heute noch?", wollte er wissen.

Sie zuckte mit den Schultern. „Keine Ahnung."

Max schaute sie lange und intensiv an. „Du willst nicht nach Hause, hab ich Recht?"

Er war der Einzige, der von den Zuständen bei ihr zu Hause wusste, auch wenn er ihr nicht wirklich helfen konnte. Er lud sie, so oft es ging, zu sich nach Hause ein, damit sie ihrem tristen Dasein entfliehen konnte.

Und sie nahm diese Einladungen gerne an, denn bei Max zu Hause war es gemütlich.

„Wenn du Lust hast, komm doch mit hoch, meine Mum hat sowieso wieder viel zu viel gekocht."

Sie lächelte ihn scheu an. „Wird das deinen Eltern nicht zu viel, wenn ich so oft bei euch bin?" Er schüttelte lachend den Kopf, seine stahlblauen Augen blitzten und neben seinen Mundwinkeln bildeten sich Grübchen. Ein warmes Gefühl breitete sich in ihrem Magen aus und sie stemmte sich aus dem Vogelnest hoch. Erleichtert folgte sie ihm in die Wohnung, wo Max' Mutter mit einem Küchenhandtuch im Bund ihrer Jeans am Herd stand und Bratkartoffeln in einer Pfanne wendete.

Sie drehte sich um. „Hallo Laura, schön dich zu sehen", aus ihrer Stimme strahlte Wärme und Herzlichkeit, „du bleibst doch zum Essen." Das war keine Frage, sondern eine Feststellung. „In zehn Minuten können wir essen."

Max brachte seine Schultasche in sein Zimmer, Laura folgte ihm und nebeneinander ließen sie sich auf seine Schlafcouch fallen.

„Was ist los mit dir?" Max hatte ein sicheres Gespür dafür, wenn Laura etwas bedrückte.

„Ach, es ist nichts Besonderes. Immer wieder das gleiche halt. Gerade als ich aus der Schule nach Hause kam, war sie wieder mit ihrem neuen Lover im

Schlafzimmer zugange. Jedes Mal, wenn ich das höre, dann kommt mir alles hoch."

Max legte ihr die Hand auf den Arm. „Kann ich gut verstehen. Aber sie wird es nicht ändern – egal, wie sehr du dich aufregst."

„Ich werde, wenn ich erwachsen bin, niemals heiraten und ich will auch nichts mit Männern zu tun haben", sagte sie entschlossen und blickte ihren besten Freund an.

Max tat entrüstet. „Wie auch nicht mit mir?"

Sie lachte. „Mit dir ist es doch was Anderes – du bist mein bester Freund."

„Weißt du was", begann Max und blickte sie mit einem verschmitzten Grinsen an, „wenn wir erwachsen sind, heiraten einfach wir beide. Dann muss sich keiner von uns mit einem anderen Partner rumschlagen."

„Das ist doch nicht dein Ernst?", fragte Laura entgeistert. „Du bist mein Freund, ich kann dich nicht heiraten."

„Natürlich kannst du." Max ließ sich nicht beirren. „Deal?" Er streckte seiner besten Freundin die Hand hin.

Sie zögerte noch einen kurzen Moment, dann ergriff sie seine warme, trockene Hand. „Deal", antwortete sie.

„Essen ist fertig", klang die Stimme von Max' Mutter aus dem Flur.

„Komm, vergiss es einfach für eine Weile, die Bratkartoffeln meiner Mutter sind es definitiv wert."

Sie lächelte ihn ein wenig schief an, folgte ihm aber dann in die Küche. Nach einem schönen Nachmittag ging sie am frühen Abend nach Hause, hoffend dass die neueste Affäre ihrer Mutter nicht mehr da war.

Sie schloss die Tür auf, hörte die Stimmen aus dem Wohnzimmer und wusste, dass sie sich getäuscht hatte. Leise schlich sie in ihr Zimmer und legte sich mit einem Buch auf ihr Bett. Irgendwann zog sie sich aus und legte sich schlafen. Sie hatte den ganzen Tag kein Wort mit ihrer Mutter gewechselt, aber es war auch egal. Sie interessierte sich sowieso nicht für sie. Sie schlief ein und hatte bereits tief und traumlos geschlafen, als sie hochschreckte. Ihre Zimmertür knarrte schon länger und bis jetzt war sie nicht dazu gekommen, sie zu ölen. Eine dunkle Gestalt schob sich in ihr Zimmer und, noch bevor sie einen Laut von sich geben konnte, legte sich eine Hand über ihren Mund.

„Halt die Klappe, dir wird keiner helfen." Er drängte sie zurück in die Kissen und schob seine freie Hand gierig unter ihr T-Shirt, unter dem sich die ersten sanften Rundungen ihrer Brüste abzeichneten. Entsetzen machte sich in ihr breit, als sie erkannte, was er vorhatte. Sie kniff die Oberschenkel zusammen, als er sich über sie legte, doch gegen den erwachsenen Mann und seine Kräfte hatte sie nicht den Hauch einer Chance. Mit seinem Knie drückte er ihre Beine auseinander, schob den Slip beiseite und dann folgte der furchtbarste Schmerz, den sie sich vorstellen konnte, als er wuchtig in sie eindrang. Sie hatte das Gefühl, er würde ihren Unterleib auseinanderreißen, doch bevor sie einen Laut von sich geben konnte, war die Hand wieder über Mund und Nase und sie hatte Angst, er würde sie auch noch ersticken. Ungeduldig bewegte er sich in ihr, jede Bewegung brannte wie flüssiges Feuer, bis er endlich ejakulierte. Er zog sich aus ihr zurück, wischte seinen Penis ab und verschwand ohne ein weiteres Wort aus ihrem Zimmer. Erst nach einer gefühlten Ewigkeit hatte sie den Mut, das Licht anzumachen und die Decke zurückzuschlagen. Auf dem Laken zwischen ihren Beinen war Blut, ihr ganzer Körper schmerzte und sie fühlte sich schmutzig. Als sie sicher war, dass alle fest schliefen, stand sie leise auf, ging ins Bad, stellte sich unter die Dusche und schrubbte, bis ihre Haut krebsrot war und das Brennen am ganzen Körper das Brennen zwischen ihren Beinen überwog. Sie zog das Bettzeug ab und legte sich wieder hin – das Grauen immer noch in ihrem Kopf.

Vier Wochen später war dieses Grauen Teil ihres Alltags geworden. Fast jede Nacht kam der neue Freund ihrer Mutter zu ihr und der Versuch, sich ihr anzuvertrauen, war kläglich gescheitert. Das Schlimmste war, dass ihre Mutter davon wusste und es duldete, nur um ihre Affäre zu behalten. Sie hatte ihre Tochter einfach für ihre eigenen Bedürfnisse verkauft. Jetzt war sie endgültig allein auf dieser Welt.

16. Oktober 2017 – Montag, 16:50 Uhr

Anna stand in der Küche, als sie die Haustür ins Schloss fallen hörte. Sie hatte schon mittags Feierabend gemacht und für Robert und sich ein leckeres Abendessen gekocht. Tom und Hanno hatten sich mit Pauline verabredet, die während der Herbstferien ihre Eltern in den USA besucht hatte. Die beiden Jungen hatten eine Woche Partyurlaub am Ballermann hinter sich; Anna war zunächst nicht so richtig begeistert gewesen, aber Robert hatte sie beruhigt und ihr gesagt, dass der Junge mit 18 ruhig mal eine Woche nach Mallorca fliegen könne. Sie hatte zugestimmt, schweren Herzens, aber jetzt musste sie zugeben, dass sie die Woche ungestörter Zweisamkeit ziemlich genossen hatte. Die Zeit hatte ihnen beiden und ihrer Beziehung gutgetan und sie wollte Robert heute Abend ein wenig von dem zurückgeben, was er in den letzten Jahren für sie getan hatte. Außerdem war heute Marinas letzter Arbeitstag im Präsidium gewesen. Mit dem Resturlaub des Jahres hatte sie sich heute in den Mutterschutz verabschiedet. Sie hatte eine dunkle Ahnung, dass ihm das wesentlich mehr zu schaffen machen würde, als er bis jetzt zugegeben hatte. Marina war über Jahre hinweg seine Partnerin und auch beste Freundin gewesen.

Er betrat die Küche und blieb in der Tür stehen.

„Habe ich irgendetwas vergessen – Geburtstag, Namenstag, Hochzeitstag?", er klang müde und abgespannt. Anna trat vor ihn, verschränkte die Arme in seinem Nacken und küsste ihn auf den Mund. Er erwiderte den Kuss und vergrub dann die Nase in ihren kupferfarbenen Locken, deren Duft ihm immer ein Trost war.

„Du hast nichts vergessen", beruhigte sie ihn, „ich wollte nur den Abend für uns nutzen, weil die Jungs nicht da sind."

Er hielt sie weiter fest umschlungen und ihre Ahnung bestätigte sich. „Es ist Marinas Abschied", stellte sie fest, sie brauchte nicht zu fragen. Er seufzte. Er wusste nicht, wie er seine Gefühle beschreiben sollte.

Sie zog ihn mit sich an die Küchentheke. „Jetzt essen wir erstmal", sie entkorkte eine Flasche Wein und drückte ihn auf einen der Hocker. Er schaute seiner Frau zu, wie sie den Rosé-Wein in die Gläser goss und sich dann ihm gegenüber hinsetzte. Er konnte nicht anders – auch wenn er sich hundeelend fühlte, weil er Marina schon jetzt vermisste – er musste lächeln.

„Du bist einfach unglaublich." Und dann war es plötzlich ganz einfach, darüber zu reden. „Ich hätte nicht gedacht, dass es mir so viel ausmacht, aber als sie sich heute verabschiedet hat, da habe ich mich gefühlt, als würde ein Teil von mir zur Tür rausgehen. Sieben Jahre und auf einmal stehe ich allein da. Ich weiß, dass sich das total bescheuert anhört, aber so fühle ich eben."

Anna umschloss seine Hände mit ihren. „Tut es nicht, es ist doch ganz normal." Sie grinste verschmitzt. „Immerhin verbringt ihr Polizeibeamte mehr Zeit mit euren Partnern als mit euren Familien."

„Tun wir gar nicht", wollte er empört protestieren, als er merkte, dass sie ihn nur auf den Arm genommen hatte. Er küsste nacheinander alle ihre Fingerspitzen, als vom Herd ein verräterisches Zischen kam.

„Essen ist fertig", sie stand auf und füllte die Teller an der Anrichte. Sie aßen und Robert merkte, wie er sich langsam entspannte, auch wenn er immer noch Angst vor dem ersten Tag im Büro ohne seine langjährige Partnerin hatte. Nach dem Essen verbrachten sie den Rest des Abends auf der Couch vor dem Fernseher. Sie tranken die Flasche Wein aus und gingen dann zu Bett. Tom und Hanno hatten beim Nachhausekommen nur kurz den Kopf durch die Tür gesteckt und sich dann direkt in ihre Zimmer verzogen. Um halb elf gingen sie auch nach oben, Robert kuschelte sich fest an seine Frau und vergrub sein Gesicht an ihrer Schulter. Sie hielt ihn einfach fest, bis seine tiefen gleichmäßigen Atemzüge ihr verrieten, dass er eingeschlafen war.

16. Oktober 2017 – Montag, 21:40 Uhr

Er lag in seinem Bett und starrte die Decke an. Seit er in dem Pflegeheim untergebracht war, waren seine Tage ein eintöniger Brei aus immer wieder demselben Ablauf. Morgens um sechs Uhr wurden sie geweckt, dann half die Pflegerin ihm beim Waschen und Anziehen und nach dem Frühstück verbrachte er seinen Vormittag in seinem Sessel am Fenster, bis es dann um halb zwölf Mittagessen gab. Dann die Mittagsruhe. Danach saß er vor dem Fernseher und wartete, dass es Abend wurde. Besuch bekam er keinen und in seinen lichten Momenten ging es ihm manchmal durch den Kopf, dass das hier kein lebenswertes Leben mehr war. Sein ganzes Geld nützte ihm hier nichts mehr – er konnte sich zwar das teuerste Pflegeheim der Stadt leisten, aber Zuneigung konnte man eben mit Geld nicht kaufen. In seinen jüngeren Jahren hatte er alles mitgenommen, was das Leben ihm zu bieten hatte – zahlreiche Affären, während seine Frau in der luxuriösen Wohnung saß und auf ihn wartete. Er war ein erfolgreicher Unternehmensberater gewesen und mit seinem Geld hatte er alles bekommen und wenn er es nicht freiwillig bekam, hatte er es sich genommen. Irgendwann war dann seine Frau mit dem Kind verschwunden gewesen. Sie hatte keinen Abschiedsbrief hinterlassen und auch nur das

Nötigste mitgenommen. Er hatte weder sie noch seinen Sohn danach je wiedergesehen. Besonders um seinen Sohn tat es ihm leid. Er hätte gerne gewusst, was heute aus dem Jungen geworden war. Offensichtlich hatten die beiden ihre Namen geändert, denn er hatte sie suchen lassen, sie aber nicht gefunden. In seinem Testament hatte er seinen Sohn, der inzwischen Anfang dreißig war, als Alleinerben eingesetzt und den Notar, bei dem er es hinterlegt hatte, damit beauftragt, ihn zu finden. Gutmachen konnte er die Fehler seiner Vergangenheit nicht mehr, aber der Junge sollte wenigstens finanziell abgesichert sein.

Einer der wenigen Lichtblicke in seinem Alltag war die Praktikantin, die seit einigen Wochen ihren Dienst im Pflegeheim versah. Eine junge Frau, vielleicht Anfang zwanzig, die diesen Beruf offensichtlich aus purem Idealismus lernen wollte. Oder sie war einfach noch nicht von der Bürokratiemühle verdorben worden – einer Mühle, die von unmenschlichen Patientenschlüsseln und Zeitnot bestimmt wurde, in der menschliche Nähe und die Wertschätzung des Lebens völlig untergingen. Selbst wenn er sich ein Pflegeheim leisten konnte, in dem der monatliche Unterhalt eine fünfstellige Summe kostete, so hatte auch hier niemand wirklich Zeit für die Patienten. Linda, die junge Frau, war da ganz anders. Sie fragte immer, ob sie noch etwas für ihn tun könne oder blieb einfach mal ein paar Minuten, um sich mit ihm zu unterhalten – an seinen guten Tagen erzählte er ihr von seiner Firma und seinem Job, an den weniger guten las sie ihm manchmal etwas aus der Zeitung vor, auch wenn sie nie sicher sein konnte, dass es auch zu ihm durchdrang. Sie war mittelgroß und schlank mit schulterlangen braunen Haaren und rehbraunen Augen und das besondere an ihr war, dass sie immer für jeden ein Lächeln oder ein freundliches Wort übrighatte. Mit diesen Gedanken schlief er irgendwann ein.

17. Oktober 2017 – Dienstag, 07:50 Uhr

Robert stieß die Tür zu seinem Büro mit dem Fuß auf, denn er hatte eine Platte mit belegten Brötchen dabei. Wenn er sich schon mit einem neuen Kollegen abgeben musste, dann wollte er wenigstens seinen Teil zu einem guten Start beitragen. Dennis Winterberger hieß Marinas Vertretung, war 29 Jahre alt und hatte die Polizeischule mit ausgezeichneten Noten in allen Bereichen abgeschlossen. Auch wenn das natürlich noch keinen guten Polizisten ausmachte – er hatte beschlossen, dem Kollegen eine Chance zu geben. Er war nicht der Erste im Büro, wie er gehofft hatte. An Marinas Schreibtisch – und das versetzte ihm ungewollt einen Stich in der Magengegend – saß bereits der neue Kollege und nichts sah mehr im Geringsten so aus wie noch gestern Nachmittag.

,Reiß dich zusammen', ermahnte Robert sich in Gedanken. ,Gib ihm eine Chance.'

Laut sagte er: „Guten Morgen, Robert Kunz", er stellte die Platte mit den Brötchen auf dem kleinen Tisch unter dem Fenster ab und streckte dem Kollegen die Hand entgegen, „du musst der neue Kollege sein."

Winterberger zog abschätzend die Augenbrauen hoch und ergriff die dargebotene Hand. Sein Händedruck war kalt, Robert hatte eine Sekunde lang das

Gefühl, einen nassen glitschigen Fisch in der Hand zu haben.

„Aber ich bevorzuge das Sie – auch unter Kollegen, wenn es Ihnen nichts ausmacht."

„Natürlich nicht, Herr Winterberger", erwiderte Robert mit einem Pokerface, das nichts von seinen wahren Gefühlen verriet. Er dachte sich: ‚Na, das kann ja heiter werden', bevor er einen neuen Versuch der Kontaktaufnahme startete. „Ich habe mir erlaubt, zum ersten Arbeitstag etwas zum Frühstück mitzubringen."

Er befüllte die Kaffeemaschine, drückte auf den Knopf und lauschte dem Geräusch des durchlaufenden Kaffees, während sich im Büro der Duft ausbreitete. In diesem Moment öffnete sich die Tür erneut und Kommissariatsleiter Schulte trat ein – in der einen Hand eine Flasche Sekt, in der anderen drei Gläser.

„Einen wunderschönen guten Morgen", begrüßte er sein neues Team und stellte die Gläser neben die Brötchen auf den kleinen Tisch. „Dann können wir ja direkt anstoßen."

„Alkohol im Dienst ist aber gegen die Vorschrift", sagte der neue Kollege, ohne den Gruß zu erwidern. Robert und Schulte tauschten einen Blick, der Bände sprach.

„Das", Robert dehnte das A endlos und zog in der für ihn so typischen Art die eine Augenbraue hoch, „ist unser neuer Kollege. Darf ich vorstellen – Herr Winterberger. Herr Winterberger bevorzugt das ‚Sie' im Dienst."

Schulte zog für einen kurzen Augenblick die Augenbrauen nach oben, zuckte dann aber gleichmütig mit den Schultern. „Jedem das Seine."

Er streckte Winterberger die Hand hin, wie zuvor auch Robert – was hinter seiner Stirn vorging, konnte ja niemand sehen. Insgeheim dachte auch er, dass das hier eine Menge Potential für Konflikte barg, denn die Spannung, die zwischen Robert und dem neuen Kollegen im Raum stand, ließ sich förmlich mit den Händen greifen.

‚Wahrscheinlich bin ich einfach verwöhnt, weil ich jahrelang ein Dream-Team in diesem Büro sitzen hatte', ging es ihm durch den Kopf. „Na, dann wollen wir mal frühstücken und mit **alkoholfreiem** Sekt", er betonte das Wort überdeutlich, „auf gute Zusammenarbeit anstoßen." Er öffnete die Flasche und schenkte ein.

„Kann ich Sie gleich mal kurz unter vier Augen sprechen?", raunte Robert ihm zu, als er ihm die Platte mit den belegten Brötchen reichte.

„Natürlich, aber ich weiß, was Sie mir sagen wollen, nur – ich kann es nicht ändern." Sie aßen schweigend, ein Gespräch wollte nicht zustande kommen. Robert dachte mit Grauen an die nächsten Monate, bis Marina wieder an seiner Seite arbeiten würde.

„Ich habe mit Kommissar Kunz noch etwas zu besprechen", wandte sich Schulte schließlich an den neuen Kollegen. „Vielleicht machen Sie sich schon einmal mit den laufenden Fällen vertraut, allzu viel ist im Moment ja im K9 nicht zu tun. Aber", und mit diesem Satz wandte er sich an beide Kollegen, „das gibt uns die Gelegenheit, hier endlich einmal Ordnung in die liegengebliebenen Akten zu bringen."

Er konnte sich ein kleines Lächeln nicht verkneifen, denn es gab nicht einen Ermittler, der diese Arbeit nicht hasste wie die Pest und jeder war froh, wenn ein neuer Fall hereinkam, der dann das Ende dieser eintönigen und verhassten Arbeit bedeutete.

„Ich habe heute Morgen bereits begonnen", beeilte Winterberger sich, dienstbeflissen zu sagen.

„Streber", murmelte Robert, als sie den Raum verließen, um in Schultes Büro zu gehen. Kaum hatte dieser die Tür hinter sich geschlossen, platzte es aus Robert heraus. „Der Typ hier geht gar nicht, mit dem halte ich es keine Sekunde länger aus. Spätestens wenn der sich beim nächsten Fall so benimmt, dann bringe ich ihn um."

Schulte wies auf den Stuhl gegenüber seinem Schreibtisch, Robert ließ sich mit einem Seufzer darauf fallen und streckte seine langen Beine vor sich aus.

Schulte schaute ihn einen Moment lang an, dann seufzte er tief. „Ich kann Sie ja verstehen", gab er zu, „der erste Eindruck war nun wirklich nicht besonders. Aber seine Bewertungen und Zeugnisse von den anderen Dienststellen waren alle einwandfrei."

„Wahrscheinlich war das deren einzige Möglichkeit, ihn auf elegante Art loszuwerden", grummelte Robert. „Das kennt man doch. Wenn er sich nichts zuschulden kommen lässt, dann wird man so einen Kollegen nur auf eine Art und Weise los – man lobt ihn weg. Und jetzt haben wir ihn am Hals und loswerden können wir ihn nicht."

Über Schultes Gesicht zuckte ein kleines verstohlenes Grinsen. „Also werden Sie sich den Kollegen zurechtbiegen. Er wird sich schon an die Methoden hier im K9 gewöhnen."

Robert schaute seinen Chef erstaunt an. „Das haben Sie mir aber jetzt nicht ernsthaft ans Herz gelegt?", wider Willen musste auch er grinsen. Auch wenn er der Situation nicht viel Gutes abgewinnen konnte, dann blieb ihm wohl nichts anderes übrig als Schultes Idee zu versuchen. „Versuchen können wir es ja", sagte er und fühlte sich ein wenig besser dabei, „aber Ihnen ist schon bewusst, dass das ein hartes Stück Arbeit wird."

„Oh ja", bestätigte Schulte, „aber mit Sicherheit auch kein Spaß für den Kollegen." Der Zug um seinen Mund hatte ein bisschen etwas Diabolisches und Robert musste lächeln.

„Dann mal auf in den Kampf. Als Erstes werde ich den lieben Kollegen mal in die Praxis des Aufarbeitens von Akten einführen – davon sind in den letzten Monaten nämlich genug liegengeblieben." Er stand auf, zwinkerte Schulte ein letztes Mal beim Herausgehen zu und machte sich auf den Weg zurück ins Büro. Dann sollte der gute Herr Winterberger doch einmal die Polizeiarbeit von einer ganz anderen Seite kennenlernen.

17. Oktober 2017 – Dienstag, 09:30 Uhr

„Guten Morgen, Herr Zimmermann", die Pflegerin stieß die Tür zum Zimmer des alten Mannes auf, „jetzt ist es aber langsam Zeit zum Aufstehen."

Sie blieb verwundert stehen, denn am Bett des Mannes brannte kein Licht.

„Herr Zimmermann?", sie trat vorsichtig an das Bett heran. Der Mann lag ruhig und friedlich da – zu ruhig und zu friedlich. Ihr stockte der Atem, sie legte vorsichtig zwei Finger an den Hals des Mannes, doch nach dem Puls brauchte sie nicht mehr zu tasten, seine Haut war schon eiskalt. Entsetzt wich sie zurück und lief auf den Gang, denn das war ihr erster Toter, auch wenn der Tod im Pflegeheim ein ständiger Begleiter war. Doch Herr Zimmermann war zwar im Anfangsstadium dement gewesen, aber körperlich in sehr gutem Zustand. Der Arzt wurde gerufen, sagte aber, dass er erst in zwei bis drei Stunden da sein könne, weil die Lebenden schließlich Vorrang vor den Toten hätten. Recht hatte er, doch es klang schon pietätlos.

Lena, die Praktikantin, kam in das Schwesternzimmer und schaute sich verwundert um. „Was ist denn hier los?" Sie erklärten es ihr und die junge Frau war wirklich geschockt. Sie ging in das Zimmer des toten Mannes, um sicherzugehen, dass wirklich kein Irrtum vorlag. Sie schlug die Decke ein wenig zurück und schob die Ärmel über den steifen kalten Armen hoch. Als sie den Pyjama schon wieder herunterschieben wollte, fiel ihr am rechten Arm ein dunkler Fleck auf. Es sah auf den ersten Blick aus wie ein normaler Bluterguss, doch irgendwie kam es ihr komisch vor. Sicher, dass ihr sowieso keiner glauben würde, zog sie ihr Handy aus der Tasche und machte drei Fotos von dem seltsamen Fleck. Sie zog die Ärmel vorsichtig wieder herunter, deckte den alten Mann wieder zu und verließ nach einem letzten Blick auf den Mann leise das Zimmer.

Zwei Stunden später kam dann endlich der herbeigerufene Arzt. Er überprüfte die Vitalfunktionen, die ja schon seit Stunden nicht mehr vorhanden waren, und unterschrieb den Totenschein. Als Todesursache trug er „Herzversagen" ein. Für ihn war ein natürlicher Tod selbstverständlich, den seltsamen Fleck hatte er gar nicht zur Kenntnis genommen. Sie überlegte kurz, den Arzt oder die Heimleitung darauf anzusprechen, verwarf den Gedanken aber wieder. Wer würde einer kleinen Praktikantin schon glauben? Davon abgesehen war es nirgendwo gern gesehen, wenn in einem Pflegeheim ermittelt wurde. Das wirbelte immer Staub auf und gab negative Publicity. Und die konnte kein Pflegeheim gebrauchen. Wahrscheinlich würde sie ihren Job verlieren, also verwarf sie den Gedanken wieder. Wer sollte schon einem netten alten Rentner wie Herrn Zimmermann etwas antun wollen? Vielleicht hatte sie ja auch einfach nur Gespenster gesehen? Sie verbannte die Gedanken aus ihrem Kopf und ging zurück an ihre tägliche Arbeit.

17. Oktober 2017 – Dienstag, 12:30 Uhr

Seit Stunden arbeiteten Robert und der neue Kollege Dennis Winterberger nun die alten Akten auf, die während der letzten Ermittlungen liegengeblieben waren. Winterberger schaffte es tatsächlich, stundenlang ohne Unterbrechung auf den Bildschirm zu starren, ohne auch nur ein einziges Wort zu sprechen oder auch nur einmal aufzusehen. Robert hatte das Büro zwischendurch zweimal verlassen – das erste Mal, um mit Marina zu telefonieren, die sich zu Hause zu Tode langweilte und das zweite Mal einfach nur, weil ihn die lärmende Stille schier wahnsinnig machte. Natürlich erzählte er Marina nicht, wie grausam ihre Vertretung war und wie sehr er sich seine Kollegin zurücksehnte. Das hätte diese zum Anlass genommen, innerhalb der nächsten Viertelstunde in der Tür zu stehen. Irgendwann, wenn sie sich an das zu Hause sein gewöhnt hatte, würde er ihr von dem furchtbaren Kollegen erzählen. Selbst als er zum zweiten Mal das Büro verließ, hatte Winterberger noch nicht einmal aufgesehen. Robert war ziellos durch das Präsidium gestreift und dann auf eine Tasse Kaffee bei den Kollegen vom OK gelandet. Die hatten immer etwas Interessantes zu erzählen und sie hatten erst vor etwas mehr als einem Jahr zusammengearbeitet, als sie die illegalen Wettbetrüger hatten hochgehen lassen, die seinen Freund Dominik fast umgebracht hatten. Er schauderte bei dem Gedanken an diese unschöne Episode, aber letzten Endes war doch alles gut ausgegangen. Und auch wenn Nießen und er nicht immer auf einer Wellenlänge gelegen hatten, so hatte er ihn doch als guten und ehrlichen Kollegen schätzen gelernt.

„Sag mal, warum bist du denn eigentlich jetzt wirklich hier?", wollte Nießen wissen, der nach dem Betrugsfall und dem unrühmlichen Ausscheiden von Kommissar Schmidt, der jetzt ja im Gefängnis saß, auch einen neuen recht jungen Kollegen bekommen hatte. Allerdings war Jörg Altfeld ein überaus sympathischer Kollege, der sich als sehr teamfähig erwiesen und sich schnell in die neue Abteilung eingefügt hatte. „Kaffee gibt es in eurem Büro ja wohl auch, dafür musst du nicht extra zu uns kommen. Oder ist dir einfach nur langweilig, weil in Hannover aktuell nicht gemordet wird?"

„Langweilig im gewissen Sinne schon, weil wir uns schon den ganzen Morgen durch endlose Berge von Akten wühlen. Aber seit heute ist Marina ja offiziell im Mutterschutz und der neue Kollege ist da – und er ist furchtbar."

Nießen und Altfeld brachen in schallendes Gelächter aus.

„Ja ja, Schadenfreude ist die schönste Freude", brummte Robert. „Aber ihr habt ja absolut keine Ahnung, was die mir für einen Korinthenkacker ans Bein gebunden haben."

„Erzähl", forderte Nießen ihn auf und Robert ließ sich nicht zweimal bitten. Er schilderte seine erste Begegnung mit dem neuen Kollegen in den schillerndsten Farben und war sich auch nicht zu schade, ein wenig zu übertreiben.

Als er geendet hatte, wischten die beiden Kollegen sich die Lachtränen aus dem Gesicht. „Unser Beileid, da hast du es ja richtig bescheiden erwischt."

Die drei saßen noch eine Weile zusammen, unterhielten sich über die aktuellen Fälle der letzten Wochen, bis Robert aufstand und meinte, er müsse nun doch einmal zurück zu den Akten.

Den Rest des Arbeitstages verbrachte er mit dem neuen Kollegen und den alten Akten und im Gegensatz zu sonst, war er froh, als es endlich 16:30 Uhr war und er sich auf den Weg nach Hause machen konnte. Mit einem knappen Gruß verabschiedete er sich von Winterberger, der den Gruß erwiderte, jedoch keine Anstalten machte, seine Arbeit zu beenden.

Robert zog die Tür hinter sich zu und murmelte: „Wer nicht will, der hat schon. Außerdem wartet auf den bestimmt keiner freiwillig zu Hause."

17. Oktober 2017 – Dienstag, 16:50 Uhr

Robert schlängelte sich durch den Feierabendverkehr in der Innenstadt und überlegte, wann er das letzte Mal so pünktlich aus dem Büro nach Hause gefahren war. Zu tun war im K9 immer genug und normalerweise gingen Marina und er selten vor 17:30 Uhr nach Hause. Bei dem Gedanken an seine Kollegin überzog ein wehmütiges Lächeln sein Gesicht. In den nächsten Tagen würde er auf jeden Fall mal mit Anna bei ihr vorbeifahren, um zu sehen, wie es ihr zu Hause ging. Entschlossen vertrieb er den Gedanken an seinen seltsamen neuen Kollegen aus seinem Kopf. Vor ihm lag ein gemeinsamer Abend mit seiner Frau, der hoffentlich harmonisch verlaufen würde. Am rechten Straßenrand sah er ein Blumengeschäft, an dem er schon häufig vorbeigefahren war und plötzlich hatte er eine Idee. Er hielt am Straßenrand an, betrat den Laden und schaute sich um. Eine brünette Frau Anfang dreißig trat hinter der Theke hervor und lächelte ihn freundlich an.

„Kann ich Ihnen behilflich sein?" Sie musterte ihn von Kopf bis Fuß und was sie sah, schien ihr zu gefallen.

„Ja, ich hoffe doch, dass Sie mir helfen können", er lächelte zurück. „Mehr Ahnung von Blumen als ich haben Sie auf jeden Fall – wenn nicht, wäre das eine mittelprächtige Katastrophe für Ihr Geschäft."

Sie lachte; es machte sie gleich fünf Jahre jünger. Irgendetwas berührte ihn an dieser Frau, aber er verscheuchte diesen Gedanken, noch bevor er sich in seinem Kopf festsetzen konnte.

„Ich hätte gerne einen schönen Herbststrauß für meine Frau – irgendetwas Farbiges und Fröhliches."

„Oh", ihr Lächeln erstarb, als sie realisierte, dass er offensichtlich verheiratet war, „natürlich kann ich Ihnen da etwas zusammenstellen."

Sie zeigte ihm verschiedene Herbstblumen und er entschied sich für eine Kombination aus kräftigem Rot und Gelb mit hellgrünem Farn. Er bezahlte und nahm den Strauß entgegen.

„Vielen Dank, Sie haben mir sehr geholfen", als sie ihm das Wechselgeld gab, berührten ihre Finger wie durch Zufall seine Hand. Er zog seine Hand schnell zurück und verließ nach einem hastigen Abschieds-gruß das Geschäft. Mit dem Blumenstrauß auf dem Beifahrersitz fuhr er nach Hause und verbannte die Gedanken an die junge Frau aus seinem Kopf. Er fuhr zu seiner Frau, der Frau, die er über alles liebte und mit der er den Rest seines Lebens verbringen wollte und würde.

Um kurz nach fünf betrat er den Flur des gemütli-chen Reihenhauses, in dem sie jetzt schon eine ganze

Weile lebten, doch es war still im Haus. Weder Mischling Wolle, noch Tom oder seine Frau waren da. Er stellte die Blumen in eine Vase, die er dann auf der Küchentheke platzierte, ging ins Wohnzimmer und ließ sich in den alten Fernsehsessel fallen, den Anna noch von ihrem Vater hatte. Dieser Sessel passte absolut nicht zum Rest der Einrichtung, aber Anna hatte kategorisch abgelehnt, sich von dem Ungetüm zu trennen. Doch jetzt, als er sich in den Sessel fallen ließ, musste er zugeben, dass es richtig war, denn es gab einfach nichts Bequemeres. Er ließ sich nach hinten sinken, klappte das Fußteil hoch und schloss die Augen – ‚nur fünf Minuten', dachte er sich, aber da war er auch schon fest eingeschlafen.

17. Oktober 2017 – Dienstag, 20:20 Uhr

Robert schreckte hoch und blickte auf die Uhr. Zwanzig nach acht – er hatte fast drei Stunden geschlafen. Er lauschte, in der Küche rumorte es. Entschlossen stand er auf und betrat die Küche, wo Anna am Herd stand und in einem großen Topf rührte. Er trat leise von hinten an sie heran und wollte gerade seine Arme um sie legen, als er sich besann. Er wusste doch, dass seine Frau immer noch unter ihrer Vergangenheit litt. In manchen Momenten wünschte er sich mehr Normalität, doch im gleichen Augenblick schämte er sich wieder dafür, denn schließlich war es ja nicht ihre Schuld. Also trat er neben sie und als sie sich zu ihm umdrehte, küsste er sie auf die Nasenspitze und zog sie an sich.

„Na, ausgeschlafen?", fragte Anna und legte die Arme um seinen Hals.

„Warum hast du mich denn nicht geweckt?", antwortete er zerknirscht mit einer Gegenfrage.

„Warum sollte ich?", sie küsste ihn. „Du hast so friedlich geschlafen, da habe ich mir gedacht, es wird wohl mal nötig gewesen sein. Und Dankeschön für die schönen Blumen. Womit habe ich die denn verdient?"

„Einfach so, weil du die tollste Frau der Welt bist", er zog sie fester an sich.

„Wenn du mich jetzt erdrückst, hast du bald gar keine Frau mehr." Sie machte sich los und drehte sich zum Herd um. „Aber deine innere Uhr hat dich rechtzeitig geweckt, das Essen ist fertig. Rufst du die Jungs?"

„Was gibt es denn?", er lugte in den Topf. „Chili con Carne – und jetzt geh die Jungs holen." Robert fügte sich und ging die ersten paar Stufen der Treppe hoch, bevor er die beiden Jungen zum Essen rief.

Nach dem gemeinsamen Abendessen verzogen sich Hanno und Tom ziemlich schnell wieder nach oben, denn sie wollten noch zocken. Robert und Anna saßen noch eine Weile auf der Couch und zappten sich lustlos durch das Fernsehprogramm, nur um festzustellen, dass es einfach nichts Interessantes gab. So entschieden sie, heute früh zu Bett zu gehen. Robert, der ja nachmittags schon geschlafen hatte, wunderte sich, dass er doch schon wieder müde war und nachdem sie im Bett noch ein wenig gekuschelt und geredet hatten, schliefen beide früh ein.

Die junge Frau saß zu Hause in ihrer kleinen Wohnung und drehte ihr Handy in der Hand hin und her. Sie hatte sich noch einmal die Fotos der seltsam aussehenden Stelle am Arm des verstorbenen Herrn Zimmermann angesehen und vergleichsweise nach ähnlichen Bildern im Internet recherchiert. Dort hatte etwas von nekrotischem Gewebe um Einstichstellen, bei denen Gift im Spiel war, gestanden. Was sollte sie jetzt tun? Vielleicht war das alles nur ein blöder Zufall und sie machte jetzt alle möglichen Leute verrückt. Wenn sich dann alles als falscher Alarm herausstellte, würde das Heim Schaden nehmen und sie wäre ihren Job los. Trotzdem ließ sie dieser Gedanke an den plötzlichen Tod des alten Herrn Zimmermann nicht los. Sie überlegte, wer den armen Herrn Zimmermann denn vergiften würde. Er hatte doch nie jemandem etwas zuleide getan. Sie legte das Handy zur Seite, schaltete den Fernseher an und ließ sich von einer Talkshow berieseln. Das Einzige, was sie jetzt absolut nicht wollte, war, weiter darüber nachdenken. Nach einem langweiligen Fernsehabend ging sie früh zu Bett. Am nächsten Morgen musste sie um sechs Uhr wieder zur Frühschicht im Heim sein und da sollte sie fit sein. Doch ihr Körper gönnte ihr die Ruhe nicht – immer wieder tauchte das Bild der seltsamen Einstichstelle vor ihrem inneren Auge auf. Es ließ ihr einfach keine Ruhe. Sie würde morgen nach der Frühschicht bei der Polizei vorbeigehen und sich dort erkundigen, was die Beamten von dieser Sache hielten. Wenn die Beamten entschieden, dass es nicht so wichtig war, dann konnte sie die Sache wenigstens mit gutem Gewissen auf sich beruhen lassen. Mit dieser Entscheidung drehte sie sich auf die Seite, doch sie lag noch lange wach, bevor sie irgendwann dann doch endlich in einen unruhigen Schlaf fiel.

18. Oktober 2017 – Mittwoch, 05:15 Uhr

Sie schreckte hoch, kurz bevor ihr Wecker schrillte. Seufzend und wie gerädert ließ sie sich zurück in die Kissen sinken, nachdem sie den Wecker ausgestellt hatte.

‚Nur nicht wieder einschlafen', ging es ihr durch den Kopf, also schlug sie entschlossen die Decke zurück und stellte die nackten Füße auf den kalten Schlafzimmerboden. Eine schnelle Dusche, ein Kaffee, den sie sich mit in den Bus zum Pflegeheim nahm, und um Viertel vor sechs verließ sie das Haus. Die Bushaltestelle lag gegenüber von ihrer Wohnung und bis zu diesem Moment hatte sie den Tod von Herrn Zimmermann verdrängt, doch als sie am Fenster im Bus saß und die Plakate an sich vorbeiziehen ließ, da waren der Gedanke und das Bild von der Einstichstelle wieder da. Nach dem Ende ihres Frühdienstes würde sie sich auf jeden Fall bei der Polizei melden und sich erkundigen. Dazu hatte sie sich jetzt endgültig durchgerungen.

Um kurz vor sechs betrat sie das Pflegeheim. Noch war alles still, aber in der nächsten halben Stunde standen Wecken, Waschen und Anziehen an. Das war immer die anstrengendste Zeit des Tages, auch wenn durch die ständige Unterbesetzung eigentlich nie Ruhe war. Trotzdem liebte sie ihren Job und versuchte, wann immer es ihr möglich war, ein paar Extraminuten für die Patienten abzuzwacken.

Nach der Morgenroutine machte sie sich auf den Weg in die Küche, um sich etwas zu trinken zu holen und eine kleine Verschnaufpause zu machen. Dabei ging sie an der Tür vorbei, hinter der Herr Zimmermann die letzten Monate seines Lebens verbracht hatte. Heute stand die Tür zu dem Zimmer weit offen. Sie blieb für einen kurzen Augenblick stehen und warf einen Blick durch die geöffnete Tür. Niemand war im Raum und alles lag noch da wie am Tag zuvor. In ihr stiegen wieder die Zweifel auf, ob man sie bei der Polizei nicht für verrückt erklären würde. Was würde ihre Vorgesetzte sagen, wenn auf einmal Beamte der Mordkommission im Heim rumschwirren und den gewohnten Ablauf durcheinanderbringen würden? Begeistert wäre sie wohl kaum, aber es durfte doch nicht sein, dass ein Mord ungesühnt bliebe, nur weil sie keinen Mut hatte, sich an die Polizei zu wenden.

Die Frühschicht ging schnell vorüber, denn es war eine Menge zu tun. Zwei neue Bewohner waren an diesem Morgen für ihren Umzug ins Heim angemeldet und so musste eine Menge vorbereitet werden. Unter anderem wurde das Zimmer des verstorbenen Herrn Zimmermann ausgeräumt und komplett gereinigt, damit es möglichst schnell wieder bezugsfertig war und vermietet werden konnte. „So schnell ist ein

Leben ausgelöscht – so als wenn es ihn nie gegeben hätte", ging es ihr durch den Kopf, während sie kurz vor dem Mittagessen das Bett frisch bezog und die Schränke noch einmal abwischte. Pünktlich um 14:00 Uhr machte sie an diesem Tag Feierabend und verließ das Pflegeheim mit einem mulmigen Gefühl in der Magengegend. Entschlossen strich sie sich das Haar aus der Stirn und machte sich auf den Weg.

18. Oktober 2017 – Mittwoch, 14:45 Uhr

„Wie kann ich Ihnen helfen?", der uniformierte Polizist, der bis gerade in der Fachzeitschrift der Polizeigewerkschaft geblättert hatte, hob den Kopf und blickte die junge Frau mit den sanften braunen Augen und den schulterlangen Haaren an. „Guten Tag, mein Name ist Linda Wagner, ich arbeite als Altenpflegerin im St-Antonius-Heim und mir ist gestern bei einem verstorbenen Patienten etwas Ungewöhnliches aufgefallen." Sie stockte, denn sie wusste nicht so recht, wie sie ihre Beobachtung hier durch eine Glasscheibe in einem Flur beschreiben sollte. „Können Sie sich ausweisen?", die Frage des Beamten war mehr rhetorischer Art. Sie nickte und nahm ihr Portemonnaie aus der Jackentasche, aus dem sie den Personalausweis zog und ihn in die Schublade legte. Der Beamte warf einen Blick darauf und deutete dann auf die Tür. „Ich drücke Ihnen die Tür auf, dann erkläre ich Ihnen, wo Sie hinmüssen." Kurz darauf stand Linda vor ihm. „Gehen Sie den Gang herunter", er deutete mit der Hand nach rechts, „und melden Sie sich im dritten Zimmer auf der rechten Seite." Sie bedankte sich und klopfte an die Tür des Büros, neben dessen Tür auf einem Namensschild ‚PKin Marie Westen' und ‚POK Sven Scheuren' stand. „Herein", erklang es gedämpft und sie öffnete vorsichtig die Tür. Eine freundliche

Polizistin mit hellen wasserblauen Augen und blonden Haaren, die sie im Nacken zu einem Knoten verschlungen hatte, blickte sie erwartungsvoll an und wies auf den Stuhl am Kopf der beiden Schreibtische „Nehmen Sie doch Platz, was können wir für Sie tun?" Schüchtern setzte sich Linda auf die Kante des Stuhles. „Ich weiß nicht, ob es überhaupt richtig ist, dass ich zu Ihnen komme, aber ich arbeite als Altenpflegerin in einem Heim und mir ist bei einem unserer verstorbenen Patienten etwas Seltsames aufgefallen." Die beiden Polizisten tauschten einen kurzen Blick, dann ergriff Marie das Wort. „Erzählen Sie uns einfach in aller Ruhe, was Sie beobachtet haben und dann sehen wir weiter." Marie wusste, dass sie schnell das Vertrauen von Menschen gewinnen konnte und es wirkte auch dieses Mal. Linda entspannte sich zusehends.

„Ich weiß nicht so recht, wie ich das erklären soll", sie zögerte wieder und fuhr dann fort. „Ich arbeite als Altenpflegerin im St. Antonius-Heim und gestern ist einer unserer Bewohner verstorben."

„Das kommt in Ihrem Beruf aber doch sicher häufiger einmal vor", warf Maries Kollege Sven ein, der sich daraufhin einen vernichtenden Blick seiner Streifenpartnerin einfing und sofort wieder verstummte.

„Erzählen Sie ruhig weiter", ermunterte Marie die junge Frau.

„Mir kam das ein wenig seltsam vor, denn Herr Zimmermann – so hieß der Bewohner – war an sich für sein Alter noch sehr rüstig und gesund. Er litt an Alzheimer, und war in erster Linie deshalb in unserem Heim untergebracht. Gestern Morgen, als ich ihn während des Frühdienstes wecken wollte, lag Herr Zimmermann tot in seinem Bett. Alle sind sofort von einem natürlichen Tod ausgegangen und der herbeigerufene Arzt hat auch ‚Tod durch Herzversagen' auf den Totenschein geschrieben. Danach war ich aber noch einmal in dem Zimmer, weil ich dort aufräumen sollte. Dabei ist mir an dem Unterarm etwas aufgefallen."

Sie zog ihr Handy aus der Tasche und öffnete das Foto, das sie gemacht hatte. Dann schob sie es über den Tisch.

„An dem Arm ist ein schwarzer, wie abgestorbener Fleck", sie deutete auf die Stelle, „das ist sogenanntes nekrotisches Gewebe. Ich habe nur gedacht, dass das vielleicht etwas mit seinem Tod zu tun haben könnte."

Sie verstummte, auf einmal kam sie sich echt dumm vor. Was musste sie auch unbedingt Detektiv spielen? Doch das Interesse der Polizisten war geweckt.

„Das ist in der Tat sehr ungewöhnlich", stimmte Marie zu, die sich eifrig Notizen gemacht hatte.

„Können Sie uns denn sonst noch etwas über diesen Herrn …", sie warf einen Blick in ihre Notizen, „… Zimmermann sagen?"

Linda versuchte, sich alles ins Gedächtnis zu rufen, was sie über den Mann wusste.

„Er lebte alleine im Heim und ich kann auch mich nicht erinnern, dass er einmal Besuch bekommen hat. An seinen guten Tagen hat er ab und zu von seinem Sohn gesprochen, aber scheinbar hat ihn seine Frau schon vor Jahren mit dem Kind verlassen und danach jeden Kontakt zwischen Vater und Sohn unterbunden. Allerdings hat er nie erwähnt, was dort vorgefallen ist. Sonst weiß ich nicht viel über den Mann, außer dass er offensichtlich über ein beträchtliches Vermögen verfügte, denn schließlich ist der Aufenthalt in so einem Heim wie St. Antonius nicht gerade günstig. Zu mir war er immer freundlich, aber andere Pflegerinnen haben sich auch über ihn und seine Launen beschwert. Das ist eigentlich alles, was ich Ihnen über Herrn Zimmermann sagen kann." Sie zuckte mit den Achseln.

„Das ist doch schon eine ganze Menge", Marie nickte Linda aufmunternd zu. „Wir nehmen jetzt noch Ihre Personalien auf und dann kontaktieren wir die Heimleitung. Sobald wir etwas Neues erfahren, setzen wir uns mit Ihnen in Verbindung."

„Ich habe da noch eine Frage", Linda war es sehr unangenehm, aber der Gedanke bereitete ihr doch große Sorgen, „erfährt die Heimleitung jetzt, dass ich bei Ihnen war und das gemeldet habe? Ich möchte nämlich keinen Ärger haben."

Marie legte die Stirn in Falten. „Das werden wir auf Dauer nicht verhindern können. Aber wenn wir Ihnen damit helfen können, werden wir zunächst sagen, dass wir einem anonymen Hinweis nachgehen und deswegen zunächst eine Befragung durchführen. Sollte sich allerdings ein weiterer Verdacht ergeben, werden wir irgendwann Ihren Namen nennen müssen. Aber ich verspreche Ihnen, dass wir es solange wie möglich hinauszögern, auch wenn Ihnen natürlich keine Nachteile durch den Arbeitgeber daraus entstehen dürfen, dass sie so etwas melden."

Etwas beruhigt verließ Linda das Polizeipräsidium, aber statt direkt nach Hause zu gehen, bummelte sie noch ein wenig durch die Innenstadt, kaufte sich ein T-Shirt und ein Taschenbuch und hing dann bei einem Cappucchino noch eine ganze Weile ihren Gedanken nach. Sie dachte an das, was Herr Zimmermann irgendwann über seinen Sohn und seine Ex-Frau gesagt hatte. Es war schon traurig, wenn am Ende eines Lebens so wenig übrigblieb.

„Was hältst du von der ganzen Sache?", fragte Marie ihren Kollegen, als sich die Tür hinter der jungen Pflegerin geschlossen hatte.

„Für mich hört sich die ganze Sache durchaus nach einem Fall für die Mordkommission an." Sven

Scheuren fuhr sich nachdenklich über den Dreitagebart.

Sie schrieben einen ausführlichen Bericht über alles, was die Pflegerin ihnen berichtet hatte und schickten ihn mit der internen Post an Kommissar Schulte vom K9.

„So, und jetzt heißt es abwarten, ob die das genauso sehen wie wir oder ob wir uns zum Gespött machen."

Marie zuckte die Achseln. „Egal, damit kann ich leben. Lieber einmal zu viel die Pferde scheu gemacht als einmal zu wenig und ein Mörder kommt ungestraft davon."

18. Oktober 2017 – Mittwoch, 15:15 Uhr

Die Tage im Büro mit dem Kollegen Winterberger zogen sich wie Kaugummi, auch wenn Robert insgeheim wünschte, dass so bald kein neuer Fall hereinkäme. Er konnte sich beim besten Willen nicht vorstellen, Seite an Seite mit Winterberger zu ermitteln. Der Mann war eine echte Landplage, auch wenn er das natürlich so nie sagen durfte.

Kaum hatte er diesen Gedanken zu Ende gedacht, als sein Telefon klingelte.

„Kunz, K9", meldete er sich. Marie Westen war am Telefon. Robert hörte ihr einige Minuten aufmerksam zu.

„Kommen Sie doch am besten mit allen Unterlagen und Informationen vorbei", sagte er dann. „Dann sehen wir uns das zusammen an und können das weitere Vorgehen entscheiden. Wann sind Sie ungefähr hier?"

Winterberger hatte sofort von seinen Akten aufgeblickt, als das Wort ‚Informationen' fiel.

„Worum geht es?", wollte er umgehend von Robert wissen, als dieser den Hörer aufgelegt hatte.

„Die Kollegen von der Schutzpolizei sind auf etwas gestoßen, das nach einer unnatürlichen Todesursache aussieht. Sie haben alles aufgenommen und kommen gleich mit dem Protokoll hierher." Er antwortete widerwillig, sagte sich jedoch, dass es ja keinen Zweck hatte. Er musste mit Winterberger in der nächsten Zeit zurechtkommen, ob er nun wollte oder nicht.

Winterberger sprang sofort auf und räumte die Akten zusammen.

„Das kann ja heiter werden", dachte sich Robert. „Übereifrig ist er auch noch."

Er schaute den Kollegen ernst an. „Um Missverständnissen von vorneherein vorzubeugen, der leitende Ermittler bin ich."

Um Winterbergers Mund bildete sich ein leicht missmutiger Zug, aber er nickte folgsam.

Es klopfte an der Tür, Robert sagte ‚Herein' und Marie Westen und Sven Scheuren betraten das Büro. Marie hielt ein dünnes Hängeregister in der Hand.

„Guten Tag, Robert Kunz", begrüßte Robert die beiden und wies dann auf seinen Kollegen. „Das ist mein Kollege Dennis Winterberger. Sie haben uns neugierig gemacht, was hat es denn mit dem mysteriösen Todesfall auf sich."

Die vier Ermittler setzten sich an den kleinen Konferenztisch.

„Kann ich Ihnen etwas anbieten? Kaffee oder Wasser?", fragte Robert.

Beide Kollegen nickten: „Zu einem Wasser würden wir nicht nein sagen."

Robert bedeutete dem Kollegen Winterberger mit einer Kopfbewegung, dass das seine Aufgabe sei. Folgsam erhob dieser sich und ging nach nebenan, wo ein kleiner Kühlschrank stand.

Marie Westen schob Robert die Mappe hin. „Da steht alles drin, was wir bis jetzt wissen. In Kurzform: Eine junge Frau, die in einem Pflegeheim arbeitet, kam heute Mittag zu uns und berichtete uns von einem Todesfall in dem Pflegeheim. Soweit ist das ja nicht ungewöhnlich, aber ihr war am Arm des Verstorbenen eine Einstichstelle aufgefallen, um die sich abgestorbenes Gewebe gebildet hatte."

Robert war hellwach. „Nekrotisches Gewebe? Das ist allerdings seltsam."

Winterberger betrat das Büro mit zwei Gläsern Wasser und stellte sie auf dem Tisch ab. Er öffnete den Mund, um etwas zu sagen, überlegte es sich dann jedoch anders und setzte sich auf seinen Platz.

Marie öffnete die Mappe und deutete auf eine Seite mit zwei ausgedruckten Fotos. „Die junge Frau hat mit ihrem Handy Bilder von der Einstichstelle gemacht."

Robert war beeindruckt. „Na, die junge Frau hat sich ja scheinbar wirklich Gedanken gemacht. Was halten Sie von der ganzen Angelegenheit?"

Sven Scheuren ergriff das Wort. „Ich muss ehrlich sagen, dass ich zunächst etwas skeptisch war, als die junge Frau auftauchte, aber meine Kollegin hat mich davon überzeugt, dass es besser ist, einmal zu viel einem Verdacht nachzugehen als einmal zu wenig."

„Womit sie durchaus Recht hat", bestätigte Robert. „Wir gehen der Sache auf jeden Fall nach. Als erstes werden wir uns in dem Altenheim umsehen. Wie hieß es noch gleich?"

„St. Antonius", beeilte sich Marie, zu sagen. „Das scheint ein Pflegeheim der gehobenen Klasse zu sein, in dem wohl sehr auf den guten Ruf geachtet wird. Unsere Zeugin hatte jedenfalls Bedenken, dass sie Probleme mit ihrer Heimleitung bekommt, wenn sie erfährt, dass sie sich mit ihrem Verdacht an die Polizei gewendet hat."

„Dann dürfen wir uns jetzt wieder verabschieden." Marie erhob sich und reichte erst Robert, dann Winterberger die Hand. „Eine Bitte hätte ich aber noch. Würden Sie uns kurz informieren, was bei den Ermittlungen herausgekommen ist? Es würde mich einfach interessieren."

„Natürlich melden wir uns noch einmal bei Ihnen, sobald wir mehr wissen", versicherte Robert den beiden Streifenpolizisten, die er auf den ersten Blick sympathisch gefunden hatte.

Nachdem die beiden gegangen waren, richtete Robert das Wort an seinen Kollegen.

„Morgen früh werden wir uns direkt auf den Weg in dieses Pflegeheim machen. Für heute ist Feierabend. Wenn wir da auf einen neuen Fall gestoßen sind, kommen in der nächsten Zeit noch genug Überstunden auf uns zu." Mit diesen Worten nahm er die Akte vom Tisch und legte sie in seine Schreibtischschublade. Dann verließ er mit einem knappen „Tschüß, bis morgen" das Büro.

18. Oktober 2017 – Mittwoch, 17:00 Uhr

Hartmut schloss die Tür zu dem kleinen Häuschen am Stadtrand auf. Er war auf dem Heimweg noch frisches Obst einkaufen gewesen, schließlich sollte Marina sich gesund ernähren. Außerdem hatte er noch einen großen Strauß Rosen besorgt, denn heute wollte er endlich das tun, was ihm seit Wochen, eher Monaten im Kopf herumspukte. Er würde sich überwinden und Marina endlich einen Heiratsantrag machen. Am liebsten wollte er sich noch vor der Geburt ihres Kindes heiraten, aber er hatte weiche Knie bei dem Gedanken, sie zu fragen.

„Hallo, bin wieder zu Hause", rief er, als er den Flur betrat.

„Ich bin im Wohnzimmer", kam ihre Antwort.

Er legte das Obst in die Küche und versteckte den Rosenstrauß in der angrenzenden Vorratskammer. Dann streifte er im Flur die Schuhe ab, schlüpfte in die Schlappen und ging ins Wohnzimmer. Marina saß mit angezogenen Beinen auf der Couch und las einen Kriminalroman. Jetzt, drei Monate vor dem errechneten Geburtstermin, konnte man die Kugel unter ihrem weiten Sweatshirt schon deutlich erkennen. Er beugte sich zu ihr hinunter und küsste sie ausgiebig – erst auf die Haare und dann auf den Mund.

„Wie geht es dir?", fragte er zwischen zwei Küssen.

Sie lachte. „Genauso wie heute Morgen. Die kleine Krabbe fühlt sich pudelwohl und traktiert mich mit Tritten und ansonsten langweile ich mich zu Tode."

„Dann wird es bestimmt ein Fußballer." Hartmut konnte es nicht erwarten, das Geschlecht des Kindes zu erfahren, aber Marina hatte ihn davon überzeugt, dass sie sich einfach überraschen lassen sollten.

„Auch Mädchen können Fußball spielen", entgegnete sie. „Und vielleicht wird es ja ein Mädchen und sie will Karate machen."

„Gott bewahre", stöhnte Hartmut auf. „Dann sterbe ich ja tausend Tode, wann immer sie das Haus verlässt."

„Bei einer Tochter sterben Väter die sowieso, selbst wenn sie zum Ballett geht", klärte Marina ihn auf. „Aber egal, was es letztlich wird, es hat Hunger und ich auch. Lass uns etwas kochen gehen."

Sie stand auf und marschierte schnurstracks in die Küche.

„Worauf hast du denn Hunger?", fragte sie, als sie die Tür zur angrenzenden Vorratskammer schwungvoll öffnete, während Hartmut wie erstarrt im Türrahmen stehen blieb. Sie erblickte den großen Strauß tiefroter Rosen und drehte sich verwundert zu ihm um.

Hartmut fasste sich ein Herz, jetzt war es schließlich egal, griff an ihr vorbei nach dem Strauß und holte tief Luft. Dann sank er vor ihr auf ein Knie. Marina, die ahnte, was jetzt kommen würde, hielt die Luft an.

„Meine liebste Marina, willst du meine Frau werden?" Jetzt war es endlich heraus und er traute sich kaum zu atmen.

Auch Marina stand einen Moment da wie vom Donner gerührt. Dann sank sie auch auf die Knie, nahm ihm den Blumenstrauß aus der Hand und sagte: „Natürlich will ich."

Er küsste sie und für die nächsten Minuten befanden sie sich ganz in ihrer eigenen Welt.

Anna und Robert saßen alleine beim Abendessen, die beiden Jungs hatten sich nach dem Fußballtraining noch mit ihren Mannschaftskollegen verabredet, als das Telefon klingelte.

„Oh nein", stöhnte Anna, „bitte nicht schon wieder die Dienststelle."

„Es wird schon nichts sein", beruhigte Robert sie, stand auf und nahm den Hörer ab. „Ach, du bist es", hörte sie ihn kurz darauf sagen und als er aus dem Flur mit dem Mobilteil des Telefons am Ohr wieder durch die Küchentür kam, formte er lautlos mit den Lippen das Wort „Marina" in Annas Richtung.

„Klar könnt ihr vorbeikommen, wenn ihr mögt. Wir sind zu Hause", sagte er noch, bevor er auflegte. „Marina und Hartmut wollen später noch eine Stunde vorbeikommen. Es gibt wohl Neuigkeiten", erklärte er seiner Frau.

„Oh, schon wieder Neuigkeiten?" Anna grinste. „Ich habe da so eine Ahnung."

„Wieso hast du schon wieder eine Ahnung und ich stehe wieder hier wie ein Ochs vorm Berg", beschwerte sich Robert.

„Lass dich überraschen." Seine Frau ließ sich nicht erweichen. „Wir essen jetzt in Ruhe zu Ende und dann werden die beiden wahrscheinlich schon hier sein."

Sie hatten gerade den Tisch abgeräumt, als es an der Tür schellte. Wolle quittierte den Klingelton mit freudigem Gebell.

„Hallo ihr beiden", begrüßte Robert seine Kollegin und umarmte sie im Flur. „Kommt ins Wohnzimmer und dann möchte ich eure Neuigkeiten hören."

Marina und Hartmut erzählten von ihrer geplanten Hochzeit und fragten die beiden direkt, ob sie ihre Trauzeugen werden wollten. Natürlich sagten Anna und Robert ohne Umschweife sofort zu.

„Ich befürchte allerdings, auf die Blumenkinder müssen wir verzichten", fügte Anna lachend hinzu.

„Ich glaube nicht, dass sich Tom und Hanno dazu

überreden lassen." Alle vier brachen bei dem Gedanken an die beiden Jungs mit Blumenkörben in der Hand in schallendes Gelächter aus.

Sie verbrachten einen lustigen Abend zusammen und Robert erzählte seiner Kollegin nebenbei von dem neuen Fall, der am Nachmittag hereingekommen war.

„Wie ist denn der neue Kollege?" Marina stellte die Frage, vor der er sich gefürchtet hatte. Was sollte er bloß dazu sagen?

„Natürlich kein Vergleich zu dir", wich er ihr aus. „Er ist eben ein wenig ... speziell."

„Und speziell heißt was?" Marina ließ nicht so einfach locker. So kannte er seine Kollegin.

„Ach, keine Ahnung", druckste er herum. „Er ist ein Streber und Klugscheißer und ich bin jetzt schon froh, wenn du wieder da bist."

„Aber das ist doch noch nicht alles?", hakte seine Kollegin nach.

„Er nervt eben und ist darüber hinaus auch noch ein Paragraphenreiter. Seit heute haben wir den neuen Fall und ich habe ihm erst einmal eine ziemlich deutliche Ansage machen müssen, wer hier das Sagen hat. Dieses Mal hat er sich gefügt, aber ich finde es einfach nervtötend, mit jemandem zu arbeiten, den ich dauernd in seine Schranken weisen muss."

„Das kann ich gut verstehen, doch ein bisschen wirst du dich wohl noch gedulden müssen. Aber wenn ich ganz ehrlich bin, dann fällt mir zu Hause auch schon die Decke auf den Kopf. Ich hoffe, das ändert sich, wenn er oder sie dann mal endlich auf der Welt ist."

Anna lachte. „Das ändert sich dann definitiv, so viel kann ich dir sagen. In der ersten Zeit wirst du dir so manche ruhige Minute von jetzt zurückwünschen. Du wirst noch an meine Worte denken."

Hartmut legte mit einer liebevollen Geste seine Hand auf Marinas Bauch. „Also ich kann es kaum erwarten, bis es endlich da ist."

Bis spät in den Abend saßen die vier zusammen und nachdem Marina und Hartmut sich verabschiedet hatten, fiel Robert, kaum dass er sich ins Bett gelegt hatte in einen tiefen, traumlosen Schlaf. Für diesen einen Abend und die Nacht hatte er alle Gedanken an den neuen Fall und seinen Kollegen aus seinem Kopf verbannt.

18. Oktober 2017 – Mittwoch, 22:15 Uhr

Sie hatte sich lustlos durch das Fernsehprogramm gezappt. Es war nichts dabei gewesen, was sie interessant fand und was sie von dem Geschehenen ablenkte. Sie hatte es tatsächlich getan, sie hatte einen Menschen getötet, einfach ausgelöscht. Und es war einfach gewesen, viel einfacher als sie gedacht hatte. Als er schlafend da lag, hatte sie die Spritze mit dem Gift genommen und ihm in die Armvene injiziert. Noch nicht einmal gezuckt hatte er, so tief war sein Schlaf gewesen. Vielleicht lag es auch an den Schlafmitteln, die er wahrscheinlich jeden Abend mit dem Abendessen im Heim bekam, damit die sowieso schon unterbesetzten Pflegekräfte nachts ihre Ruhe hatten. Ihr hatte es ihre Aufgabe erleichtert.

Sie schaltete den Fernseher aus. Bevor sie ins Bad ging, hielt sie an der kleinen Kommode im Flur an. Dort lag ein kleines grünes Notizbuch, das von einem Gummiband zusammengehalten wurde. Seit Jahren trug sie dieses Buch mit sich herum, ein Notizbuch, in dem nur vier Seiten beschriftet waren und auf jeder dieser vier Seiten standen zwei Wörter – ein Name, und sonst nichts. Sie schlug die erste Seite auf. „Josef Zimmermann" stand dort in der Schreibschrift eines jungen Mädchens, mit Füller geschrieben. Genau diesen Füller, den sie all die Jahre aufbewahrt hatte, nahm sie jetzt in die Hand und strich den Namen auf der ersten Seite dick durch. Ihr Rachefeldzug hatte begonnen und sie würde ihn zu Ende führen.

Sie ging ins Bad und danach ins Bett, wo sie lange vor dem Einschlafen darüber nachgrübelte, ob das wirklich richtig war, was sie vorhatte und zum Teil bereits schon getan hatte. Aber zum Umkehren war es zu spät, denn jetzt hatte sie begonnen, ihren Plan in die Tat umzusetzen und würde ihn auch zu Ende bringen. Mit diesem Gedanken fiel sie in einen unruhigen Schlaf, aus dem sie mehrfach in der Nacht schweißgebadet hochschreckte. Die Monster der Vergangenheit wollten sie einfach nicht loslassen.

19. Oktober 2017 – Donnerstag, 8:00 Uhr

Überpünktlich betrat Robert das Büro, doch der neue Kollege war auch heute vor ihm dort gewesen. Er beschloss, sich nicht weiter darüber zu ärgern, sollte der doch Tag und Nacht im Büro verbringen.

„Guten Morgen." Winterberger blickte von dem Stapel Akten auf, in den er kurz zuvor noch vertieft gewesen war.

„Auch einen Kaffee?" Robert trat an das Sideboard, auf dem die Kaffeemaschine stand und stellte fest, dass der Neue es nicht für nötig befunden hatte, Kaffee zu kochen.

„Nein danke, ich trinke keinen Kaffee, der ist mir zu ungesund", kam die Antwort von Winterberger.

‚Achso, und deswegen muss man natürlich auch keinen kochen', dachte Robert und machte sich lautstark daran mit dem Löffel in der Kaffeedose zu klappern. ‚Koche ich mir meinen Kaffee eben demnächst selber.'

„Gibt es schon etwas aus der Gerichtsmedizin?", fragte Robert seinen Kollegen, als das Telefon klingelte. Er wartete die Antwort nicht ab, sondern nahm das Gespräch entgegen. Es war Professor Hofmann aus der Gerichtsmedizin.

„Haben Sie in der Pathologie übernachtet?", wollte er überrascht wissen. So früh hatte er nicht mit dem Anruf des Gerichtsmediziners gerechnet.

„Kommen Sie vorbei, dann zeig ich es Ihnen." Wie immer war der Pathologe kurz angebunden, doch für einen kurzen Moment glaubte Robert, so etwas wie ein schelmisches Grinsen in Hofmanns Stimme zu hören.

„Kommen Sie", wandte er sich an den Kollegen, „wir müssen in die Gerichtsmedizin."

Fünfzehn Minuten später parkte Robert den Wagen vor dem Gebäude, in dessen Keller sich Hofmanns Gruselkabinett, wie Marina es immer nannte, befand. Zufrieden bemerkte Robert auf dem Weg ins Untergeschoss, dass der Geruch nach Desinfektionsmittel und Tod seinem neuen Kollegen offensichtlich nicht besonders behagte. Sein Gesicht verlor zusehends die Farbe und Dennis Winterberger presste die Lippen fest aufeinander.

„Einen wunderschönen guten Morgen." Hofmann begrüßte sie ausnehmend freundlich und beim ersten Blick auf den metallenen Tisch, auf dem die Leiche von Josef Zimmermann lag, wusste Robert auch warum und er musste an sich halten, um nicht laut zu lachen.

Winterberger war an der Tür stehen geblieben und starrte entsetzt auf den nackten Körper, der nicht abgedeckt auf dem Seziertisch lag. Anders als sonst hatte Hofmann die Leiche nach der Obduktion nicht wieder zugenäht und den Körper nicht bis auf den Kopf mit dem blassgrünen Leichentuch zugedeckt. Auf dem Seziertisch sah es ein wenig aus, wie nach einem Kettensägen-Massaker. Offensichtlich hatte es sich bis in die Pathologie herumgesprochen, dass Robert seinen neuen Kollegen gelinde gesagt verabscheute.

„Treten Sie ruhig näher, es gibt eine Menge Interessantes zu sehen." Hofmann machte eine einladende Handbewegung.

Winterberger machte nur sehr zögerlich einen Schritt nach vorne, aber ihm war wohl bewusst, dass er sich jetzt hier keine Blöße geben durfte.

„Wie Sie sehen können", Hofmann deutete zunächst auf die Gewebsnekrose am Arm, die sich um die Einstichstelle ausgebildete hatte, „ist das Gewebe um die Einstichstelle abgestorben, was immer auf die Injektion eines Giftes hinweist. Lediglich Glukose subkutan injiziert hätte die gleiche Wirkung, allerdings wäre sie nicht tödlich. Unser Patient ist offensichtlich an Herzversagen gestorben. Deswegen habe ich Proben aus dem Herzmuskel entnommen, um herauszufinden, um welches Gift es sich handeln könnte."

Er schob die Haut über dem Herzen zur Seite und ließ die beiden Kommissare einen Blick auf den faustgroßen Hohlmuskel werfen, der jetzt völlig unbeweglich und blass da lag.

Winterberger schluckte, er war sehr blass um die Nase geworden. Hofmann warf Robert einen kurzen Seitenblick zu und fuhr dann völlig ungerührt fort.

„Faszinierend", sagte er fast liebevoll und strich mit seiner behandschuhten Hand sanft über die Oberfläche des jetzt farblosen Herzens. „Dass dieser eine Muskel die Pumpe ist, die unseren Lebensmechanismus antreibt. Und wenn der auf einmal nicht mehr funktioniert, dann war es das."

Winterberger fühlte sich sichtlich unwohl, doch die beiden Beamten ignorierten das vollkommen.

„Woran ist das Opfer denn jetzt gestorben?", quetschte der neue Kollege zwischen zusammengebissenen Zähnen hervor.

„Nicht so eilig." Hofmann spielte sein Spiel voller Genuss weiter. „So schnell findet man Todesursachen nicht heraus. Nächster Anlaufpunkt bei Verdacht auf Gift ist die Leber."

Er klappte die mittig aufgeschnittene Bauchdecke weiter auf, bis er die Leber des Opfers freigelegt hatte.

„Sieht gar nicht so viel anders aus als das, was man im Restaurant gebraten auf den Teller bekommt."

Das war endgültig zu viel für Winterberger. Er presste sich die Hand vor den Mund und stürzte aus dem Obduktionssaal. Robert und Professor Hofmann brachen ihn schallendes Gelächter aus, nachdem die Tür zugeschlagen war.

„Das war wirklich eine Oskar-reife Vorstellung", japste Robert. „Wie sind Sie denn auf diese Idee gekommen?"

Um Hofmanns Lippen spielte ein maliziöses Lächeln. „Dass der neue Kollege eine rechte Landplage zu sein scheint, das hat sich inzwischen sogar bis in die Pathologie herumgesprochen. Und da habe ich mir gedacht, man könnte mal austesten, was der gute Mann so alles vertragen kann."

„Scheinbar nicht so wirklich viel", gluckste Robert, fuhr dann aber an den Gerichtsmediziner gewandt fort: „Aber Spaß beiseite, von mir aus können Sie den guten Mann hier gerne wieder zuklappen, bevor Sie mir erzählen, woran unser Opfer denn nun gestorben ist."

Hofmann lächelte milde, tat dem Kommissar aber den Gefallen und zog das blassgrüne Leichentuch bis zum Kinn des Mannes hoch. Dann deutete er auf einige Reagenzgläser, die neben dem Mikroskop auf dem metallenen Tisch standen.

„Eins muss man unserem Täter lassen. Er ist echt gerissen und hat mich ganz schön herausgefordert."

„Das wundert mich aber, das ausgerechnet aus Ihrem Mund zu hören." Jetzt war Robert wirklich gespannt auf das, was kommen würde.

„Dann werde ich Sie mal nicht länger auf die Folter spannen." Hofmann zog eines der Röhrchen, in dem eine milchige Flüssigkeit schwappte, aus dem Ständer und schwenkte es sanft hin und her.

„Ich habe wirklich lange gerätselt, um welches Gift es sich in diesem Fall gehandelt haben könnte, aber schließlich bin ich doch draufgekommen. Sagt Ihnen der Begriff ‚Maitotoxin' etwas?"

Robert schüttelte den Kopf. „Nein, davon habe ich noch nie etwas gehört. Das ist aber dann auch kein gebräuchliches Gift."

„Absolut nicht", stimmte Hofmann ihm zu. „Maitotoxin ist hochtoxisches Algengift. Es wird von Fischen gefressen und kann die Ursache der sogenannten Ciguatera-Fisch-Vergiftung beim Menschen sein."

„Aber unser Opfer ist doch nicht an einer Fischvergiftung gestorben." Robert erkannte den Zusammenhang noch nicht.

„Das nicht, aber das ist ja auch nur eine Art, wo Maitotoxin vorkommen kann. Wenn man ein wenig Ahnung von Chemie hat, kann man dieses Gift auch aus den Algen direkt extrahieren. Ich vermute, unser Täter hat genau dies getan und dann reicht schon eine ganz kleine Dosis, um den stillen Herzinfarkt herbeizuführen."

„Stiller Herzinfarkt? Was ist das denn schon wieder?" Robert verstand endgültig nur noch Bahnhof.

Hofmann erklärte geduldig weiter. Er war heute ausgesprochen guter Laune, vor allem, weil er seit langem mal wieder einen wirklich interessanten Fall auf dem Tisch hatte.

„Maitotoxin, in die Blutbahn injiziert, erhöht den Fluss von Kalzium-Ionen im Herzmuskel und führt dann zum Herztod. Den genauen chemischen Prozess erspare ich Ihnen jetzt hier."

Robert war beeindruckt. „Das kann aber nicht jeder Laie wissen und schon gar nicht umsetzen oder sehe ich das falsch?"

„Das sehen Sie absolut richtig. Sie suchen also nach einem Täter, respektive einer Täterin, der sich mit Pflanzen, Giften und Chemie auskennt. Das grenzt den Kreis wahrscheinlich ein, trotzdem wird es nicht einfach, denn niemand wird mit diesem Wissen hausieren gehen."

„Dann steht uns also eine Menge Ermittlungsarbeit bevor."

Robert verabschiedete sich von Hofmann und wandte sich zur Tür, als der Pathologe ihn noch einmal zurückrief.

„Herr Kunz, bevor ich es vergesse ... die Gewebsnekrose um die Einstichstelle entsteht nur, wenn das Gift nicht richtig injiziert wird."

„Was heißt nicht richtig?"

„Würde es nur in die Vene injiziert, hätte man am Gewebe um die Einstichstelle nichts gesehen. Es gibt also zwei Möglichkeiten – entweder war die Nadel mit dem Gift verschmutzt oder ein Laie hat es injiziert und die Vene nicht sauber getroffen. Ich würde in unserem Fall eher von der zweiten Möglichkeit ausgehen. Wahrscheinlich suchen Sie also nach jemandem, der sich zwar mit Giften auskennt, aber nur über begrenzte medizinische Fachkenntnisse verfügt."

Robert dachte kurz nach. „Also könnte unser Täter Biologe, Chemiker oder Laborant sein?"

„Durchaus möglich", antwortete Hofmann, „aber zwingend ist es nicht. Mit der entsprechenden Anleitung, die man heute im Netz überall finden kann, sollte das auch jemandem gelingen, der nicht vom Fach ist."

„Das grenzt ja dann unseren Verdächtigenkreis nicht so sehr ein." Robert wusste noch nicht, wo sie mit den Ermittlungen anfangen sollten. Da blieben jetzt erstmal nur das Umfeld des Toten und seine Vergangenheit. Gab es dort vielleicht irgendwelche Leichen? Sie würden nach der Familie suchen müssen und sehen, was sich dort ergab.

„Vielen Dank übrigens für die kleine Horrorshow eben", verabschiedete er sich grinsend von Professor Hofmann, wusste er doch, dass diese ganz nach dem Geschmack des Pathologen gewesen war.

„Immer wieder gerne", antwortete der Gerichtsmediziner. „Vielleicht ist der Kollege jetzt ein wenig zahmer. Sie können ihm ja anbieten, ihm die Haare aus dem Gesicht zu halten, falls er noch nicht fertig damit ist, sich zu übergeben."

Robert schüttelte den Kopf und verzog das Gesicht. „So weit geht meine Nächstenliebe dann doch nicht."

Er schüttelte Hofmann die Hand.

„Bis zum nächsten Mal, ich hoffe nicht so bald."

„Grüßen Sie Frau Thomas", rief Hofmann ihm noch nach, bevor die stählerne Tür sich hinter dem Kommissar schloss.

Draußen auf dem Gang stand Dennis Winterberger mit dem Rücken an die Wand gelehnt. Er war immer noch sehr bleich und kleine Schweißperlen hatten sich auf seiner Oberlippe gebildet. Robert sagte nichts, diese Schmach war Strafe genug für den besserwisserischen Kollegen, der wortlos wie ein geprügelter Hund hinter ihm herschlich.

19. Oktober 2017 – Donnerstag, 10:30 Uhr

Vorsichtig öffnete sie die Tür zu dem kleinen Gewächshaus, das als letztes ganz versteckt in der Reihe stand. Schnell schloss sie die Tür hinter sich wieder, denn ihre kostbaren Schätze vertrugen keinen Durchzug. In den vorderen Gewächshäusern befanden sich Begonien, Nutzpflanzen, Rosen, kleine Sträucher und natürlich auch Schnittblumen. Dieses kleine unscheinbare Gewächshaus jedoch beherbergte einige sehr seltene Pflanzen, die sie nur für einen bestimmten Zweck gezogen hatte und hütete und pflegte.

Sachte, fast liebevoll strich sie über die fast fünfzig Zentimeter großen grünen Blätter des Wunderbaums, bewunderte die langen, rötlichen Blattstiele und schaute nach den prächtigen Blüten, an denen sich bereits die ersten Früchte bildeten. Aus den stacheligen Früchten würde sie in einigen Wochen die bohnenförmigen Samen ernten können – die sogenannten Castorbohnen, aus denen sie das Rizin gewinnen würde. Dann würde sie ihren Plan fortführen können. Bis dahin blieb ihr nur die Pflege des Baumes. Sein Name – Wunderbaum – rührte von einer biblischen Erzählung her, nach der die Pflanze in Ninive innerhalb einer einzigen Nacht zu einem mächtigen Baum herangewachsen war, um den Propheten Jonas zu schützen.

Robert und sein Kollege waren inzwischen wieder im Polizeipräsidium angekommen. Dennis Winterberger hatte sich ohne ein weiteres Wort hinter seinen PC zurückgezogen und begonnen, nach noch lebenden Verwandten von Josef Zimmermann zu suchen, die sie als nächste befragen wollten.

Robert klopfte an die Tür von Schultes Büro, um ihn über das Ergebnis der Obduktion in Kenntnis zu setzen. Er nahm gegenüber von seinem Chef Platz und berichtete ihm in allen Einzelheiten von dem seltenen Gift, an dem Zimmermann gestorben war. Natürlich ließ er auch die Blamage von Winterberger nicht aus und Schulte musste mehr als einmal lächeln, während sein Ermittler die Geschichte zum Besten gab.

„Im Endeffekt können wir dieser jungen Pflegerin dankbar sein, dass sie so genau hingesehen hat", schloss Robert seine Ausführungen. „Sonst wäre dies einer der vielen unaufgeklärten Morde geblieben, die mit einem natürlichen Tod verwechselt werden."

„Nehmen Sie den Kollegen mit und hören Sie sich in diesem Pflegeheim um. Irgendwer muss ja schließlich etwas über diesen Mann und seine Angehörigen wissen. Und ich kann mir auch nicht vorstellen, dass in so ein teures Pflegeheim einfach jemand ungesehen hineinspazieren kann, ein Zimmer betritt und wieder verschwindet."

Robert nickte seinem Chef zu, verließ das Büro und sprach seinen Kollegen an.

„Wir sollen zu diesem Pflegeheim fahren und uns dort vor Ort mit den Angestellten unterhalten. Irgendjemand muss etwas gesehen haben und wir sollten auf jeden Fall auch nach Überwachungskameras fragen. Gerade bei älteren und dementen Patienten werden doch mit Sicherheit entsprechende Sicherheitsmaßnahmen getroffen."

Winterberger blickte von seinem Bildschirm auf. Man konnte ihm ansehen, dass ihm die Episode von vorher immer noch unglaublich peinlich war. Fast tat er Robert ein wenig leid, aber dann dachte er sich, dass er diesen Denkzettel verdient hatte.

„Ich habe nach den Angehörigen von Josef Zimmermann gesucht, aber bis jetzt noch niemanden finden können. Er war wohl verheiratet, allerdings hat seine Frau nach der Trennung die Stadt verlassen und einen anderen Namen angenommen. Vielleicht kann uns ja in diesem Pflegeheim jemand weiterhelfen. Irgendein Ansprechpartner muss ja in den Unterlagen bei der Heimleitung hinterlegt worden sein."

„Guter Vorschlag", stimmte Robert zu. „Dann machen wir uns am besten gleich auf den Weg."

Sie fuhren mit dem Dienst-BMW zum St. Antonius-Pflegeheim. Ein Blick auf das Haus und das Anwesen verriet, dass es sich um eins der hochpreisigen Pflegeheime handelte. Der Vorgarten war akkurat, der Rasen gepflegt und die Fassade frisch gestrichen.

„Einen Pflegeplatz hier kann sich nicht jeder Normalbürger leisten", merkte Robert an, während sie den gepflasterten Weg zu der breiten Eingangstür entlang gingen. In einer weitläufigen Halle stand rechts ein Tresen, hinter dem eine untersetzte Frau Mitte Fünfzig saß und sie mit abschätzendem Blick musterte.

„Die Besuchszeit ist nachmittags von 14:30 Uhr bis 17:00 Uhr", sagte sie, noch bevor die beiden Kommissare die Möglichkeit hatten, sich vorzustellen.

Robert zog seine Marke aus der Innentasche seiner Jacke und hielt sie der Frau unter die Nase.

„Wir sind nicht hier, um jemanden zu besuchen. Kunz, K 9, und das ist mein Kollege Winterberger. Wir möchten gerne zu Ihrer Heimleitung", sagte er in einem Ton, der keinen Widerspruch duldete.

Die Frau griff nach dem Telefon, drückte eine Kurzwahl und wartete einen Moment.

„Frau Hausmann, hier sind zwei Herren von der Kriminalpolizei für Sie." Sie hörte kurz zu, legte dann auf und fuhr an die Ermittler gewandt fort: „Frau Hausmann kommt und holt Sie hier ab." Damit wandte sie sich wieder ihrem Bildschirm zu und ignorierte die beiden Männer, die ein paar Schritte abseits warteten. Eine schlanke, hochgewachsene Frau in einem eleganten Kostüm betrat die Halle und musterte die wartenden Männer, als seien sie lästige Insekten.

,Das kann ja heiter werden', dachte Robert. ,Die hat bestimmt nicht vor, uns bei den Ermittlungen zu unterstützen und womöglich den guten Ruf ihres Pflegeheims zu riskieren.' Er erinnerte sich an die Worte der jungen Pflegerin, die ihre Bedenken geäußert hatte, dass sie Probleme für sich befürchtete, weil sie zur Polizei gegangen war.

Doch dann geschah etwas, das Robert stutzen ließ. Sein Kollege Winterberger ging mit einem strahlenden Lächeln auf die Frau zu und schüttelte ihr die Hand.

„Frau Hausmann, so eine Überraschung, ich habe Sie ja ewig nicht mehr gesehen."

Die Frau schaute ihn überrascht an und erwiderte das Lächeln dann.

„Der kleine Dennis aus dem Nachbarhaus, mit dir hätte ich ja niemals gerechnet. Du – oder muss ich jetzt Sie sagen – bist also jetzt bei der Polizei?"

Robert hatte das Gespräch wie ein Tennismatch verfolgt und entschieden, sich nicht einzumischen. Offensichtlich kannte der Kollege die Dame und sie war geneigt, sich mit ihm zu unterhalten. Also hielt er sich im Hintergrund und folgte den beiden, die schon bald in ein Gespräch vertieft waren. Als Winterberger sich unterwegs mit einem fragenden Blick umdrehte, bedeutete er ihm mit einem kurzen Nicken, dass er sich zurückhalten würde. Offensichtlich hatte der Kollege hier die deutlich besseren Karten.

In ihrem Büro angekommen, bot die Heimleiterin den beiden einen Platz gegenüber von ihrem Schreibtisch anbot.

„Aber was bringt denn die Mordkommission in unser Heim? Ich dachte, Herr Zimmermann sei an Herzversagen gestorben. Das hat zumindest der Arzt in den Totenschein geschrieben."

Sie zog eine Patientenakte aus dem Rollcontainer neben ihrem Tisch und legte sie den beiden Kommissaren zur Einsicht hin.

„Ich gehe davon aus, dass ich Ihnen sowieso alle Informationen zur Verfügung stellen muss, also können Sie gerne die Akte einsehen."

Dennis Winterberger vergewisserte sich mit einem Blick auf Robert, dass er in diesem Fall die Führung übernehmen durfte und beantwortete nach dem knappen Nicken seines Kollegen zunächst die Frage, die Frau Hausmann gestellt hatte.

„Auf den ersten Blick sieht es tatsächlich nach einem ganz normalen Herztod aus und in Anbetracht des Alters ist das ja auch nicht so ungewöhnlich."

„Und warum gibt es dann diese Ermittlung?"

„Weil einer Ihrer Pflegerinnen etwas Seltsames am Arm des Toten aufgefallen ist. Glücklicherweise, muss man hier sagen, denn sonst wäre dieser Mord als natürlicher Tod durchgegangen."

Frau Hausmann runzelte die Stirn. „Was ist denn da so auffällig gewesen und wieso ist meine Angestellte nicht zuerst zu mir damit gekommen?", fragte sie streng.

Jetzt verstand Robert die Bedenken der jungen Frau, die sie nach der Aussage geäußert hatte. Die Heimleitung schien sehr auf ihren guten Ruf bedacht zu sein. Er schaltete sich in das Gespräch ein.

„Sie war sich nicht sicher, was das zu bedeuten hatte, und hat sich deswegen an die Polizei gewendet. Dafür sind wir ja schließlich auch da. Die Kollegen von der Schutzpolizei haben sich dann auch direkt an uns gewandt und es hat sich herausgestellt, dass Herr Zimmermann keines natürlichen Todes gestorben ist, sondern einem Giftmord zum Opfer fiel."

„Ein Giftmord? In unserem Haus?" Frau Hausmanns Ton bewies eindeutig, dass sie die Geschichte für absoluten Unfug hielt. „Wer soll denn bitte ein Interesse daran haben, unsere Bewohner umzubringen?"

„Um das zu klären, sind wir hier", sagte Winterberger. „Liebe Frau Hausmann, Sie wollen doch sicher auch, dass dieser Fall restlos aufgeklärt wird, denn es kann ja nur in Ihrem Interesse sein, dass so etwas nie wieder vorkommt. Schließlich geht es auch um den guten Ruf Ihres Pflegeheimes."

Er hatte genau den Nerv getroffen, das musste Robert neidlos anerkennen.

„Natürlich wünsche ich eine vollständige Aufklärung des Falles, wenn es denn wirklich ein Mord war", stimmte Frau Hausmann zu. „Was benötigen Sie von mir? Ich werde Sie selbstverständlich nach Kräften unterstützen."

„Zunächst müssten wir wissen, wer − abgesehen vom Pflege- und Hauspersonal − einen Schlüssel zum Gebäude hat, beziehungsweise wie das Haus überhaupt betreten werden kann", fragte Robert.

Frau Hausmann dachte kurz nach. „Den ganzen Tag über kann hier im Prinzip jeder rein- und wieder rausgehen, wir sind ein Pflegeheim und kein Gefängnis. Der Empfang vorne am Eingang ist den ganzen Tag über besetzt, aber ich kann natürlich nicht ausschließen, dass jemand auch ungesehen das Haus betritt."

„Gibt es Kameras in bestimmten Bereichen des Hauses?"

„Nein." Bedauernd schüttelte die Heimleiterin den Kopf. „Wir haben bis jetzt nie eine Notwendigkeit gesehen, Kameras zu installieren. Hier ist in den ganzen Jahren nicht eingebrochen worden. Abends um einundzwanzig Uhr schließen wir die Eingangstür ab. Dann kann niemand mehr das Haus verlassen oder betreten. Die Mitarbeiter verfügen natürlich über Schlüssel, denn sie betreten das Haus ja zur Früh- oder Spätschicht. Aber für meine Mitarbeiter lege ich die Hand ins Feuer, die würden keinem Bewohner jemals Schaden zufügen."

Winterberger versuchte es anders. „Wissen Sie denn etwas über Josef Zimmermann, das uns weiterhelfen würde? Hatte er Angehörige oder bekam er regelmäßig Besuch?"

Die Heimleiterin verneinte. „Besuch hatte er nie und in seinen Unterlagen steht lediglich ein Anwalt, der die Vollmacht über seine Konten hatte und sich um alle behördlichen Dinge kümmerte."

Einen kurzen Moment trat Stille ein. Dann fuhr Frau Hausmann fort.

„Ich habe mich auch gewundert, dass er nie Besuch bekam. Irgendwann hat er etwas von einem Sohn erzählt, aber den hatte er wohl schon seit Ewigkeiten nicht mehr gesehen."

Das hier sah ganz danach aus, als würden sie in diesem Heim nicht viel erfahren können.

„Ist der Wohnbereich von Herrn Zimmermann noch frei? Können wir uns dort vielleicht einmal kurz umschauen?"

Die Heimleiterin zögerte einen kurzen Moment. „Natürlich dürfen Sie sich dort umsehen, aber Sie müssen verstehen, wir haben lange Wartelisten." Es war offensichtlich, dass ihr die Situation sehr unangenehm war. „Wir haben das Zimmer schon ausgeräumt, morgen früh kommt der neue Bewohner."

„Was ist mit den persönlichen Sachen von Herrn Zimmermann passiert?"

Die haben wir natürlich alle aufgehoben. Sie stehen im Lager, wir haben den Anwalt benachrichtigt, der die Vorsorgevollmacht hat, damit er sie abholen lässt und an eventuelle Erben weitergibt."

„Wir würden die Sachen gerne vorher sichten und sehen, ob wir einen Hinweis auf seinen Sohn oder andere Angehörige finden können."

„Ich werde sie herbringen lassen." Die Heimleiterin nahm den Hörer ihres Telefons ab. „Aber ich würde sie bitten, mir den Erhalt zu quittieren."

„Das ist kein Problem", beeilte sich Dennis Winterberger zu versichern.

Nur zehn Minuten später verließen die beiden Ermittler mit einem Stoffbeutel in der Hand, in dem sich alle persönlichen Habseligkeiten von Herrn Zimmermann befanden, an der Hand das Pflegeheim.

‚Das ist es also, was von einem Menschen am Ende seines Lebens übrig bleibt. Eine Stofftasche gefüllt mit ein paar Erinnerungen und niemanden, der ihn auf seinem letzten Weg begleitet', dachte Robert bei sich, als sie zum Auto zurückgingen. Er hoffte inständig, dass das am Ende seines Lebens einmal anders sein würde.

19. Oktober 2017 – Donnerstag, 16:30 Uhr

Tom ging noch einmal die Liste durch, die ihm geschickt worden war und auf der alles stand, was er für den zweitägigen Einstellungstest benötigte. Nachdem er sich entschieden hatte, zur Polizei zu gehen, hatte er sich im Frühjahr dort beworben und war für Freitag und Samstag zum Einstellungstest eingeladen worden. Seine Mutter Anna betrat das Zimmer mit einem Arm voll Bügelwäsche.

„Willst du von den Sachen auch noch etwas mitnehmen?"

Tom schreckte aus seinen Gedanken hoch.

„Was?" Er drehte sich um. „Nein, ich habe genug Wechselkleidung dabei", sagte er mit einem Kopfnicken in Richtung der Reisetasche, die fertig gepackt neben seinem Kleiderschrank stand. Er nahm seiner Mutter die Wäsche ab.

„Danke, ich räume die Klamotten gleich ein."

Im Hinausgehen drehte sich seine Mutter noch einmal um. „In einer Stunde können wir essen, danach bringen wir dich zum Zug."

Im Moment war die Familie abends unter sich, denn Toms Freund Hanno, der seit fast zwei Jahren bei ihnen lebte, war schon seit zwei Wochen zu einem sechswöchigen Schüleraustausch in England. Tom hatte sich wegen des Einstellungstests bei der

Polizei schweren Herzens dazu entschlossen, nicht direkt mitzufahren. Er würde am kommenden Montag hinterherfliegen, um an den letzten vier Wochen teilzunehmen.

Tom legte die Liste auf die Reisetasche, stapelte die Bügelwäsche in den Kleiderschrank und stellte sich dann unter die Dusche. Er war natürlich aufgeregt, weil er nicht wusste, was genau auf ihn zukam, aber gleichzeitig freute er sich auch, etwas Neues kennenzulernen und vielleicht demnächst die Gewissheit zu haben, wie es nach dem Abitur bei ihm weitergehen würde.

Robert machte sich auf den Heimweg. Er wollte heute unbedingt pünktlich zu Hause sein, denn nach dem Essen wollten sie Tom noch gemeinsam zum Bahnhof bringen.

‚Und danach gehe ich mit Anna noch schön einen Cappuccino trinken', dachte er sich, während sein Weg ihn wie von selbst an dem kleinen Blumenladen vorbeiführte. Fünfzig Meter weiter fuhr er rechts ran und entschied sich spontan, seiner Frau noch einmal Blumen mitzubringen.

Das melodische Klingeln der Glocke ertönte, als er die Tür zum Laden öffnete. Die freundliche junge Frau stand mit dem Rücken zu ihm und arrangierte Blumen zu bunten Sträußen. Sie drehte sich um, über ihr Gesicht zog sich ein Lächeln, als sie Robert erkannte. Die junge Frau berührte ihn irgendwie, er wusste nicht warum, aber es war so.

„Oh, guten Tag." Sie lächelte ihn warm an. „Was darf es denn heute sein?"

Robert überlegte kurz. „Rosen. Ich hätte gerne Rosen – am liebsten diese zweifarbigen."

Sie griff hinter sich und zog eine langstielige gelb-rote Rose aus einer Vase. „So etwas suchen Sie?"

„Genau, daran hatte ich gedacht. Können Sie mir davon neun Stück mit etwas Grün binden?"

Nur wenige Minuten später überreichte sie ihm einen wunderschönen Strauß, er bedankte sich und zahlte. Bevor er das Geschäft verließ, drehte er sich noch einmal um und warf einen Blick auf die Frau, die sich wieder ihren Sträußen gewidmet hatte. Sie wirkte ein wenig melancholisch, hinter ihrem Lächeln verbarg sich etwas – etwas, das er nicht einzuordnen wusste.

Um kurz nach fünf hörte Tom das Auto seines Vaters auf die Einfahrt fahren. Er nahm seine Reisetasche in die Hand und ging die Treppe hinunter. Wolle bekundete die Ankunft seines Herrchens mit frenetischem Freudengebell.

„Und alles fertig vorbereitet?", wurde er von seinem Vater begrüßt.

„Klar." Tom ließ die Reisetasche am Fuß der Treppe fallen und betrachtete interessiert den Blumenstrauß. „Oh, Rosen. Na dann ist es ja gut, dass heute Abend mal beide ‚Kinder'", er machte virtuelle Anführungszeichen in die Luft, „aus dem Haus sind."

Er grinste anzüglich ob Roberts empörtem Gesicht.

„Ich würde mal sagen, das Essen ist fertig." Tom schnupperte in Richtung der Küche, als Anna auch schon den Kopf durch die Tür streckte.

„Deine Nase täuscht dich nicht, das Essen ist fertig. Es gibt Schnitzel mit Pommes und Salat – extra für dich zum Abschied."

Als Tom durch die Küchentür verschwunden war, zog Robert den Blumenstrauß hinter seinem Rücken hervor, den er schnell dort hatte verschwinden lassen. Seine Frau strahlte übers ganze Gesicht und bedankte sich mit einem langen, innigen Kuss, als Tom aus der Küche zu hören war.

„Das Essen ist fertig. Und schließlich wollt ihr ja nicht, dass ich den Zug verpasse, dann habt ihr nämlich die nächsten beiden Tage nicht sturmfrei."

Anna schüttelte lachend den Kopf. „Unmöglich, das Kind."

Robert grinste. „Deins, ich hab es schon fast fertig übernommen, wasche meine Hände also in Unschuld."

Sie verdrehte die Augen und zog ihn hinter sich her in die Küche. Sie aßen heute an dem kleinen Tisch in der Küche, weil sie nur zu dritt waren. Es wurde trotzdem ein lebhaftes Abendessen, bei dem sie sich über alles Mögliche unterhielten.

Um 19:05 Uhr fuhr Toms Zug zur Landespolizeischule in Oldenburg. Sie schauten dem Zug noch eine Weile nach, dann gingen sie in ein nahegelegenes Café, um noch etwas zu trinken.

„Komisches Gefühl", sagte Anna, als sie an ihrem Latte Macchiato genippt hatte. „Jetzt fährt Tom nach Oldenburg, um dort seine Zukunft zu planen. Manchmal kommt es mir vor wie gestern, dass ich ihn zu seinem ersten Schultag am Gymnasium begleitet habe."

„Er wird erwachsen." Robert legte seine Hand auf die seiner Frau und umschloss sie mit seinen langen Fingern. „Und dass er so geworden ist, wie er ist, das ist alleine dein Verdienst. Er wird seinen Weg gehen und ich glaube, du kannst wirklich stolz auf ihn sein."

„Ganz unbeteiligt warst du daran auch nicht, du hast ihm den Vater in den letzten Jahren ersetzt."

Robert küsste seine Frau. „Dann freuen wir uns jetzt mal auf ein kinderfreies Wochenende. Und hoffentlich dieses Mal ohne Leichen."

19. Oktober 2017 – Donnerstag, 20:15 Uhr

Sie stand im Halbdunkel vor dem Reihenhaus mit dem akkuraten Vorgarten. Schon seit einer Stunde beobachtete sie das Leben im Haus, beziehungsweise das, was die Bewohner für Leben hielten. In den letzten Wochen, nachdem sie den Wohnort von Franz Mühlbauer herausgefunden hatte, hatte sie sich intensiv mit dem Alltag von Franz Mühlbauer und seiner Frau beschäftigt. Ob die Frau, die jeden Tag für ihn einkaufte, kochte und seine Wäsche in Ordnung hielt, davon wusste, mit wem sie eigentlich da zusammenlebte. Bestimmt dachte diese arme Frau, dass sie einen anständigen Kerl geheiratet hatte.

,Elender Triebtäter', dachte sie hasserfüllt.

Und nicht nur, dass er sie missbraucht und gequält hatte, er hatte seine Ehefrau mit ihrer Mutter und wahrscheinlich unzähligen anderen betrogen. Als er noch jünger gewesen war, hatte er seinen Schwanz in jede Frau und jedes Mädchen gesteckt, die seinen Weg freiwillig oder auch unfreiwillig gekreuzt hatten.

Der Gedanke an die Nächte, in denen er aus dem Bett ihrer Mutter in ihr Bett gekommen war und ihr diese unglaublichen Schmerzen und den unsäglichen Horror zugefügt hatte, ließ sie trotz der relativ milden Temperaturen in ihrem Anorak erschauern. Plötzlich war all das, was sie so weit weg geglaubt hatte, wieder da, als sei es gestern gewesen. Sie fühlte sich auf einmal wieder wie das zehnjährige hilflose Mädchen, das sie gewesen war. Sie atmete tief durch die Nase ein und den Mund wieder aus, bis die Attacke vorüber war.

,Ich bin nicht mehr hilflos und wehrlos', das sagte sie sich immer und immer wieder. ,Ich werde diese Vergangenheit ein für alle Mal auslöschen. Wenn alle diese Menschen vom Angesicht der Erde getilgt sind, werde ich mein neues, freies Leben beginnen.'

Drinnen wurde das Licht in der Küche gelöscht. Nur noch ein schwacher Lichtschein drang aus dem hinteren Teil des Hauses in Richtung der Straße. Offensichtlich saß das Ehepaar jetzt im Wohnzimmer und schaute fern. Sie wartete noch eine Weile, doch nichts weiter geschah, so wie jeden Abend. Jede Aktivität endete um Viertel nach acht, wenn das tägliche Abendprogramm begann.

Um halb neun schlug sie den Kragen ihrer Jacke hoch und ging nach Hause. Sie musste noch nach ihren kostbaren Pflanzen sehen, bevor sie ins Bett ging.

20. Oktober 2017 – Freitag, 09:00 Uhr

Robert und sein Kollege Dennis Winterberger hatten die persönlichen Gegenstände von Josef Zimmermann gesichtet, um etwas über eventuelle Angehörige oder Bekannte herauszufinden.

„Ich habe hier ein paar alte Fotos", sagte Winterberger, „und auf der Rückseite steht etwas mit Bleistift geschrieben." Er reichte Robert die Fotos. „Es ist sehr verwischt, ich kann es nicht lesen."

Robert nahm die abgenutzten Abzüge in die Hand und betrachtete sie. Eins zeigte einen Jungen mit einer Schultüte in der Hand, ein anderes einen kleinen Jungen in einem Planschbecken.

„Das könnte der Sohn von Zimmermann sein", überlegte er halblaut. „Zimmermann war Ende Siebzig, das bedeutet, sein Sohn könnte jetzt Mitte bis Ende Dreißig sein. Hier steht Johannes mit der Jahreszahl 1987 auf der Rückseite und der Junge hat eine Schultüte in der Hand. Gehen wir mal davon aus, dass die meisten Kinder im Alter von sechs Jahren eingeschult werden, dürfte unser Kandidat Geburtsjahrgang 1981 sein."

Winterberger hatte sich die Daten notiert. „Johannes Zimmermann, Jahrgang 1981", wiederholte er. „Ich lasse mal eine EMA-Abfrage laufen."

Er tippte die Angaben ein und sie warteten. Robert war aufgestanden, um den Tisch herumgegangen und schaute mit auf den Bildschirm. Doch ihre Erwartungen wurden enttäuscht. In Deutschland waren zwar mehrere Johannes Zimmermann gemeldet, aber auf keinen passten die weiteren Informationen. Entweder stimmte das Geburtsjahr nicht oder als Vater war nicht Josef Zimmermann eingetragen oder oder oder. Es gab unendlich viele Möglichkeiten, was die Sache nicht einfacher machte. Seufzend schloss Winterberger das Fenster mit der Abfrage.

„So kommen wir scheinbar nicht weiter."

Winterberger kaute auf seiner Unterlippe herum. „Was wäre denn, wenn Zimmermanns Frau nach der Trennung ihren Geburtsnamen wieder angenommen hat?"

Robert blickte seinen Kollegen überrascht an. „Das könnte es sein. Dann müssen wir jetzt nur noch herausfinden, wann Josef Zimmermann geheiratet hat und wie seine damalige Frau vor der Hochzeit hieß." Er seufzte. „Das heißt dann jetzt wohl gute alte Polizeiarbeit, also fangen wir damit an, die Standesämter in Hannover und der näheren Umgebung anzurufen."

Den Rest des Vormittages verbrachten sie mit Telefonaten, bis Robert gegen Mittag beim

Standesamt in der Heiligerstraße endlich einen Treffer aufweisen konnte.

„Vielen Dank für die Information", Robert schrieb sich schnell etwas auf die Unterlage vor seiner Tastatur, bevor er den Hörer auflegte.

„Sieht so aus, als hätten wir eine erste Spur. Josef Zimmermann hat 1976 seine Frau Marianne hier in Hannover im Standesamt in der Heiligerstraße geheiratet. Sie hieß vor der Hochzeit Marianne Roth. Und laut den Stammbuchkopien ist am 11. März 1981 ihr Sohn Johannes geboren."

„Dann suchen wir jetzt mal nach Marianne Roth, beziehungsweise nach Johannes Roth."

Winterberger startete eine erneute EMA-Abfrage und dieses Mal hatte er mehr Glück.

„Marianne Roth lebt nicht mehr. Sie ist vor drei Jahren verstorben. Aber es gibt einen Johannes Roth, der lebt hier in Hannover, Stadtteil Misburg in der Kampstraße."

„Dann werden wir den Mann jetzt mal aufsuchen und versuchen, ein wenig mehr über seinen Vater herauszufinden."

Sie machten sich auf den Weg und trafen eine knappe halbe Stunde später in der Kampstraße ein.

„31 – dort ist es." Dennis Winterberger zeigte auf ein kleines Einfamilienhaus, das ein wenig zurück von der Straße lag. Sie folgten dem schmalen Weg zur

Eingangstür, wo ein Schild an der Tür prangte. ‚Hier wohnen Johannes, Ariana und Thorsten Roth.'

„Er hat also inzwischen eine eigene Familie", bemerkte Robert. „Und in der war wohl kein Platz mehr für seinen Vater. Ich wüsste nur gerne den Grund dafür, ich hoffe sehr, dass wir hier endlich hinter die Ursache für das seltsame Schweigen kommen werden."

Er drückte auf den Klingelknopf, ein melodischer Ton klang durch den Flur, bevor das Getrappel kleiner Füße im Flur zu hören war.

„Thorsten, nein", rief eine Frauenstimme, doch es war schon zu spät. Die Haustür öffnete sich und ein ungefähr vierjähriger weizenblonder Junge stand vor ihnen. Er sah dem Jungen auf dem verblichenen Foto außerordentlich ähnlich.

‚Wir sind offenbar richtig', dachte Robert, dem die Ähnlichkeit sofort aufgefallen war. Eine schlanke brünette Frau erschien hinter dem Jungen, legte die Hände auf seine Schultern und zog ihn an sich heran.

„Wie oft habe ich dir schon gesagt, dass du nicht einfach die Tür aufmachen darfst", schimpfte sie, doch aus ihrer Stimme klang mehr Besorgnis als Ärger. Sie blickte die beiden Beamten an. Robert beeilte sich, seinen Ausweis herauszuholen.

„Robert Kunz, K9 Mordkommission", stellte er sich vor. „Und das ist mein Kollege Dennis Winterberger."

Die Frau zog überrascht die Augenbrauen hoch. „Mordkommission? Und sie sind sich ganz sicher, dass Sie hier bei uns richtig sind? Meines Wissens haben wir keine Leichen im Keller." Plötzlich breitete sich ein angstvoller Ausdruck auf ihrem Gesicht aus. „Ist etwas mit meinem Mann?"

„Nein, deswegen sind wir nicht hier", beeilte sich Robert, die Frau zu beruhigen. „Es geht um den Vater Ihres Mannes. Aber dürfen wir vielleicht hereinkommen?"

„Natürlich." Die Frau öffnete die Haustür ganz. „Es tut mir leid, ich wollte nicht unhöflich sein."

„Wir müssen uns entschuldigen, dass wir Sie hier so unvorbereitet überfallen."

Sie betraten einen hellen Flur und folgten der Frau, die den kleinen Jungen an der Hand hielt, in ein geschmackvoll eingerichtetes Esszimmer. Sie bot ihnen Platz an.

„Kann ich Ihnen etwas zu trinken anbieten? Eine Tasse Kaffee oder ein Wasser?"

„Wenn es Ihnen keine Umstände macht, würde ich gerne eine Tasse Kaffee nehmen", sagte Robert, der die Gelegenheit nutzte, seinen Blick durch das Zimmer schweifen zu lassen, während in der Küche das Geräusch des Kaffeevollautomaten zu hören war, der krachend die Bohnen mahlte. Die langjährige Ermittlungsarbeit hatte ihn gelehrt, dass solche

Eindrücke oft viel mehr wert waren als die Aussagen der Menschen.

Die junge Frau stellte Kaffee und Wasser auf den Tisch und setzte sich dann wieder.

„Wir haben nie Kontakt zum Vater meines Mannes gehabt", begann sie ohne Umschweife. „Und was macht die Mordkommission dann hier? Ist der Vater meines Mannes keines natürlichen Todes gestorben?"

„Nein, er ist leider vergiftet worden. Eine junge Pflegerin hat es zufällig bemerkt und ist zur Polizei gegangen. Wir haben dann herausgefunden, dass er durch ein seltenes Gift gestorben ist und uns dann auf die Suche nach Angehörigen gemacht. So sind wir nach einigen Schwierigkeiten auf Ihren Mann gestoßen."

„Mein Mann ist noch im Büro. Er wird gegen 16:00 Uhr ungefähr zurück sein, aber glauben Sie, dass er Ihnen etwas sagen kann? Er hat seinen Vater, der für ihn nicht mehr als ein Erzeuger war, seit seiner Kindheit nicht mehr gesehen. Seine Mutter hat seinen Vater verlassen, als Johannes gerade zehn war. Soweit ich weiß, hat sie ihren Mädchennamen wieder angenommen und jeden Kontakt abgebrochen. Was damals genau vorgefallen ist, das weiß ich nicht. Johannes' Mutter hat nie darüber gesprochen und er war noch zu klein, um sich an viel zu erinnern. Vielleicht hat er es auch verdrängt."

„Wir müssen trotzdem noch mit Ihrem Mann reden. Würden Sie ihm bitte sagen, dass wir heute Nachmittag gegen siebzehn Uhr noch einmal wiederkommen?" Robert trank den letzten Schluck seines Kaffees. „Vielen Dank für den ausgezeichneten Kaffee."

Die beiden Beamten erhoben sich, Frau Roth begleitete sie noch zur Tür. Ihr kleiner Sohn, der in der Zwischenzeit ganz in seine Spielsachen auf dem Teppich vertieft war, nahm gar keine Notiz von ihnen.

20. Oktober 2017 – Freitag, 17:00 Uhr

Pünktlich um 17:00 Uhr standen Robert und sein Kollege zum zweiten Mal an diesem Tag vor dem Haus von Johannes Roth, der ihnen direkt nach dem Klingeln die Tür öffnete.

„Ich habe Sie bereits erwartet", begrüßte sie der blonde, hochgewachsene Mann. „Kommen Sie doch herein."

Wieder nahmen sie an dem Esstisch Platz, an dem sie zuvor schon gesessen hatten.

„Meine Frau hat mir schon erzählt, dass sie wegen des Todes meines Vaters hier sind. Aber ich befürchte, dass ich Ihnen nicht besonders viel sagen kann. Ich habe meinen Vater nicht mehr gesehen, seit ich zehn Jahre alt bin."

„Was ist denn damals passiert?", fragte Robert. „Es ist ja nicht normal, dass eine Frau ihr Kind nimmt, von heute auf morgen verschwindet, ihren Namen ändert und jeden Kontakt abbricht."

Johannes Roth hob ratlos die Schultern in die Höhe. „Sie hat mir nie etwas darüber erzählt. An dem Abend, als wir verschwunden sind, hat sie einmal gesagt, dass mein Vater ein gewissenloses Schwein sei und er uns nie wieder sehen wird. Danach hat sie nie wieder ein Wort über ihn verloren."

Sein Blick verlor sich irgendwo in der Weite des Raumes. Die beiden Ermittler ließen ihm Zeit, sich wieder zu sammeln und warteten, bis er von sich aus weiter sprach.

„Das einzige, woran ich mich erinnern kann, ist, dass mein Vater immer wieder abends und am Wochenende nicht zu Hause war. Wenn er dann wiederkam, hatten meine Eltern oft Streit und meine Mutter hat ihn beschimpft."

„Können Sie sich an etwas Außergewöhnliches in den Tagen vor der Trennung erinnern?" Robert wusste, dass Kinder oft viel mehr mitbekamen, als ihnen bewusst war und sie sich oft auch noch Jahre später daran erinnern konnten, wenn man den richtigen Trigger fand.

Johannes Roth konzentrierte sich und dachte angestrengt nach. Auf der Stirn zwischen seinen Augen bildete sich eine steile Falte. Dann schüttelte er den Kopf.

„Es tut mir leid, ich kann Ihnen wirklich nicht mehr sagen. Ich kann mich nicht erinnern, mein Kopf ist wie leergefegt."

Robert zog seine Visitenkarte aus der Innentasche seiner Jacke und schob sie über den Tisch zu Johannes Roth.

„Wenn Ihnen irgendetwas einfällt, dann melden Sie sich bitte bei uns. Auch wenn es Ihnen total unwichtig erscheint."

Der Mann drehte die kleine Pappkarte unschlüssig zwischen seinen Fingern hin und her.

„Meine Frau sagte, dass mein Vater ermordet wurde? Wer tut denn so etwas? Wer bringt einen alten Mann in einem Pflegeheim um?"

„Das versuchen wir gerade herauszufinden", antwortete Robert. „Aber ich bin mir inzwischen ziemlich sicher, dass das Motiv für die Tat in der Vergangenheit Ihres Vaters gelegen haben muss."

„Und was soll das gewesen sein?" Johannes Roth wirkte ratlos. „Auch wenn meine Mutter nie gut über meinen Vater gesprochen hat und ich einfach mal vermute, dass er zahlreiche Affären schon während der Ehe gehabt hat, kann ich mir trotzdem nicht vorstellen, dass er so etwas Schlimmes getan hat, dass ihn nach den vielen Jahren noch jemand dafür umbringen würde."

„Das werden wir herausfinden müssen, wenn wir den Täter fassen wollen. Gibt es denn noch Freunde oder Bekannte Ihres Vaters, von denen Sie den Namen kennen?"

Der Mann schüttelte seinen blonden Schopf. Auf einmal wirkte er kurz wieder wie der kleine Junge auf dem Foto.

„Es tut mir leid, ich kann Ihnen wirklich nicht helfen. Wie ich eben schon gesagt habe, habe ich meinen Vater seit unserem Auszug nie wieder gesehen. Wenn Sie heute nicht hier gewesen wären, hätte ich wahrscheinlich noch nicht einmal von seinem Tod erfahren."

„Wie geht es Ihnen denn jetzt mit der Nachricht vom Tod Ihres Vaters?", wollte Robert wissen.

Roth zog die Schultern nach oben. „Ich weiß nicht. Es ist irgendwie ein wenig surreal. Für mich hat mein Vater schon seit Jahrzehnten nicht mehr in meinem Leben existiert. Es ist, als sei er gerade heute wieder aufgetaucht, um dann direkt wieder zu verschwinden."

Robert erhob sich, Winterberger tat es ihm nach.

„Wir möchten uns jetzt gerne verabschieden. Vielen Dank für Ihre Zeit und Ihre Hilfe. Sollten wir etwas in Erfahrung bringen, hören Sie natürlich von uns."

Er reichte Johannes Roth die Hand, der sie noch zur Tür begleitete.

„Wenn mir noch etwas einfällt, rufe ich Sie an", rief er ihnen noch nach, als die beiden Ermittler zum Auto gingen.

„Was denken Sie?", fragte Winterberger auf der Fahrt zurück ins Präsidium.

„Ich bin mir ziemlich sicher, dass der Mann uns die Wahrheit gesagt hat." Robert lenkte den Dienstwagen durch den Feierabendverkehr. „Der hat nichts zu verbergen, da bin ich mir sicher."

„Dann haben wir also keine Spur zum Mörder von Josef Zimmermann", stellte Winterberger fest.

„Nein, wir werden noch einmal ganz von vorne anfangen müssen und in eine andere Richtung ermitteln, auch wenn ich noch keine Idee habe, in welche", sagte Robert grimmig.

Er setzte seinen Kollegen vor dem Revier ab, parkte das Auto auf dem zugehörigen Platz in der Tiefgarage und lief die Treppen zum Büro hoch. „So, Feierabend für heute", sagte er zu seinem Kollegen, als sein Blick den Stoffbeutel mit den persönlichen Habseligkeiten von Josef Zimmermann streifte. „Den hätten wir eigentlich heute direkt mitnehmen können."

„Sollten wir uns die Sachen nicht vorher noch einmal genau anschauen?", fragte Winterberger vorsichtig. „Vielleicht haben wir irgendetwas übersehen."

„Gut", stimmte Robert zu. „Schaden kann es ja nicht. Aber für heute ist Schluss. Ich wünsche Ihnen einen schönen Feierabend."

21. Oktober 2017 – Samstag, 18:15 Uhr

Anna stand in der Küche und wendete das Fleisch in der Pfanne. Tom kam heute Abend von seinen Einstellungstests für die Polizei zurück und Robert war an den Bahnhof gefahren, um seinen Adoptivsohn abzuholen. Schon am Telefon hatten sie erfahren, dass alles sehr positiv verlaufen war. Das wollten sie heute zusammen mit einem gemeinsamen Abendessen feiern.

„Wir sind wieder da." Wolle sprang auf, um das lange vermisste Familienmitglied lautstark zu begrüßen.

„Das Essen ist auch fertig", lachte Anna, als ihr Sohn den Kopf durch die Tür streckte und wie ein Hund schnüffelte. „Haben sie euch da so verhungern lassen?"

„Nein, das Essen war super, aber schließlich hatten wir ja auch zwei anstrengende Tage."

Sie saßen am Tisch und unterhielten sich noch lange über die vergangenen beiden Tage und Toms konkrete Pläne bei der Polizei.

„Ich habe mich entschieden, ich möchte nach der Ausbildung auf jeden Fall weitermachen und dann zur Kripo gehen", erzählte er mit leuchtenden Augen.

„Schwebt dir denn schon etwas vor, also eine Abteilung, wo du gerne hin möchtest?"

„Noch nicht so wirklich." Tom wirkte nachdenklich. „Natürlich würde mich die Mordkommission reizen, aber ich könnte mir auch vorstellen, zur Sitte zu gehen."

Anna wirkte überrascht. „Zur Sitte? Das willst du dir echt antun?"

„Wahrscheinlich wird es letztlich doch die Mordkommission", sagte Tom mit einem breiten Grinsen in Richtung seines Stiefvaters.

Robert fiel es schwer, seinen Stolz zu verbergen.

„Und wenn ich dir helfen kann", begann Robert seinen Satz, doch Tom schüttelte entschieden den Kopf.

„Das muss ich alleine schaffen. Ich will mir nicht irgendwann nachsagen lassen, dass ich eine Stelle nur bekommen habe, weil ich der Sohn von KHK Robert Kunz bin." Er schaute seine Eltern an, die beide zustimmend nickten. „Jetzt muss ich erst einmal endgültig genommen werden, obwohl ich schon denke, dass ich es geschafft habe. Beim Sporttest mache ich mir gar keine Gedanken und der Rest ist auch ganz ordentlich gelaufen."

Er lehnte sich in seinem Stuhl zurück und streckte die langen Beine vor sich aus.

„Gibt's bei euch denn im Moment irgendetwas Spektakuläres?", wollte Tom von seinem Vater wissen.

„Du weißt doch, dass ich über laufende Ermittlungen eigentlich nicht sprechen darf", antwortete der.

„Und eigentlich ist eigentlich kein Wort", fügte Tom an. „Also jetzt erzähl schon."

Anna war dem Dialog der beiden gefolgt wie einem spannenden Tennismatch. Sie war wieder einmal dankbar, dass sie in Robert einen so tollen Partner und Tom offensichtlich den Vater gefunden hatte, den er nie gehabt hatte.

„Nun ja", berichtete der Kommissar schließlich. „Es gibt da wirklich etwas, das uns allen Rätsel aufgibt."

Er erzählte seiner Familie von den seltsamen Umständen, unter denen Josef Zimmermann zu Tode gekommen war und dass es keinen einzigen Anhaltspunkt für ein Motiv in seiner Vergangenheit gab, weil es niemanden gab, der ihnen etwas über die Vergangenheit dieses Mannes sagen konnte.

„Und wenn nicht ein kleines Wunder geschieht, dann wird dieser Fall als einer der Ungelösten irgendwann in den Aktenbergen abgelegt werden."

10. Dezember 2017 – Sonntag, 9:00 Uhr

Heute war der Tag der Ernte gekommen. Gestern nach Ladenschluss war sie noch in dem letzten kleinen Gewächshaus gewesen, hatte die bohnenförmigen, braun gesprenkelten Früchte geerntet und in einer kleinen Plastikbox mit nach Hause genommen. Jetzt lagen die prallen Früchte auf der Anrichte und sie fuhr vorsichtig, fast liebevoll mit dem Finger über die glatte Haut der Bohnen. So harmlos sahen sie aus und doch waren sie so giftig. Sie nahm das scharfe Messer aus der Küchenschublade, zog die Handschuhe und den Mundschutz an und begann sachte, den ersten Samen rundherum aufzuschneiden. Das Innere enthielt das hochgiftige, wasserlösliche Rizin und weil schon kleinste eingeatmete Mengen tödlich sein konnten, arbeitete sie vorsichtig, bis sie den Kern – das sogenannte Endosperm – freigelegt hatte. Sie entnahm es mit einer Pinzette und ließ es in die bereitgestellte Petrischale mit destilliertem Wasser fallen. Hier würde sich das Gift im Wasser lösen. Mit fünf weiteren Bohnen verfuhr sie ebenso; mit dieser Menge Gift konnte man eine Elefantenherde töten.

„Allerdings werde ich keine Elefantenherde töten, sondern nur eine einzige Person", murmelte sie leise vor sich hin, während sie die Petrischale verschloss, damit nichts von dem gelösten Gift nach außen dringen konnte.

In eine Vene injiziert führte bereits eine winzige Menge unwiderruflich zum Tod. Rizin führte innerhalb von achtundvierzig Stunden zum Tod durch Kreislaufversagen. Die roten Blutkörperchen verklumpten durch ein agglutinierendes Protein, die sich bildenden Pfropfen setzten sich in den Venen oder Arterien fest und führten so unweigerlich zu Herzinfarkt oder Schlaganfall. Und das Beste an Rizin war, dass es kein Gegengift gab. Einmal verabreicht, war es ein Todesurteil – ein Todesurteil, das sie in naher Zukunft vollstrecken würde.

10. Dezember 2017 – Sonntag, 10:15 Uhr

„Oh nein", Robert stöhnte auf, als Wolle an der Tür kratzte. „Wir wollen doch nur einmal in der Woche ausschlafen."

Das interessierte den Mischling allerdings überhaupt nicht, er pochte auf seinen Morgenspaziergang und so machten Robert und Anna sich auf den Weg durch den ersten Schnee dieses Winters. Wie unter einer Decke aus Puderzucker lag das Land da.

„Es hat so etwas Friedliches", sagte Anna und schob ihre Hand in seine Jackentasche.

Nach einer halben Stunde kamen sie wieder zu Hause an, wo der Rest der Familie inzwischen auch zum Leben erwacht war.

Tom und Pauline, die seit einiger Zeit ein Paar waren, standen einträchtig in der Küche vor dem Herd, aus der es verführerisch nach Rührei und gebratenem Speck roch. Das Geklapper von Geschirr ließ erahnen, dass Hanno im Nebenzimmer den Tisch deckte.

„Oh, welch ein Luxus. Das dürft ihr ruhig öfter machen."

Anna hatte Wolle mit einem Handtuch im Flur abgetrocknet und er war froh, ihrer Fürsorge jetzt zu entkommen und sich dahin zu begeben, wo es ganz offensichtlich die Leckereien gab.

„Iih, Wolle, du bist ja noch ganz nass." Pauline schüttelte sich, als der Hund an ihrem Bein entlang streifte. „In fünf Minuten ist das Frühstück fertig", sagte sie dann an Anna gewandt. „Ihr braucht euch nur noch an den fertigen Tisch zu setzen."

Es wurde ein ausgiebiges und ausgelassenes Frühstück. Tom hatte vorige Woche seinen Bescheid von der Bundespolizei bekommen, dass er angenommen worden war. Pauline wollte vor dem Kunststudium noch ein Freiwilliges Soziales Jahr machen und Hanno hatte sich zum Entsetzen seines Vaters, der natürlich ein Studium mit anschließender Tätigkeit in der Bank für ihn vorgesehen hatte, für eine Ausbildung im Rettungsdienst beworben und war angenommen worden. Als sein Vater das erfahren hatte, hatte er endgültig mit seinem Sohn gebrochen, aber da er sich sowieso so gut wie nie um ihn gekümmert hatte, war auch das nicht wirklich von Bedeutung gewesen. Anna und Robert waren viel mehr eine Familie für ihn und sie hatten ihn darin bestärkt, den Beruf zu lernen, den er wirklich lernen wollte.

Während sie so am Tisch saßen, betrachtete Anna die Familie versonnen, die große Familie, die sie sich immer gewünscht hatte und die sie nun hatte. Auch wenn es nur noch wenige Monate sein würden, bis die drei ‚Kinder' – wenn man sie überhaupt noch so nennen durfte – sich in alle Winde zerstreuen würden. Trotzdem hoffte sie, dass ihr Zuhause ein Platz bleiben würde, zu dem die drei immer wieder zurückfinden würden, eine Insel der Geborgenheit.

13. Dezember 2017 – Mittwoch, 11:00 Uhr

Heute war ihr Tag gekommen, der Tag der Rache. Das Rizin hatte sich endgültig in dem destillierten Wasser gelöst. Sie hatte eine 10ml-Spritze mit dem gelösten Rizin gefüllt und eine sterile Nadel in die Tasche gesteckt.

Jetzt stand sie vor dem Haus auf der gegenüberliegenden Straßenseite, die Spritze, deren Nadel sie mit einer Plastikkappe sicher verschlossen hatte, in ihrer Jackentasche. Vor etwa fünfzehn Minuten war seine Frau zum Einkaufen auf den Wochenmarkt gegangen, das tat sie an jedem Mittwoch um diese Uhrzeit. Vor zwölf Uhr würde sie nicht zurückkommen und ihr Mann würde auf dem Sofa liegen und vor sich hindösen. Ihre Rache war nur noch einen Steinwurf entfernt, sie würde, nein, sie musste sie heute vollenden.

Langsam setzte sie einen Fuß vor den anderen, ihre Schritte waren schleppend. Sie tat es nicht gerne, aber sie musste es tun, um sich von den Geistern der Vergangenheit irgendwann befreien zu können. Um diese Dämonen, die nachts immer wiederkehrten, endlich aus ihrem Leben zu verbannen. Sie erreichte die Haustür, der Ersatzschlüssel lag unter dem Blumentopf neben der Treppe, wie er es seit Jahren tat. Sie hob den Topf an, nahm den Schlüssel vorsichtig heraus, drehte ihn dann im Schloss vorsichtig und leise herum. Die Tür öffnete sich, sie trat ein und zog sie leise hinter sich zu. Aus der geöffneten Wohnzimmertür klang ein leises Schnarchen. Ganz leise auf Zehenspitzen bewegte sie sich durch den Flur, verharrte kurz in der Tür und beobachtete, wie der Mann auf dem Sofa mit halb geöffnetem Mund schlief. Eine unsichtbare Schlinge zog sich um ihren Hals, die Dämonen der Vergangenheit waren ganz plötzlich wieder da.

,Beruhige dich', ermahnte sie sich selbst in Gedanken. ,Er ist alt und schwach und er kann dir nichts mehr tun.'

Die Panik drohte Besitz von ihr zu ergreifen und sie atmete tief ein und aus, um die Angst zu vertreiben. Langsam beruhigte sich ihr Herzschlag wieder, ihre Hände hörten auf zu zittern. Sie fühlte nach der Spritze in der Tasche ihrer Jacke und nahm sie vorsichtig heraus. Langsam und ganz leise näherte sie sich dem Sofa, sein Arm hing an seiner Seite schlaff herunter.

,Er darf nicht aufwachen', dachte sie sich. Sie würde es nicht ertragen, noch einmal in die blassblauen Augen des Mannes zu sehen, der dem zwölfjährigen Mädchen, das sie damals gewesen war, so Furchtbares angetan hatte. Sie würde sein Leben heute beenden und ihr neues Leben würde irgendwann beginnen, wenn sie ihre Rache vollendet hatte.

Sie nahm den Arm in ihre Hand, es war ihr zuwider, ihn zu berühren, aber sie musste es tun. Mit der einen Hand drückte sie den Oberarm zusammen, nur so fest, dass die Vene auf dem Unterarm sichtbar wurde, aber nicht fest genug, dass er aufwachte. Vorsichtig stach sie die Nadel in die Vene, er zuckte leicht zusammen und grunzte einige unverständliche Leute, doch er wachte nicht auf. Sie zog die Spritze aus der Vene und blickte auf den Mann hinab, an dem sie gerade ein Todesurteil vollstreckt hatte. Innerhalb der nächsten achtundvierzig Stunden würde das Rizin die roten Blutkörperchen verklumpen lassen und da es kein Gegengift gab, würde das unweigerlich zum Tod führen.

Sie verließ das Haus, legte den Schlüssel wieder unter den Blumentopf und machte sich auf den Weg nach Hause, wo sie einen weiteren Namen von der Liste aus dem kleinen Buch auf der Kommode streichen würde.

13. Dezember 2017 – Mittwoch, 12:45 Uhr

Sie schloss die Haustür auf. In dem Korb an ihrem Arm war frisches Gemüse, sie was sehr zufrieden mit ihrem Einkauf auf dem Wochenmarkt. Mit ihren Einkäufen würde sie eine leckere, frische Gemüsesuppe kochen, von der sie und ihr Mann zwei Tage essen konnten. Er mochte Hausmannskost und sie erfüllte ihm den Wunsch nach seinen Leibgerichten gerne. Das war schließlich ihre Aufgabe als gute Ehefrau. Kinder waren ihnen in ihrer Ehe nie vergönnt gewesen, auch wenn sie immer gerne eine Familie hatte haben wollen. Aber das hatte nicht in sein Lebensmodell gepasst.

Er war dienstlich viel auf Reisen gewesen, hatte jedoch nie gewollt, dass sie arbeiten ging. So war sie Hausfrau geworden und hatte ein langweiliges Leben geführt, das aus dem Führen des Haushaltes und daraus bestanden hatte, darauf zu warten, dass er von der Arbeit und seinen Eskapaden nach Hause kam. Natürlich hatte sie von seinen zahlreichen Affären gewusst, aber sich damit abgefunden, denn ihr luxuriöses Leben wollte sie ja schließlich auch nicht so einfach aufgeben.

„Ich bin wieder da", rief sie beim Betreten des Flurs.

Keine Antwort. Sie trat in die geöffnete Wohnzimmertür, blieb im Rahmen stehen und warf einen Blick hinein.

„Typisch", murmelte sie mit einem Kopfschütteln.

Er lag auf dem Sofa und schnarchte leise vor sich hin. Sein Arm hing schlaff über die Kante des Sofas, sein Mund war halb geöffnet, sein Atem ging gleichmäßig. Sie zog sich leise zurück und machte sich in der Küche an die Zubereitung der frischen Gemüsesuppe, die es heute zum Mittagessen geben würde.

Sie stand in der Küche an der Anrichte und schnippelte das Gemüse, während auf dem Herd schon das Suppenfleisch köchelte, als sie plötzlich ein Rufen aus dem Wohnzimmer vernahm.

„Heide, komm mal." Seine Stimme klang schwach und müde.

Sie beeilte sich. Als sie das Wohnzimmer betrat, sah sie ihn im ersten Moment nicht. Aber dann erblickte sie ihren Mann. Er war vom Sofa gerutscht und lag zwischen Sofa und Wohnzimmertisch auf dem Boden. Sie beeilte sich, ihm wieder aufzuhelfen.

„Ist alles in Ordnung mit dir?", wollte sie besorgt wissen.

„Ja, es geht schon. Ich habe nur so komisch geträumt eben. Als ob jemand hier gewesen wäre."

Seine Frau schüttelte entschieden mit dem Kopf.

„Wer soll denn hier gewesen sein? Als ich eben nach Hause kam, war die Tür abgeschlossen und alles wie immer. Du hast wirklich nur geträumt. Jetzt brauchst du dich aber auch nicht mehr hinzulegen, in zwanzig Minuten ist das Essen fertig."

Er saß noch einen Moment auf dem Sofa, wunderte sich, tat dann das Ganze als einen Traum ab und schaltete den Fernseher ein.

Wenn er gewusst hätte, dass die letzten achtundvierzig Stunden seines Lebens gerade begonnen hatten.

14. Dezember 2017 – Donnerstag, 18:45 Uhr

„Schnell, bitte kommen Sie schnell", Heide Mühlbauer hatte die 112 gewählt, nachdem sie ihren Franz auf dem Sofa liegend schwer atmend vorgefunden hatte. „Mühlbauer, in der Stolzestraße 18, mein Mann, er bekommt so schlecht Luft."

Sie legte auf, nachdem ihr am Telefon versichert wurde, dass Hilfe unterwegs sei und ging zurück ins Wohnzimmer. Franz Mühlbauer lag auf einen Stapel Kissen gebettet mit hoch gelagertem Oberkörper, seine Haut hatte eine gräuliche Färbung und er atmete schwer.

„Ich habe die Rettung gerufen, gleich kommt Hilfe", sagte seine Frau, die sich hilflos vorkam.

Eine Viertelstunde später traf der Rettungswagen ein.

„Hallo Herr Mühlbauer, Hoffmann vom Rettungsdienst", stellte sich der Rettungssanitäter vor. „Seit wann haben Sie denn die Beschwerden?"

„Heute Nacht", stieß Franz Mühlbauer zwischen zwei Atemzügen hervor. „Ich bin wachgeworden und habe mich irgendwie schlapp gefühlt, als ich auf die Toilette musste."

Seine Frau schaltete sich in das Gespräch ein. „Heute Morgen haben wir zunächst gedacht, er habe lediglich eine Erkältung, weil er schlecht Luft bekam und sich unwohl fühlte. Aber es ist immer schlimmer geworden."

Der zweite Sanitäter hatte in der Zeit, in der Frau Mühlbauer sprach, schon einmal den Blutdruck gemessen, die Sauerstoffsättigung überprüft und ein EKG geschrieben. Er wandte sich mit den ersten Ergebnissen jetzt an seinen Kollegen.

„Druck ist 115/75, ein bisschen schlapp, aber nicht dramatisch; das EKG ist unauffällig, aber die Sättigung ist mit 72% echt niedrig."

„Nimmt ihr Mann irgendwelche Medikamente oder sind chronische Erkrankungen bekannt?", wollte Jan Hoffmann von Frau Mühlbauer wissen, doch diese schüttelte den Kopf.

„Nein, mein Mann war immer gesund, er nimmt keine Medikamente."

„Wir werden Ihren Mann jetzt auf jeden Fall mit ins Krankenhaus nehmen und dort die Ursache für seine Atemnot abklären lassen."

„Kann ich mitkommen?", fragte Heide Mühlbauer ängstlich.

„Ja, Sie können gerne mitkommen. Suchen Sie uns bitte noch das Krankenkassenkartchen und die Papiere Ihres Mannes heraus. Und vielleicht packen Sie ihm auch ein paar Kleidungsstücke und seinen Kulturbeutel ein. Ein paar Tage wird er sicherlich im Krankenhaus bleiben müssen."

Während Frau Mühlbauer die Tasche packte, wurde Franz Mühlbauer transportfähig gemacht und in der Klinik der Medizinischen Hochschule Hannover als unklarer respiratorischer Notfall angemeldet. Es war das letzte Mal, dass er sein Zuhause sehen sollte.

Nach der Übergabe standen die beiden Rettungsdienstler noch mit einem Kaffee vor der Klinik.

„Hast du so etwas schon einmal gehabt?", fragte Hoffmann seinen Kollegen.

Der schüttelte den Kopf. „Ne, das passt alles nicht in die bekannten Krankheitsbilder. Vielleicht gibt das Labor ja Aufschluss über die Ursache für diese niedrige Sättigung."

„Letztlich nicht unser Problem, aber gewundert hat es mich schon."

Auf der Überwachungsstation wurde der Patient an die Geräte angeschlossen und engmaschig überwacht, doch erklären konnten sich die Ärzte die schlechten Werte nicht. Das Labor fand lediglich eine erhöhte Koagulation der roten Blutkörperchen, was natürlich die schlechte Sauerstoffsättigung erklärte, da diese für den Sauerstofftransport im Körper zuständig sind. Also bekam Herr Mühlbauer Blutverdünner und Antikoagulantien in der Hoffnung, dass sich die Werte wieder normalisierten.

Den nächsten Morgen erlebte Franz Mühlbauer nicht mehr. Um 23:48 Uhr hörte sein Herz auf zu schlagen. Der diensthabende Arzt schrieb „Herzversagen" auf den Totenschein, ordnete aber trotzdem eine Obduktion an, auch wenn nichts direkt auf eine unnatürliche Todesursache hinwies. Man sollte ihm schließlich nicht nachsagen können, dass er nicht ordentlich arbeitete.

15. Dezember 2017 – Freitag, 11:30 Uhr

„Das ist doch nicht deren Ernst", stöhnte Professor Hofmann in der Pathologie, als er den Totenschein seines neu eingelieferten Opfers in die Hand nahm. „Die glauben auch wirklich, dass wir den ganzen Tag nur rumsitzen und Kaffee trinken. Jetzt schicken die uns schon ältere Herren, die an Herzversagen sterben."

Hofmanns Laune wurde beim Lesen der Akte nicht besser. Dennoch machte er sich genauso akribisch an die Arbeit wie bei allen anderen Fällen. Und er erlebte eine Überraschung.

Robert war zur gleichen Zeit im Präsidium mit dem Vervollständigen ungelöster Fälle beschäftigt. Dabei warf er auch noch einmal einen Blick in die Akte Zimmermann aus dem Oktober.

„Im Fall Zimmermann hat sich auch nichts mehr ergeben"; sagte er zu seinem Kollegen Winterberger. „Es wird wohl so sein, wie wir erwartet haben. Der Tod von Josef Zimmermann wird wohl in die Geschichte der ungelösten Todesfälle eingehen."

„Ausgerechnet mein erster Fall beim K9 und wir werden ihn wahrscheinlich nicht lösen können." Man konnte Dennis Winterberger anmerken, dass es ihn ganz furchtbar wurmte, diesen Mord unaufgeklärt lassen zu müssen.

„Wenn da nicht noch irgendwelche Informationen aus dem Nichts auftauchen und ich wüsste im Moment nicht woher, dann wird es wohl so sein."

Dennis Winterberger und Robert Kunz würden niemals dicke Freunde werden und immer noch vermisste er seine Kollegin Marina Thomas an seiner Seite. Aber sie hatten sich nach den anfänglichen Schwierigkeiten miteinander arrangiert, das Arbeiten klappte.

Zwei Stunden später klingelte das Telefon. Es war Professor Hofmann, der die beiden Kommissare in die Pathologie bestellte. Er habe etwas Interessantes für die Mordkommission, sie sollten sich das dringend ansehen.

„Da bin ich ja mal gespannt", sagte Dennis Winterberger, der seit seinem ersten Kontakt mit Professor Hofmann und der Pathologie ein etwas gespaltenes Verhältnis zu den Räumlichkeiten im Keller hatte.

„So schlimm wird es schon nicht werden. Hofmann hat etwas von einer ungewöhnlichen Todesursache bei einem älteren Herrn erzählt – irgendetwas mit Gift."

„Noch ein älterer Herr mit einer Vergiftung?", fragte Dennis Winterberger verwundert. „Ob das reiner Zufall ist?"

„Kann schon sein."

Sie machten sich auf den Weg und betraten Hofmanns Gruselkabinett, wie Marina es immer genannt hatte, zwanzig Minuten später.

„Guten Tag, die Herren." Man konnte Hofmann, der sonst ab und zu ein wenig grummelig wirkte, anmerken, dass er sich freute, mal wieder etwas Ungewöhnliches auf dem Tisch zu haben.

„Darf ich vorstellen?" Mit diesen Worten zog er das blassgrüne Tuch ein wenig herunter, bis man das Gesicht von Franz Mühlbauer sehen konnte. Er wirkte, als würde er schlafen. „Das ist Franz Mühlbauer, der offiziell an Herzversagen gestorben ist. Da es dem diensthabenden Arzt aber alles ein wenig seltsam vorkam, hat er die Obduktion angeordnet. Und ich habe im Blut ein agglutinierendes Protein gefunden, das dort definitiv nichts zu suchen hat."

„Was haben Sie gefunden?" Robert verstand nur Bahnhof.

„Ein agglutinierendes Protein führt zum Verklumpen der Erythrozyten", auf die fragenden Blicke der beiden Kommissare hin, ergänzte er, „das sind die roten Blutkörperchen, die den Sauerstoff durch die Bindung an das Hämoglobin im Körper transportieren. Wenn sie verklumpen, dann kommt der Sauerstoff nicht mehr an und die Menschen sterben früher oder später an Kreislaufversagen."

„Und da kann man nichts dran machen?" Robert war verwundert.

„Im Normalfall kann das medikamentös behoben werden. Die Patienten bekommen Blutverdünner und Antikoagulantien, bis sich alles wieder eingependelt hat."

„Und in diesem Fall war das nicht so?", wollte Robert wissen.

„Gut aufgepasst, genau das hat mich auch stutzig gemacht und deswegen habe ich ein umfangreiches Blutbild gemacht und im Blut Rizin gefunden."

Jetzt war es an Dennis Winterberger, sich zu wundern. „Rizin? Hat das etwas mit dem Rizinusöl zu tun?"

„Ja, hat es. Nur dass das Rizinusöl nicht giftig ist, während das Rizin hochgiftig ist und einmal injiziert sicher zum Tod führt, weil es kein Antidot dazu gibt. Das liegt daran, dass das giftige Rizin nicht fettlöslich ist. Herstellen lässt sich Rizin allerdings unter relativ einfachen Bedingungen, dazu reichen ganz normale Utensilien, wie sie jeder in der Küche hat und destilliertes Wasser, das Sie in jedem Laden kaufen können."

„Also kommt quasi jeder als Täter in Frage?" Robert verzog das Gesicht zu einem gequälten Lächeln. „Das macht es ja wirklich leichter für uns."

„Es mag ja sein, dass jeder in Frage kommt", gab Hofmann zu bedenken, „aber immerhin ist das der zweite rätselhafte Giftmord innerhalb weniger Monate und die beiden Opfer sind ungefähr gleichalt. Das sollten Sie auf jeden Fall bedenken."

Robert blickte verwundert auf. „Da habe ich noch gar nicht dran gedacht. Glauben Sie denn, dass die beiden Morde etwas miteinander zu tun haben?"

„Glauben kann man in der Kirche", erwiderte Hofmann trocken. „Fakt ist, dass wir innerhalb einer relativ kurzen Zeitspanne zwei ältere Opfer haben, die durch eine Injektion von Gift gestorben sind. Ob es zwischen den beiden irgendwelche Berührungspunkte gibt, das herauszufinden, das ist Ihre Aufgabe."

„Es ist jedenfalls unser einziger Anhaltspunkt. Dann werden wir uns mal an die Arbeit machen."

Robert und sein Kollege bedankten sich bei Professor Hofmann und machten sich auf den Rückweg ins Präsidium.

Sie hatte ihren freien Tag. Gestern, nachdem sie nach Hause gekommen war, hatte sie den zweiten Namen - Franz Mühlbauer – aus ihrem Notizbuch gestrichen. Weitere würden folgen, bevor sie sich an ihr Meisterstück begeben und alle Geister ihrer Vergangenheit endgültig vernichten würde. Sie würde als Letzte sterben. Sie, die die Wurzel allen Übels war. Und sie sollte wissen, warum sie der Tod ereilte. Erst dann könnte ihr Leben beginnen.

Sie nahm ein Buch über Giftpflanzen und die Herstellung natürlicher Gifte aus ihrem Bücherregal, setzte sich mit angezogenen Knien auf ihr Sofa und begann zu lesen. Zwischendurch stahl sich ein Lächeln auf ihre Lippen. Wenn die Leute wüssten, wie viele potente Gifte sie in ihrer Umgebung hatten; es würde viel mehr verzweifelte Ehefrauen oder Gewaltopfer geben, die sich ihrer Probleme auf diese Weise entledigen könnten.

15. Dezember 2017 – Freitag, 14:00 Uhr

Nach ihrem Besuch bei Hofmann in der Pathologie waren die beiden Ermittler zurück ins Präsidium gefahren. Als erste Amtshandlung hatte Dennis Winterberger sich die Akte vom Tod das Josef Zimmermann aufgerufen. Hofmanns Hinweis auf den zweiten rätselhaften Giftmord wollten sie beide nicht unbeachtet lassen. Und vielleicht bot dieser neue Fall auch endlich einen Hinweis für den Mord an Josef Zimmermann, wenn die beiden Fälle wirklich zusammenhingen.

Robert stellte sich an das große Whiteboard, das sie im letzten Jahr im Büro aufgehängt hatten, um darauf bei Besprechungen Informationen zusammenzutragen. Inzwischen nutzen sie es fast jeden Tag, denn es hatte sich als hiflreich erwiesen. Robert stand oft vor den gesammelten Fakten und ließ sie auf sich wirken. Zusammenhänge zu erkennen, fiel ihm auf diese Art leichter.

„Wenn die beiden Morde von ein und demselben Täter verübt worden sind, dann würde ich auf Rache als Motiv tippen und ich glaube, dass unser Täter eine Frau ist. Zum einen werden neunzig Prozent aller Giftmorde von Frauen verübt und zum zweiten sind beide Opfer männlich. Das spricht für eine Frau als

Täterin. Aber wo ist der Zusammenhang zwischen den beiden Männern?"

Dennis Winterberger schaute ebenfalls auf das Whiteboard. „Wir sollten die Vita der beiden Männer überprüfen. Vielleicht gibt es irgendwo in ihrer Vergangenheit eine Gemeinsamkeit – ein Job bei der gleichen Firma oder in derselben Branche oder ein gemeinsamer Verein   oder etwas Ähnliches."

Sie schlenderte ziellos auf dem Heimweg durch die Straßen der Stadt. Den zweiten Namen hatte sie von ihrer Liste gestrichen, wenn sie nicht auffallen wollte, musste sie vor der Vollstreckung ihres nächsten Urteils ein wenig Zeit vergehen lassen. Durch die zwei Monate Abstand zwischen dem Tod von Josef Zimmermann und Franz Mühlbauer würde niemand die beiden Todesfälle miteinander in Verbindung bringen. Beide waren schon älter gewesen und niemand würde Verdacht schöpfen, wenn ein alter Mann an Herzversagen starb. Ihr Plan war perfekt, sie durfte nur die Nerven nicht verlieren und unvorsichtig werden.

„Hoppla, haben Sie denn keine Augen im Kopf?"

Völlig in Gedanken versunken war sie schnurstracks in einem Mann hineingerannt, der offensichtlich vom Einkaufen kam. Kartoffeln, Gemüse und ein paar Äpfel kullerten auf die Straße.

„Oh, das tut mir leid", entschuldigte sie sich und begann hastig, die heruntergefallenen Sachen aufzuheben. „Ich war völlig in Gedanken."

„Das habe ich gemerkt."

Das Lachen in seiner Stimme rührte etwas in ihr. Sie blickte auf und schaute in zwei stahlblaue Augen – Augen von einem Blau, wie sie es bis jetzt nur einmal in ihrem Leben gesehen hatte. Sie konnte es nicht glauben, das hier konnte nicht wahr sein.

„Max?", fragte sie mit einem ungläubigen Zittern in der Stimme. „Max, bist du das?"

Der Mann mit den so unverwechselbar stahlblauen Augen guckte irritiert.

„Kennen wir uns?" Dann dämmerte es ihm plötzlich. „Jetzt sag nicht, dass du es bist. Laura, die Laura aus der Nachbarwohnung? Meine beste Freundin Laura?"

Ein breites Lächeln zog sich über sein Gesicht und da waren auch die Grübchen, die sein Lächeln schon immer so besonders gemacht hatten.

„Bist du es wirklich? Wir haben uns seit Ewigkeiten nicht gesehen und dann rennst du auf der Straße mitten in mich rein."

Er trat einen Schritt auf sie zu und zog sie in seine Arme. Und sie, die sonst keine Nähe und keine Berührung ertragen konnte, ließ es einfach geschehen. Zum allerersten Mal seit Jahren fühlte sie so etwas wie Wärme und Geborgenheit. Einige Sekunden, die sich wie eine Ewigkeit anfühlten, gab sie sich diesem Gefühl hin – einem Gefühl, von dem sie lange geglaubt hatte, dass sie es endgültig verloren hatte.

Max löste sich von ihr und schob sie ein Stück von sich weg, um sie genauer zu betrachten. Die Einkäufe lagen unbeachtet auf der Straße.

„Gut siehst du aus", sagte er, „aber müde."

Wie schon in Kindertagen hatte er immer noch den untrüglichen Blick dafür, wenn mit Laura etwas nicht stimmte.

„Ach, es ist alles in Ordnung", versuchte sie, ihn zu beruhigen. „Ich habe nur in der letzten Zeit zu viel gearbeitet. In der Gärtnerei ist eine Menge zu tun im Moment."

„Lass uns da vorne ins Café gehen und etwas trinken."

Max begann, die heruntergefallenen Lebensmittel in die Tüte zurück zu packen. Dann hakte er Laura unter und zog sie in Richtung des kleinen Café, ohne eine Antwort von ihr abzuwarten.

„So, und jetzt erzählst du mir alles, was in den letzten fünfzehn Jahren passiert ist", drängte er, kaum, dass sie sich an einen kleinen Tisch in der Nähe des Fensters niedergelassen hatten.

„Erst du", wich sie ihm aus. „Wo hast du all die Jahre gesteckt?"

„Ich bin nach dem Realschulabschluss noch auf ein berufliches Gymnasium gegangen, habe dann eine Ausbildung zum KFZ-Mechatroniker gemacht und noch meinen Techniker hinterher. Inzwischen arbeite ich in Wolfsburg in der Autoentwicklung."

„Wow", Laura war beeindruckt. „Du hast eine Menge erreicht. Hast du Familie?", stellte sie die Frage, vor deren Antwort sie sich im Innersten fürchtete.

Seine Miene trübte sich, dann schüttelte er den Kopf.

„Ich war verheiratet, aber meine Frau ist vor sechs Jahren gestorben und mit ihr unser Sohn. Sie litt an einer Schwangerschaftsvergitung, die zu spät erkannt wurde. Als die Ärzte es bemerkten, war es für beide schon zu spät."

Laura spürte eine unglaubliche Enge in ihrer Kehle. Er tat ihr so unglaublich leid. Ein Mensch wie Max hatte solch ein Unglück nicht verdient. Sie ergriff seine Hand und drückte sie.

„Es ist vorbei und nicht mehr zu ändern, ich habe mich danach in die Arbeit gestürzt, um zu vergessen und irgendwann hat der Alltag wieder Einzug gehalten und ich bin in ein normales Leben zurückgekehrt. Aber jetzt erzähl mal, was du in den letzten Jahren so gemacht hast."

Laura saß einen Moment lang da und schaute auf ihre Hände, die vor ihr auf dem Tisch lagen.

„Mit so einer tollen Karriere wie du kann ich nicht aufwarten. Nach der zehnten Klasse habe ich erst ein Freiwilliges Soziales Jahr und dann eine Ausbildung zur Rettungsassistentin gemacht. Zur Zeit arbeite ich nur auf einer halben Stelle, aber ich hoffe, demnächst in einer anderen Stadt etwas zu finden."

„Du willst von hier weggehen?" Max klang ein wenig überrascht. „Aber dieses Mal gehst du nicht einfach, ohne mir deine Telefonnummer dazulassen."

Sie musste lächeln. Max schaffte es doch immer wieder, dass sie sich gemocht fühlte.

„Natürlich gebe ich dir meine Nummer. Es muss ja eine Bedeutung haben, dass wir uns einfach so zufällig auf der Straße wiedergetroffen haben."

Sie zog einen Kugelschreiber aus der Gesäßtasche ihrer Jeans und schrieb ihre Handynummer auf einen Bierdeckel, der auf dem Tisch lag. Lächelnd schob sie ihn in seine Richtung. Er nahm den Deckel, knickte ihn auf der Hälfte und schrieb seine Nummer auf die unbeschriftete Hälfte.

„Damit wir uns nie wieder aus den Augen verlieren", lächelte er und prompt zeigten sich wieder die Grübchen in seinen Wangen.

‚Warum ausgerechnet jetzt?', schoss es ihr durch den Kopf. ‚Warum treffe ich ihn jetzt wieder und nicht vor einem halben Jahr?'

Ariana Roth machte sich auf den Weg, um die Krippe vom Dachboden zu holen. Thorsten war nach dem Kindergarten und dem Mittagessen im Bett; er schlief mittags wieder, seit er morgens in den Kindergarten ging. Am Sonntag war der dritte Advent, da würden sie die weihnachtliche Dekoration zusammen mit ihrem Sohn aufbauen. Das war Tradition in ihrer Familie, eine der Traditionen, die sie sich in ihrer kleinen Welt aufbauen wollten. Ihre Eltern waren vor einer halben Ewigkeit bei einem Autounfall ums Leben gekommen, Johannes' Mutter war auch schon seit drei Jahren tot und sein Vater, von dem sie gar nicht gewusst hatte, dass er existierte, war nun auch nicht mehr da. Es gab also nur noch ihre kleine aus drei Menschen bestehende Familie.

Auf der Suche nach den Kisten mit der Weihnachtsdekoration stellte sie wieder einmal fest, dass einfach viel zu viel Zeug auf dem Dachboden stand.

„Es wird wirklich Zeit, dass ich hier einmal gründlich ausmiste", murmelte sie, während sie die Kartons zur Seite schob, um die hintersten Kisten zu erreichen. Sie packte einen kleinen Karton, der schon recht alt und verstaubt wirkte und hob ihn an. Plötzlich gab der Boden nach und der gesamte Inhalt polterte vor ihre Füße.

„So ein Mist", fluchte Ariane und hockte sich hin, um alles zusammenzuschieben und zur Seite zu legen, bis sie einen neuen Karton geholt hatte. Bei einem erneuten Blick stutzte sie. Es waren Fotoalben und Notizbücher, aber keines davon hatte sie je zuvor gesehen. Sie schlug das erste Fotoalbum auf und sah Kinderfotos von Johannes. Diese Kiste musste zum Nachlass seiner Mutter gehören und wahrscheinlich hatte er sie einfach hier auf dem Dachboden völlig vergessen. Die Notizbücher waren eng in einer kleinen, akkuraten Handschrift vollgeschrieben.

‚Tagebücher', schoss es ihr durch den Kopf, ‚das sind Tagebücher.'

Sorgsam stapelte sie alles aufeinander. Sie würde es mit nach unten nehmen und Johannes geben, wenn er später aus dem Büro nach Hause kam. Die Krippe konnten sie heute Abend immer noch suchen.

„Schau mal, was ich auf dem Dachboden gefunden habe", empfing sie Johannes eine knappe Stunde später, als er die Haustür aufschloss, und wedelte mit einem der Fotoalben vor seinem Gesicht herum.

„Lass mich doch erstmal reinkommen", lachte er, küsste seine Frau auf die Nasenspitze und hielt inne, als sein Blick auf das Album mit den leicht vergilbten

Seiten fiel. „Was ist das denn? Irgendwie kommt mir das bekannt vor."

„Das muss von deiner Mutter sein", antwortete sie. „Ich wollte heute Mittag auf dem Dachboden nach der Krippe suchen, da bin ich zufällig auf diese Kiste gestoßen. Als ich sie zur Seite räumen wollte, ist der Boden aufgerissen und die Fotoalben und Tagebücher sind herausgefallen. Vielleicht helfen sie uns, ein bisschen mehr über deinen Vater oder die Gründe für die Trennung zu erfahren."

Nachdenklich wog Johannes Roth das alte Album in seiner Hand.

„Ich bin mir gerade gar nicht mehr so sicher, ob ich das auch wirklich möchte. Was ist, wenn ich Dinge erfahre, die ich gar nicht wissen will?"

„Die Entscheidung liegt letztlich bei dir. Aber", gab seine Frau zu bedenken, „vielleicht können wir der Polizei helfen, den Mord an deinem Vater aufzuklären und vielleicht sogar einen weiteren Mord zu verhindern. Wer weiß, wozu so ein Täter noch fähig ist."

„Du hast ja Recht", räumte er nach kurzer Überlegung ein. „Dann setzen wir uns heute Abend hin, wenn der Kleine im Bett ist, und schauen, ob wir was finden. Aber bis dahin lassen wir das noch ruhen."

Ariana spürte, dass ihren Mann die ganze Geschichte doch belastete, also erwähnte sie die Alben und Tagebücher den Rest des Nachmittages nicht mehr.

15. Dezember 2015 – Freitag, 18:30 Uhr

„Komm, bringen wir es hinter uns." Johannes Roth hatte den Tisch abgedeckt, während seine Frau den Kleinen ins Bett gebracht hatte. Jetzt hörte er ihre Schritte auf der Treppe.

Ihm graute vor dem, was in den Büchern und Alben stehen würde, aber Ariana hatte Recht. Nach dem, was Kommissar Kunz und sein Kollege ihnen gesagt hatten, würden vielleicht noch mehr Menschen sterben. Und auch wenn er sich nicht vorstellen konnte, dass seine Mutter etwas über mögliche Geliebte seines Vaters gewusst hatte und auch keinen Zusammenhang zu den Morden sah, so durften sie doch nichts unversucht lassen, um mehr über die Vergangenheit des Mannes herauszufinden, der sein Vater war und ihm doch trotzdem völlig fremd. Er nahm den Karton, der ihm bleischwer vorkam und stellte ihn auf den Boden neben dem Esstisch. Zögernd schaute er ihn an, dann lüftete er vorsichtig den Deckel, als wäre der Inhalt gefährlich.

Seine Frau Ariana betrat das Wohnzimmer mit einer Flasche Wein und zwei Gläsern in der Hand.

„So schlimm wird es nicht sein, was in den Büchern steht. Schließlich sind es die Tagebücher deiner Mutter."

„Irgendwie komme ich mir vor, als würde ich in ihre Privatsphäre eindringen. Wie ein Kind, das an Heiligabend ins Wohnzimmer schleicht, um einen Blick auf die Geschenke zu erhaschen."

„Sie hätte bestimmt nicht gewollt, dass ein Mord unaufgeklärt bleibt, auch wenn sie mit deinem Vater nicht mehr glücklich war", beruhigte ihn seine Frau. „Und wenn sie absolut nicht damit einverstanden gewesen wäre, dass nach ihrem Tod jemand diese Alben und Tagebücher bekommt, hätte sie die Sachen nie aufgehoben, sondern wenigstens die Tagebücher weggeworfen."

„Damit hast du auch wieder recht."

Sie ließen sich am Tisch nieder und begannen mit den Fotoalben.

„Schau mal, im Kindergarten hast du genauso ausgesehen wie unser Thorsten." Ariana deutete auf ein Bild, auf dem er mit einer Kindergartentasche um den Hals auf einer Mauer saß und in die Kamera lächelte.

Als nächstes fanden sie das Bild von Johannes bei seiner Einschulung, das Robert und sein Kollege auch schon bei Josef Zimmermann gefunden hatten. Ab und zu war die ganze Familie auf einem Foto zu sehen, ab Johannes zehntem Geburtstag tauchte allerdings sein Vater auf keinem Bild mehr auf.

„Da haben sich meine Eltern getrennt", erklärte er seiner Frau. „Danach ist mein Vater nie wieder bei uns aufgetaucht und meine Mutter hat auch nie wieder ein Wort über ihn verloren. Es war, als hätte es ihn nie gegeben. Irgendwann habe ich aufgehört, nach ihm zu fragen."

Sie lasen abwechselnd in den Tagebüchern, doch das meiste drehte sich nur darum, dass Josef Zimmermann seine Familie wegen einer Affäre im Stich gelassen hatte.

„Meine Mutter hat ihm den Kontakt zu mir verweigert." Johannes blickte von dem Tagebuch auf, in dem er gerade las. „Ich dachte die ganze Zeit, dass er sich nicht für mich interessiert, aber er hat scheinbar versucht, Kontakt zu mir aufzunehmen, doch meine Mutter hat es nicht zugelassen. Warum nur hat sie das getan?"

„Sie wird ihre Gründe gehabt haben", versuchte seine Frau, ihn zu beruhigen. „Sie hat doch nur dein Bestes gewollt. Nach dem, was ich hier so lese, hat dein Vater sie wohl auch schon vorher betrogen und irgendwann war es ihr dann wohl genug. Allerdings werde ich aus dem, was sie hier schreibt, nicht so ganz schlau."

Sie schob ihm das Tagebuch über den Tisch, zeigte auf einen Abschnitt und nippte an ihrem Weinglas, während er begann zu lesen: *Ich weiß nicht, wie lange das zwischen Josef und seiner aktuellen Geliebten schon so geht, aber er hat sich verändert. Ich werde das Gefühl nicht los, dass da noch etwas Anderes ist. Ich glaube, es ist besser, wenn ich mich endgültig von ihm trenne und er auch keinen Kontakt mehr zu Johannes hat. Ich muss diese Entscheidung treffen, es ist zum Besten für uns beide."*

Johannes blickte ratlos auf.

„Was meint sie damit? Er hat sich verändert? Und es ist besser, wenn es keinen Kontakt mehr zwischen uns gibt? Sie tut ja so, als wäre mein Vater ein Schwerverbrecher gewesen."

Seine Frau zuckte ebenso ratlos mit den Achseln. „Ich verstehe es auch nicht, aber ich finde, wir sollten auf jeden Fall mit diesen Tagebüchern am Montag zu diesem Kommissar gehen. Vielleicht kann die Kripo ja mehr mit diesen Hinweisen anfangen oder sie helfen ihnen dabei, diese Morde aufzuklären."

„Du hast recht, wir gehen gleich am Montag, wenn ich aus dem Büro komme, aufs Präsidium und nehmen die Tagebücher alle mit. Lass uns Post-its in die Seiten kleben, die wir ungewöhnlich finden, dann müssen die nicht noch einmal alles suchen."

Ariana stand auf und ging an den Sekretär, der neben dem Fenster stand. Sie nahm den kleinen Block mit den neonfarbenen Markern aus der Schublade und kam zurück an den Tisch.

„Gute Idee", stimmte sie zu. „Dann lass uns noch ein wenig nach auffälligen Stellen suchen und dann gehen wir heute mal früh schlafen."

Am Ende der Weinflasche war es dann doch nach Mitternacht, bis sie ins Bett gingen; nicht ahnend, dass sie vielleicht den Schlüssel zum Mordmotiv längst gefunden hatten, ohne es zu wissen.

16. Dezember 2017 – Samstag, 19:00 Uhr

Sie stand vor dem Spiegel im Schlafzimmer und konnte sich nicht entscheiden, welche Bluse sie zu ihrer Lieblingsjeans anziehen sollte.

Er hatte nicht lange gewartet und sie schon gestern Abend angerufen, um sich mit ihr zu verabreden. Sie hatte kurz gezögert, aber dem warmen Lachen in seiner Stimme konnte sie sich einfach nicht entziehen und so hatte sie zugestimmt, heute Abend mit ihm essen zu gehen.

Ihre Wahl fiel letztlich auf eine dunkelblaue, leicht taillierte Bluse, die jedoch nicht zuviel preisgab. Sie hatte immer noch Probleme damit, ihre ansehnliche Figur in enger Kleidung zu zeigen. Auf ihr Gesicht legte sich ein Schatten. Sie freute sich auf den kommenden Abend, darauf ihn wiederzusehen und mit ihm zu lachen, aber sie wusste auch, dass es zu spät war für einen Neuanfang mit ihm. Sie hatte eine Aufgabe und diese musste sie beenden, um die Geister der Vergangenheit endgültig zu verjagen.

Heute würde sie jedoch einfach den Abend genießen, es würde so sein wie früher mit ihrem allerbesten Freund. Max war ein besonderer Mensch und er hatte diesen unbeschwerten Abend verdient.

Sie ging ins Bad, tuschte sich die Wimpern und legte etwas Make-up auf, doch nur ein wenig, denn

Max hatte Schminke noch nie gemocht und sie eigentlich auch nicht.

Pünktlich um halb acht betrat sie die kleine Pizzeria, in der sie sich verabredet hatten. Sie sah ihn sofort. Er saß an einem kleinen Ecktisch und blickte erwartungsvoll in Richtung Eingang.

„Schön, dass du da bist." Er stand auf, nahm ihr die Jacke und den Schal ab und rückte ihr den Stuhl zurecht, damit sie sich setzen konnte.

„Oh, ein Gentleman der alten Schule", sie musste lächeln und war insgeheim ein wenig stolz, dass sie es war, die mit diesem höflichen, charmanten und gutaussehenden Mann heute Abend hier zum Essen war.

„Für dich nur das Beste", lächelte er zurück und in seinen Wangen erschienen wieder diese unverwechselbaren Grübchen, die ihn aussehen ließen wie ein Lausbub.

Ein warmes Gefühl breitete sich in ihr aus. Sie fühlte sich geborgen und sicher, wenn er in der Nähe war. Warum nur sah sie ihn ausgerechnet jetzt wieder?

Der Kellner trat an den Tisch. „Haben die Herrschaften schon gewählt?", fragte er mit leichtem italienischen Akzent.

Max forderte sie mit einer Geste auf, zuerst zu bestellen.

„Ich nehme eine Apfelsaftschorle, eine Combinazione und einen kleinen italienischen Salat."

Max warf noch einen kurzen Blick in die Karte, dann hatte auch er sein Gericht gefunden.

Während des Essens tauschten sie sich über alles aus, was insbesondere Max in den letzten Jahren erlebt hatte.

„Wie war das denn jetzt mit dem Unfall? Oder willst du nicht drüber reden?", fragte sie, als sie auf den Nachtisch warteten.

Sein Blick verdüsterte sich, er nippte an seiner Cola, aber dann begann er zu erzählen.

„Wir waren auf dem Weg nach Hause aus dem Tierpark, wo wir den Sonntag verbracht hatten. Es war ein schöner, sonniger Herbsttag gewesen und alles schien in bester Ordnung. Ab und zu hatte sich meine Frau in den Tagen zuvor ein bisschen schwach und schlapp gefühlt, aber wir haben dem nicht so viel Bedeutung beigemessen. Schließlich war sie ja bereits Ende des sechsten Monats und da kann das schonmal vorkommen. Sie war Anfang der Woche noch bei einer Vorsorgeuntersuchung und der Arzt meinte, es sei alles in bester Ordnung. Gegen Abend ging es ihr schlechter und sie ist früh zu Bett gegangen. Mitten in der Nacht wurde sie wach und musste sich übergeben. Ich brachte sie zurück ins Bett und als sie plötzlich sagte, dass sie nichts mehr sehen könne, habe ich sofort die Rettung gerufen. Sie kamen und brachten sie sofort ins Krankenhaus, aber zwei Tage später starb sie an akutem Nierenversagen auf der Intensivstation. Sie haben noch versucht, unseren Sohn zu retten, aber auch sein Körper war bereits zu stark von der Vergiftung in Mitleidenschaft gezogen. Die Ärzte konnten beide nicht mehr retten."

Seine Augen füllten sich mit Tränen und er stützte den Kopf in die Hände.

Laura legte ihm die Hand auf den Arm. Er tat ihr so unendlich leid, so ein Unglück hatte er einfach nicht verdient.

„Das ist so furchtbar, das tut mir so leid für dich."

Er blickte auf. „Es ist vorbei, es ist ein Teil von mir und wird immer ein Teil von mir bleiben. Aber das Leben geht weiter. Es hält nicht an und ich habe mich entschieden, wieder nach vorne zu sehen."

‚Wenn ich das doch nur auch könnte', ging es Laura durch den Kopf. Laut sagte sie: „Ich bewundere dich dafür, dass du das so akzeptieren kannst. Ich weiß nicht, ob ich das so ohne Weiteres könnte."

„Natürlich könntest du. Du warst immer stark und ..."

„Nein, das stimmt nicht. Ich war schon früher nur stark, wenn du an meiner Seite warst. Alleine zu Hause war ich ein Feigling."

„Naja, das sehe ich ein bisschen anders. Immerhin bist du trotzdem deinen Weg gegangen."

„Lass uns über angenehmere Dinge reden", wechselte Laura das Thema, was ihr sehr unangenehm war.

Den Rest des Abends unterhielten sie sich über Filme und Bücher, wobei sie wieder feststellten, wie viele Dinge sie gemeinsam hatten.

Max brachte sie noch zu ihrem Auto und als er die Arme um sie legte und seine warmen Lippen sich auf ihre legten, da fühlte sie sich zum ersten Mal in ihrem Leben geborgen und sicher.

18. Dezember 2018 – Montag, 09:30 Uhr

Im Präsidium machte sich schon so langsam Weihnachtsstimmung breit. Auf vielen Schreibtischen standen Plätzchen und auch die eine oder andere Kerze brannte auf den Schreibtischen.

Robert Kunz und sein Kollege Dennis Winterberger lagen immer noch die beiden ungeklärten Todesfälle im Magen.

„Ich sehe zwischen den beiden Männern einfach keinen Zusammenhang, außer dass beide durch Gift starben. Sie hatten unterschiedliche Jobs, Josef Zimmermann hatte einen Sohn, die Mühlbauers hatten keine Kinder, ich sehe da nichts, was uns weiterhelfen könnte." Robert schaute ratlos in die Akten.

„Ist nicht heute die Beerdigung von Franz Mühlbauer?", fragte Dennis Winterberger. „Um elf Uhr?"

„Ja, die ist heute. Auf dem Neustädter Friedhof."

„Dann sollten wir vielleicht dort hingehen und im Anschluss noch einmal mit Heide Mühlbauer sprechen."

„Ein Versuch ist es wert, ich sage noch dem Polizeifotografen Bescheid. Der soll sich unauffällig im Hintergrund irgendwo platzieren und Fotos von allen Trauergästen machen. Ich weiß nicht warum, aber ich könnte mir vorstellen, dass der Mörder oder die Mörderin vielleicht dort auftaucht, um den Triumph auszukosten oder auch nur sicher zu gehen, dass Franz Mühlbauer für immer verschwunden ist."

„Gute Idee, das sollten wir versuchen. Aber wie kommen Sie darauf, dass der Täter dort sein könnte?"

„Ich weiß es nicht, es ist nur so ein Gefühl. Und auch wenn es nicht gerade sensibel ist, die Witwe nach der Beerdigung zu behelligen, eventuell bringt es uns ein Stückchen weiter. Schließlich ist es ja auch im Interesse von ihr, wenn wir herausfinden, wer ihr den Mann genommen hat."

Eine Stunde später machten sie sich in Begleitung des Polizeifotografen auf den Weg zum Friedhof. Der Fotograf würde sich mit einem Teleobjektiv ausgerüstet irgendwo zwischen den Bäumen aufhalten und versuchen, von möglichst allen Trauergästen eine Nahaufnahme zu machen, von denen vielleicht eine einen Hinweis auf den Täter liefern würde.

Es war kalt und neblig auf dem Friedhof, eine bedrückende Atmosphäre, als die kleine Trauergemeinde um das offene Grab von Franz Mühlbauer stand. Selbst der Pfarrer schien nicht viel zu sagen zu haben, denn nach einer kurzen Rede trat Heide Mühlbauer an das Grab und warf eine einzelne dunkelrote Rose hinein. Nur eine knappe halbe Stunde später, begann die Trauergemeinde sich aufzulösen. Zurück blieb Heide Mühlbauer mit einer Dame gleichen Alters, scheinbar eine Freundin. Robert bedeutete seinem Kollegen mit einem Kopfnicken, dass es jetzt der richtige Zeitpunkt war, auf die Witwe zuzugehen. Sie lösten sich aus dem Schatten der alten Eiche, unter der sie vor dem ungemütlichen Nieselregen Schutz gesucht hatten.

„Guten Tag, Frau Mühlbauer." Robert streckte der Frau die Hand entgegen. „Auch wir möchten Ihnen noch einmal unser herzliches Beileid aussprechen."

Heide Mühlbauer wirkte abwesend und blickte die beiden Männer wie in Trance an.

„Vielen Dank, Herr Kunz."

Sie stand unschlüssig und abwartend vor ihm und Robert zweifelte einen kurzen Moment daran, ob es wirklich die richtige Entscheidung gewesen war, heute den Kontakt zur Witwe zu suchen.

„Frau Mühlbauer", begann er zögernd, „ich weiß, dass es heute ein schwerer Tag für Sie ist, aber wir hätten doch noch ein paar Fragen an Sie."

„Muss das denn heute an so einem Tag sein?", mischte sich die Freundin ein, die bis jetzt stumm neben Frau Mühlbauer gestanden hatte. „Sie sehen doch wohl, wie sehr die arme Frau von der Beerdigung mitgenommen wird."

„Das wissen wir", beschwichtigte Robert sie, „aber es ist wirklich wichtig, dass wir den Täter finden, der hierfür verantwortlich ist, damit nicht noch mehr Menschen ihr Leben lassen müssen."

Kaum hatte er den Satz vollendet, da biss er sich auch schon auf die Lippen. Das war ihm so herausgerutscht.

„Oh", das Interesse der Dame war geweckt, „dann gehen Sie also von einem Serientäter aus."

Robert versuchte, die Kuh wieder vom Eis zu kriegen. „Nun ja, sicher können wir uns natürlich nicht sein, aber wir müssen alle Möglichkeiten ausschließen. Wenn wir jetzt einmal kurz mit Frau Mühlbauer sprechen können, dann sind wir auch umso schneller wieder weg."

„Was möchten Sie denn noch wissen?" Heide Mühlbauer schien aus ihrer Lethargie erwacht zu sein.

Dennis Winterberger nahm die Freundin der Witwe beiseite und entfernte sich ein paar Schritte von den beiden, damit sich Robert in Ruhe mit Frau Mühlbauer unterhalten konnte.

„Frau Mühlbauer", begann er. „Es tut mir Leid, dass ich das jetzt fragen muss, aber hatte Ihr Mann während Ihrer Ehe eine oder mehrere Affären?"

Die Witwe sah ihn überrascht an. Dann senkte sie betroffen den Blick.

„Ja, er hatte sogar mehrere - aber er wusste nicht, dass ich es wusste. Er war der Meinung, dass er immer sehr diskret war, aber ich habe die Lippenstiftspuren an seinem Hemdkragen gesehen und seine Sachen rochen häufig nach einem fremden Parfüm. Aber ich habe mich damit abgefunden. Er war kein schlechter Ehemann, müssen Sie wissen", fügte sie noch hinzu, als schäme sie sich dafür, etwas Schlechtes über einen Toten gesagt zu haben.

„Haben Sie denn je den Namen einer seiner Geliebten erfahren?", hakte Robert vorsichtig nach.

Die Frau schüttelte den Kopf. „Nein, es tut mir leid. Da kann ich Ihnen nicht weiterhelfen. Aber ich kann Ihnen die Adresse der Sekretärin meines Mannes geben. Wenn jemand etwas wissen könnte, dann vielleicht sie."

Robert reichte der Frau seinen Notizblock und einen Kugelschreiber.

„Vielen Dank und verzeihen Sie noch einmal die Störung an einem solchen Tag."

„Es ist schon in Ordnung. Sie tun ja auch nur Ihre Arbeit und ich kann ruhiger schlafen, wenn ich weiß, wer meinem Franz und mir das angetan hat."

Robert verabschiedete sich. Viel hatte dieses Gespräch ihn nicht weitergebracht, aber wenigstens hatte er die Adresse der Sekretärin.

18. Dezember 2018 – Montag, 16:45 Uhr

Ein junger Streifenpolizist klopfte an die Tür des Büros.

„Hier ist jemand, der Sie sprechen möchte."

Er trat zur Seite und verwundert sahen die beiden Kommissare Johannes Roth mit einer Kiste in der Hand eintreten.

„Guten Tag." Der blonde Mann stand etwas unschlüssig in der Tür. „Meine Frau hat auf dem Dachboden doch noch etwas von meiner Mutter gefunden und wir denken, dass es Ihnen vielleicht weiterhelfen könnte. Ich wusste gar nicht mehr, dass diese Kiste mit den persönlichen Sachen meiner Mutter überhaupt existierte."

„Nehmen Sie doch Platz."

Robert deutete auf den Stuhl gegenüber seines Schreibtisches und nahm den Karton entgegen, den Johannes Roth ihm hinhielt.

„Was hat es denn mit den persönlichen Sachen auf sich?", fragte Robert, nachdem alle Platz genommen hatten.

„Wir haben die Sachen durchgeschaut und auch die Tagebücher meiner Mutter gelesen", begann der Mann zu erzählen. Dabei senkte er den Blick, als sei es ihm peinlich, die Tagebücher gelesen zu haben. „Dabei sind wir auf einige etwas seltsame Aussagen gestoßen, die vielleicht doch etwas mit dem Motiv für den Mord an meinem Vater zu tun haben könnten."

Robert war plötzlich wie elektrisiert. „Was haben Sie denn dort gelesen?"

Johannes Roth nahm eines der Bücher aus dem Karton, zahlreiche farbige Post-its klebten an den Rändern des abgegriffenen Tagebuchs und schob es dem Kommissar hin.

Der Polizist musste an sich halten, um dem Mann das Tagebuch nicht aus der Hand zu reißen. Mit zitternden Fingern schlug er die erste mit einem Post-it markierte Stelle auf und begann zu lesen:

„Nicht nur, dass er uns immer wieder betrogen hat, er hat sich auch in den letzten Monaten sehr verändert. Immer wieder starrt er, wenn wir in der Stadt unterwegs sind, junge Mädchen so komisch an – so gierig und lüstern. Ich habe ihn nicht darauf angesprochen, aber ich habe ihn seitdem genau beobachtet und ich glaube, dass er auch vor Sex mit Kindern nicht zurückschrecken würde."

Robert hielt einen Moment den Atem an. Das hier war eine unglaubliche Wendung in dem Fall. Er schlug die nächste markierte Stelle auf.

„Ich habe gemerkt, dass ihm der Sex zwischen uns schon lange nicht mehr reichte. Früher habe ich nie viel darauf gegeben, wenn er Rollenspiele mit mir als

Schulmädchen machen wollte. Anfangs fand ich es noch ganz witzig, aber wenn ich mir jetzt anschaue, wie er hinter diesen ganzen Mädchen hinterher starrt, dann finde ich das alles schon komisch."

Eine weitere Stelle sagte:

„Ich fühle mich so gedemütigt, weil er mich und sein Kind wegen einer anderen Frau verlassen hat. Er lebt seine Bedürfnisse aus und wir können sehen, wo wir bleiben. Egal, ob ich mit meinem Verdacht Recht habe oder nicht, ich will auf keinen Fall, dass Johannes noch einmal alleine mit seinem Vater ist. Gleich morgen gehe ich zu einem Anwalt und sorge dafür, dass er seinen Sohn nie wieder sieht. Dann schaffen wir es eben jetzt auch alleine. Er soll seinen Unterhaltsverpflichtungen nachkommen und das war es dann endgültig."

„Das sieht leider ganz danach aus, als hätte Ihr Vater pädophile Neigungen gehabt und Ihre Mutter ist wohl dahintergekommen. Das erklärt, warum sie den Kontakt zwischen Ihnen und ihm nach der Trennung so vehement unterbunden hat. Und sie hat Ihnen nie etwas dazu gesagt, warum sie nicht wollte, dass Sie Ihren Vater wiedersehen?", hakte Robert noch einmal nach.

Johannes Roth schüttelte den Kopf. „Nein, sie hat immer nur gesagt, dass er uns wegen einer anderen Frau verlassen hat und dass wir ihm völlig egal ist.

Mehr war aus ihr nicht herauszubekommen. Außerdem war ich ja erst zehn Jahre alt und irgendwann habe ich einfach aufgehört, nach ihm zu fragen. Unser Leben ging dann ohne ihn ganz normal weiter."

„Trotzdem haben Sie uns mit diesem Fund schon viel weitergeholfen, vielen Dank dafür. Dürfen wir die Sachen hierbehalten? Natürlich bekommen Sie alles vollständig zurück."

„Selbstverständlich können Sie die Sachen behalten, bis Sie Ihre Ermittlungen abgeschlossen haben. Ich hoffe, dass es Sie bei der Suche nach dem Täter weiterbringt."

Robert reichte Johannes Roth die Hand. „Vielen Dank, dass Sie sich die Mühe gemacht haben, noch einmal hierher zu kommen und uns die Unterlagen gebracht haben."

Der Mann verließ das Büro, wo er von dem jungen Streifenbeamten wieder aus dem Gebäude begleitet wurde. Kaum hatte sich die Tür geschlossen, wandte sich Robert an seinen Kollegen.

„Das hier ist echt ein Knaller, das ist ein astreines Motiv für Rache. Ich schlage vor, wir schauen uns erst alle markierten Stellen an und sehen dann weiter."

Dennis Winterberger hatte sich bereits Notizen gemacht, während Robert die ersten Stellen aus dem Tagebuch vorgelesen hatte.

„Wenn der Mann wirklich pädophile Neigungen hatte, dann erklärt das aber immer noch nicht, warum er seine Frau für eine andere Frau verlassen hat. Außer diese Frau ist seinen speziellen Wünschen auf sexueller Ebene nachgekommen."

„Oder es ist noch etwas ganz Anderes", begann Robert nachdenklich.

Winterberger schaute ihn verwirrt an. „Und das soll was sein?"

„Halten Sie mich für verrückt, aber ich weiß es nicht genau. Ich habe nur so ein komisches Bauchgefühl, das ich noch nicht erklären kann. Auch wenn das hier ein erster Hinweis ist, irgendetwas ist an der ganzen Geschichte faul. Es stinkt zum Himmel, ich muss nur noch herausfinden, von wo."

Dennis Winterberger verstand nur Bahnhof, er versuchte allerdings, sich nichts anmerken zu lassen. Das Verhältnis zu seinem neuen Vorgesetzten begann gerade erst, sich ein wenig zu entspannen. Das wollte er unter keinen Umständen aufs Spiel setzen. Und eins hatte er in den letzten Monaten gelernt – die Intuition von Robert Kunz zweifelte besser niemand an.

18. Dezember 2017 – Montag, 20:30 Uhr

Das Notizbuch lag immer noch auf der kleinen Kommode im Flur. Zwei Namen hatte sie bereits durchgestrichen. Doch plötzlich war sie sich gar nicht mehr so sicher, dass sie ihren so lange gehegten Plan überhaupt bis zum Ende durchziehen wollte. Von jetzt auf gleich war Max in ihr Leben getreten, auf einmal war er da gewesen, wie aus dem Nichts und hatte ihre so sorgsam um sich errichtete Mauer mit einem einzigen Lächeln eingerissen.

Sie nahm das kleine gebundene Buch in die Hand und drehte es unschlüssig hin und her, bevor sie das Gummiband herunterzog und es aufklappte. Unter dem durchgestrichenen Namen Josef Zimmermann stand in Druckbuchstaben „MAITOTOXIN", unter dem von Franz Mühlbauer das Wort „RIZIN". Sie schlug die dritte Seite auf, in der oberen Zeile stand ein weiterer Name: Hans-Joachim Hofer – noch nichts weiter. Sie nahm das Buch mit ins Wohnzimmer, setzte sich mit ihrem Füller in der Hand an den kleinen Esstisch und schrieb nur zwei Worte auf die Seite unter den Namen: „GRÜNER KNOLLENBLÄTTERPILZ". Das würde ihre nächste Mordwaffe werden. Niemand würde je darauf kommen, diese drei Morde miteinander in Verbindung zu bringen, wenn sie nur ausreichend Zeit verstreichen ließ und nie das gleiche Gift verwendete.

Zwischen den Männern gab es nur eine Verbindung und die kannte nur sie allein. Ihr Plan war todsicher und doch erschien er ihr auf einmal surreal.

Max, immer wieder drängte sich sein Lächeln in ihre Gedanken und das warme Gefühl in ihrem Bauch war auf einmal wieder da. Sollte sie doch eine Chance auf ein ganz normales glückliches Leben haben, so wie jeder andere auch?

Sie öffnete das Tiefkühlfach, entnahm ihm einen kleinen gut verschlossenen Gefrierbeutel und überprüfte den Verschluss. Bereits im Herbst hatte sie einen der hochgiftigen Pilze im Wald gesucht, ihn dann sorgfältig gereinigt und eingefroren. Wenn die Zeit gekommen war, würde sie ihn auftauen und er würde seinen Zweck erfüllen.

18. Dezember 2018 – Montag, 21:00 Uhr

„Das reicht aber jetzt für heute", verkündete Robert und klappte das Tagebuch, in dem er bis gerade gelesen hatte, entschlossen zu.

„Herr Roth und seine Frau haben wirklich gute Vorarbeit geleistet, die wichtigsten Stellen waren alle schon markiert. Aber insgesamt gesehen sieht es immer mehr danach aus, dass der gute Herr Zimmermann durchaus pädophile Neigungen hatte."

„Das erklärt, warum seine Frau den Kontakt zwischen ihm und seinem Sohn so vehement unterbunden hat, aber wer hat Herrn Zimmermann ermordet?", fragte Winterberger, der sich die Augen rieb und ein Gähnen unterdrücken musste.

„Ganz ehrlich", antwortete Robert, „ich habe keine Ahnung, aber ich glaube auch nicht, dass wir heute noch viel weiter kommen. Wir machen jetzt Feierabend und morgen früh werden wir als erstes die Sekretärin von Herrn Mühlbauer aufsuchen. Ich bin mal gespannt, was die uns so über ihren ehemaligen Chef sagen kann."

Sie löschten das Licht und fuhren nach Hause. Robert schloss mit einem schlechten Gewissen die Tür zu ihrem kleinen Reihenhaus auf. Seine Frau und seine Familie litten schon wieder unter seinem Beruf.

„Ich bin im Wohnzimmer", klang Annas Stimme durch den Flur.

Vorsichtig steckte er den Kopf durch die Tür. Seine Frau saß mit angezogenen Knien auf dem Sofa und hatte die Nase in ein Buch gesteckt. Auf ihren Füßen hatte sich Wolle eingerollt, der nur kurz schläfrig den Kopf hob, sich aber sofort wieder schlafen legte, nachdem er sein Herrchen erkannt hatte.

„Es tut mir leid, mein Schatz." Robert trat ans Sofa, legte die Arme um seine Frau und küsste sie.

„Seid ihr denn wenigstens mit dem Fall weitergekommen, damit sich die Überstunden gelohnt haben?", wollte sie wissen.

„Ein paar neue Hinweise haben wir schon gefunden, aber irgendwie ist das alles noch Stückwerk und ich habe noch keinen Schimmer, wie das alles zusammenpassen soll."

Robert ließ sich am Fußende der Couch nieder und Anna streckte die Füße auf seine Beine aus. Er begann, ihre Zehen zu massieren. Wolle, der sich in seiner wohlverdienten Ruhe auf dem Sofa gestört fühlte, verzog sich beleidigt in sein Körbchen.

„Willst du drüber reden?", fragte Anna.

„Morgen. Jetzt möchte ich einfach nur noch ein paar Minuten hier mit dir sitzen."

Er hatte den Satz noch nicht vollendet, als sein Kopf nach hinten in die Kissen sank und der Schlaf ihn innerhalb von Sekunden übermannte.

Eine Viertelstunde später schreckte er hoch, als die Haustür aufging und aus dem Flur ein lautes „Wir sind wieder da" ins Wohnzimmer schallte. Tom und Hanno waren vom Fußballtraining zurück. Ein rotblonder und ein dunkler Schopf erschienen im Türrahmen.

„Oh, sorry, wir wollten dich nicht wecken", sagte Tom zerknirscht, als er den verschlafenen Blick seines Adoptivvaters sah.

„Macht nichts", grinste Robert. „Wird wohl Zeit, dass ich ins Bett komme."

„Allerdings", stimmte Anna zu. „Dann verabschieden wir uns jetzt mal ins Obergeschoss. Wenn ihr zwei unwahrscheinlicherweise eventuell noch ein kleines Hüngerchen haben solltet", fügte sie mit einem schelmischen Lächeln in die Richtung der Jungs hinzu, „dann steht in der Küche noch ein Rest vom Auflauf. Den könnt ihr euch warmmachen."

Das ließen die Jungs sich nicht zweimal sagen. So schnell, wie sie in der Tür gestanden hatten, waren sie auch wieder verschwunden.

Anna und Robert schauten sich an und gingen dann nach oben.

„Die beiden brauchen uns nicht mehr, die haben was zu essen."

19. Dezember 2017 – Dienstag, 07:30 Uhr

Robert saß mit einer Tasse Kaffee seiner Frau an der Küchentheke gegenüber. Tom und Hanno hatten heute später Schule und schliefen noch.

„Was habt ihr denn jetzt gestern so lange im Büro gemacht?", fragte Anna ihren Mann.

„Der Sohn des ersten Mordopfers hat uns Tagebücher und Fotoalben seiner verstorbenen Mutter gebracht, die seine Frau irgendwo auf dem Dachboden gefunden hat. Niemand wusste mehr von der Existenz der Tagebücher und seine Frau und er haben sie durchgesehen und Hinweise darauf gefunden, dass das erste Opfer eventuell pädophile Neigungen gehabt haben könnte. Das wäre natürlich ein Mordmotiv, aber die Frage ist, für wen."

„Ein Pädophiler?" Anna schüttelte den Kopf. „Sterben diese Perversen denn nie aus?"

„Leider nicht. Ich habe manchmal das Gefühl, dass es mit jedem Jahr schlimmer wird. Wenn du hören würdest, was die Kollegen von der Sitte uns so erzählen, es ist unglaublich. Die Mädchen in den Bordellen werden immer jünger, es sind inzwischen Kinder, die dort gezwungen werden, ihre Körper für Geld zu verkaufen. Gefügig gemacht werden sie mit Drogen und Alkohol und falls sie ihren achtzehnten Geburtstag je erreichen, sind sie körperliche und seelische Wracks. Sie werden einfach benutzt und dann entsorgt."

„Das ist ja furchtbar." Anna schüttelte sich. „Ich hoffe wirklich, dass Tom sich nicht für eine Laufbahn bei der Sitte entscheidet."

„Das glaube ich nicht. Während der Ausbildung macht er Praktika in allen Bereichen und danach wird er sich kaum für die Sitte entscheiden. Und selbst wenn er es täte, dann steht es ihm hinterher immer noch frei, innerhalb der Laufbahn zu wechseln."

„Was hatte es denn jetzt mit den Tagebüchern der Frau auf sich?"

„Es gab einige Stellen in den Aufzeichnungen, in denen sie über die seltsamen Neigungen ihres Mannes geschrieben hat. Wir wissen allerdings nur sicher, dass er seine Familie wegen einer anderen Frau verlassen hat. Name taucht natürlich keiner auf. Es ist zum Verrücktwerden – jedes Mal, wenn wir eine neue Spur haben, laufen wir wieder in eine Sackgasse."

„Ihr werdet auch diesen Fall lösen, da bin ich mir sicher", ermutigte Anna ihn und legte ihm die Hand auf den Unterarm.

„Deinen Optimismus hätte ich gerne." Robert stellte die Kaffeetasse ab und blickte aus dem Fenster in den trüben Dezembermorgen.

Es war nass und neblig, keine Spur von den weißen Weihnachten, von denen so viele Menschen träumten. Eine trübe Atmosphäre machte sich breit.

„So, jetzt aber genug gejammert, ich fahre jetzt ins Büro. Wir haben inzwischen die Adresse der Sekretärin des zweiten Opfers bekommen und wir hoffen, dass die uns ein bisschen mehr über das Leben außerhalb der Ehe erzählen kann."

Anna musste wider Willen kichern. „Das hört sich an wie bei Denver oder Dallas oder einer anderen Soap aus dem Fernsehen."

Robert zog seine rechte Augenbraue nach oben. „So weit hergeholt sind diese Sachen oft gar nicht. Ich komme mir oft genug vor wie in einem schlechten Film."

Er erhob sich, küsste seine Frau zum Abschied und stellte die Tasse auf die Anrichte. Um viertel vor acht verließ er das Haus, nicht ahnend, was der heutige Tag ihm noch bringen würde.

19. Dezember 2017 – Dienstag, 08:15 Uhr

Als Robert das Büro betrat, saß Dennis Winterberger bereits an seinem Schreibtisch. Daran hatte sich der Kommissar inzwischen gewöhnt und auch wenn das Verhältnis zwischen ihnen natürlich niemals so werden würde wie das zwischen Marina und ihm, so hatte er sich doch mit ihm arrangiert.

„Guten Morgen, Herr Kollege", begrüßte er ihn. „Sie haben wohl auch kein Zuhause."

„Mir lässt das alles keine Ruhe und ich habe mir eben schon mal die Auszüge der Tagebücher noch einmal angesehen und alle relevanten Stellen in einem Dokument zusammengestellt. Es sieht wirklich danach aus, dass Josef Zimmermann auf kleine Mädchen stand."

„Was uns aber immer noch nicht die Frage beantwortet, wer das Motiv für den Mord hatte. Die neue Geliebte von Josef Zimmermann war offensichtlich kein Kind mehr und die andere Frage, die sich mir stellt, ist, was das alles mit dem zweiten Opfer zu tun hat. Irgendwo müsste ein Bindeglied zwischen den beiden Morden sein und das sehe ich einfach im Moment noch nicht." Robert nahm den Zettel mit der Adresse von Mühlbauers Sekretärin vom Tisch. „Jetzt suchen wir erstmal diese Dame auf und versuchen etwas über Franz Mühlbauer herauszufinden."

Sie machten sich auf den Weg zu Heidelore Weis, die inzwischen in Pension war und in der Fritz-Behrens-Allee in der Nähe des Erlebnis-Zoos wohnte.

„Da ist es." Dennis Winterberger zeigte auf den Klingelknopf im Eingang eines gepflegten Mehrfamilienhauses.

„Dann werden wir mal sehen, ob die gute Frau zu Hause ist", sagte Robert und drückte auf die Klingel.

Es dauerte nicht lange, bis sich die Sprechanlage krächzend meldete.

„Ja, bitte? Wer ist denn da?", hörten sie eine Stimme aus dem Lautsprecher.

„„Robert Kunz und Dennis Winterberger vom K9", antwortete Robert. „Wir würden uns gerne kurz mit Ihnen unterhalten. Dürfen wir hochkommen?"

„Aber vor der Wohnungstür zeigen Sie mir Ihre Ausweise durch den Spion, sonst lasse ich Sie nicht ein."

Robert zog die Augenbrauen in die Höhe. „Durchaus umsichtig, die Dame."

Der Türdrücker summte, die beiden Beamten betraten das gepflegte Treppenhaus und stiegen die Treppen in den zweiten Stock hinauf. Vor der Wohnungstür von Frau Weis, die noch verschlossen war. Robert hielt seine Dienstmarke vor den runden Spion in der Tür und klopfte.

„Frau Weis, wir sind jetzt vor Ihrer Tür, hier ist meine Dienstmarke. Machen Sie uns bitte auf."

Die Tür öffnete sich und eine sehr gepflegt aussehende Dame Anfang Sechzig ließ die beiden Kommissare eintreten.

„Es tut mir leid, aber man kann heutzutage nicht vorsichtig genug sein", sagte sie und streckte den Kommissaren nacheinander die Hand hin. „Kommen Sie doch herein."

Robert lächelte die Frau an. „Es ist schon richtig, dass Sie vorsichtig sind und nicht jedem glauben, der an Ihrer Tür klingelt."

Die Frau führte sie ins Wohnzimmer, wo ein kleiner runder Esstisch mit vier Stühlen stand.

„Nehmen Sie doch Platz. Kann ich Ihnen etwas anbieten? Einen Kaffee oder ein Wasser?"

„Ich würde gerne einen Kaffee nehmen", antwortete Robert.

„Und ich ein Glas Wasser", ergänzte der Kollege Winterberger.

Frau Weis ging in die Küche und kam kurz darauf mit einem Tablett in der Hand zurück. Auf ihm standen ein Glas Wasser, zwei Tassen, Zucker und ein Milchkännchen.

„Der Kaffee läuft." Frau Weis nahm am Tisch Platz. „Was kann ich denn für die Mordkommission tun?"

„Ich weiß nicht, ob Sie es schon gehört haben, aber Ihr ehemaliger Chef Herr Mühlbauer ist vor einigen Tagen verstorben. Wir gehen von einem Giftmord aus."

Frau Weis riss die Augen auf und schlug sich die Hände vor den Mund.

„Mord? Oh Gott, aber wer sollte denn Herrn Mühlbauer so etwas Schreckliches antun?"

„Das versuchen wir gerade herauszufinden." Robert ging so diplomatisch wie möglich vor. „Die Witwe von Herrn Mühlbauer hat uns Ihre Adresse gegeben, sie meinte, Sie könnten uns auch noch etwas über das – ich sage es mal vorsichtig – außereheliche Leben Ihres früheren Chefs mitteilen."

Als er den fragenden Blick der ehemaligen Sekretärin sah, führte er seine Erklärungen weiter aus. „Nun, wir vermuten aktuell, dass das Motiv für die Tat irgendwo in der Vergangenheit von Herrn Mühlbauer zu finden ist. Deswegen sind wir hier." Er kam nun zum etwas heiklen Punkt der Befragung. „Frau Mühlbauer erwähnte verschiedene Affären, die ihr Mann wohl im Laufe der Jahre gehabt hatte. Sie meinte, er wäre immer sehr diskret gewesen, aber Sie könnten eventuell mehr darüber wissen."

Frau Weis errötete leicht und in dem Kommissar erhärtete sich der Verdacht, dass auch die Sekretärin wohl eine der diskreten Affären gewesen sein könnte. Diesen Verdacht äußerte er jedoch zunächst nicht, um das Vertrauen der Frau nicht direkt wieder zu zerstören.

„Nun ja", begann Frau Weis. „Sie müssen wissen, ich war jahrelang die engste Mitarbeiterin von Herrn Mühlbauer und da bleiben einem natürlich gewisse Dinge nicht verborgen, wenn man den ganzen Tag so eng zusammenarbeitet. Zudem habe ich auch für ihn alle Telefonate entgegengenommen und durchgestellt. Dabei hatte ich auch oft Damen am Telefon, die nicht aus geschäftlichen Gründen angerufen haben."

„Können Sie uns denn vielleicht noch ein bisschen mehr zu den Damen sagen? Wie viele Affären waren es denn in den Jahren so ungefähr?"

Frau Weis legte den Kopf schräg und dachte angestrengt nach. „Genau kann ich Ihnen das nicht mehr sagen, aber so acht bis zehn werden es in den Jahren schon gewesen sein."

„Da hat der gute Mann ja ein sehr aktives außereheliches Leben geführt", sagte Robert. „Was uns die Arbeit allerdings nicht gerade leichter macht. Frau Weis, Sie haben nicht den einen oder anderen Namen für uns?", fragte er vorsichtig.

Heidelore Weis stand auf und ging an den dunklen Mahagonischrank. Sie öffnete eine Tür und nahm einen Stapel Kalenderbücher heraus.

„Die habe ich aus irgendeinem unerfindlichen Grund nach meiner Pensionierung aufbewahrt. Den einen oder anderen Namen oder Kontakt habe ich mir darin notiert, ich würde Sie aber bitten, dies alles vertraulich zu behandeln, da stehen auch persönliche Termine und Notizen von mir drin."

„Natürlich werden wir absolut vertraulich mit allen Informationen umgehen, die in den Kalendern stehen", beeilte Robert sich, der Frau zu versichern. „Wir sind Ihnen auf jeden Fall sehr dankbar, dass Sie uns das Material zur Verfügung stellen und unsere Ermittlungen auf diesem Wege untersützen."

Frau Weis hatte in der Zwischenzeit den Kaffee aus der Küche geholt und dem Kommissar und sich eine Tasse eingegossen.

Robert nippte an seiner Tasse. „Frau Weis, was können Sie uns denn über Ihren ehemaligen Chef sonst erzählen? Wie war Herr Mühlbauer als Chef und auch als Mensch?"

„Als Chef war er immer sehr korrekt und fair, da kann ich absolut nichts Negatives sagen. Er hat gute Gehälter gezahlt und seine Mitarbeiter fair behandelt, auch Weihnachts- und Urlaubsgeld gab es regelmäßig."

Robert, der über jahrelange Erfahrung bei der Befragung von Zeugen verfügte, hörte das unausgesprochene Aber in ihrer Aussage. Er entschied sich, aufs Ganze zu gehen und einen Vorstoß zu wagen.

„Aber als Mensch war er nicht immer so ganz astrein? Es hört sich ein wenig so an. Bitte erzählen Sie uns alles, es kann wichtig sein, um seinen Mörder und vielleicht auch noch den eines anderen Mannes zu finden."

Frau Weis zögerte. „Man soll ja nicht schlecht über Tote sprechen", begann sie langsam, „aber wenn es für Sie so wichtig ist."

Gedankenverloren rührte sie in ihrer Kaffeetasse, bevor sie weitersprach.

„Als Mensch war Herr Mühlbauer ein eher schwieriger Charakter. Er hatte eine Menge Affären und mir hat seine arme Ehefrau oft leidgetan, wenn sie angerufen hat und ich sie dann anlügen musste. Das war schon nicht in Ordnung, was er da mit seiner Familie gemacht hat. Und mit seinen abgelegten Affären ist er auch nicht viel besser umgegangen. Länger als ein Jahr haben die Beziehungen selten gedauert, dann hatte er den Spaß an seiner jeweiligen Gespielin verloren."

Die ehemalige Sekretärin strich sich eine Haarsträhne aus der Stirn. Robert hatte das Gefühl, dass sie immer noch nicht alles gesagt hatte.

„Gibt es da vielleicht noch etwas, was sie uns zu den Affären von Herrn Mühlbauer sagen können?"

„Da ist schon noch etwas, aber ich weiß nicht so recht, wie ich das sagen soll." Frau Weis trank einen weiteren Schluck von ihrem Kaffee, dann sprach sie weiter. „Die Affären von Herrn Mühlbauer waren meistens sehr viel jünger als er und ich hatte das Gefühl, dass er sich besonders zu ganz jungen Frauen hingezogen fühlte. Aber das ist nur ein Eindruck, den ich gewonnen habe, davon kann ich nichts beweisen und ich möchte auch keine falschen Verdächtigungen aussprechen."

Robert spürte die Aufregung bis in die Fingerspitzen. Das hier begann plötzlich einen Sinn zu ergeben. War das hier das Bindeglied zwischen den beiden Morden?

„Frau Weis", hakte er noch einmal nach, „wie jung meinen Sie, wenn Sie sehr jung sagen?"

Die Frau fuhr sich mit den Händen durchs Gesicht. „Volljährig waren die Damen auf jeden Fall, also die, die ich zu Gesicht bekommen habe. Was natürlich außerhalb der Firma passiert ist, dazu kann ich beim besten Willen nichts sagen. Ich habe ab und zu vor der Firma nach Feierabend sehr freizügig bekleidete blutjunge Dinger in seinen Wagen einsteigen sehen. Sie sahen aus wie, na ja wie aus dem horizontalen Gewerbe. Mehr kann ich dazu leider nicht sagen."

„Vielen Dank." Robert trank seine Tasse aus und erhob sich. „Sie haben uns schon sehr viel weiter geholfen." Er deutete auf die Kalenderbücher, die sein Kollege Winterberger in der Hand hielt. „Und sobald wir alles durchgesehen haben, bringen wir Ihnen die Sachen sofort zurück."

Frau Weis begleitete die beiden Kommissare noch zur Tür. Kaum hatte sich die Wohnungstür hinter ihnen geschlossen, da sprach Dennis Winterberger aus, was Robert gedacht hatte:

„Ob beide Mordopfer pädophile Neigungen hatten? Dann wäre das ein erster Ansatz für ein Mordmotiv?"

Robert nickte. „Genau das habe ich mir auch in dem Moment gedacht, als Frau Weis von den sehr jungen Frauen zu erzählen anfing. Wobei sehr jung ja durchaus ein dehnbarer Begriff ist. Allerdings ist es das Beste, was wir aktuell haben, also müssen wir damit arbeiten."

Er warf einen Blick auf die dicken Kalender. „Und da wartet wieder einmal die gute alte Polizeiarbeit auf uns – Recherche ohne Computer."

19. Dezember 2017 – Dienstag, 14:00 Uhr

Heute war zum ersten Mal seit langem pünktlich Feierabend zum Schichtende. Trotzdem war es eine anstrengende Frühschicht gewesen, in der sie fast ohne Pausen gearbeitet hatten. Doch für sie war der Arbeitstag noch nicht zu Ende, ihr zweiter Job wartete für den Rest des Nachmittages auf sie.

Sie zog sich um und verließ das Gebäude. Ihr Handy summte. Sie zog es aus der Tasche ihrer Jeans, es war eine Nachricht von Max. Noch bevor sie sie las, machte sich wieder diese Wärme in ihr breit, das Gefühl, von dem sie gedacht hatte, es sei vor vielen Jahren in einer jener Nächte gemeinsam mit ihrer Unschuld gestorben. Plötzlich tauchte es wieder auf.

‚Ich würde dich gerne heute Abend noch sehen. Kino um acht? Am Astor in der Nikolaistraße. Max' - eine Reihe Smileys mit Herzen und Küssen rundeten die Nachricht ab.

‚Ich komme gerne. Bis heute Abend, ich freu mich', war ihre Antwort.

Sie fühlte sich leicht und beschwingt, als sie die Straße zum Blumenladen entlang ging. Der Wind war kalt und biss ihr im Gesicht, also schlug sie den Kragen hoch und zog die Kapuze des Anoraks tief in ihr Gesicht. Pünktlich zum Dienstbeginn betrat sie den kleinen Blumenladen.

„Hallo, irgendetwas Besonderes, das heute anliegt?", fragte sie ihre Chefin, die den Kopf schüttelte.

„Nein, es ist trotz der nahenden Weihnachtsfeiertage heute noch relativ ruhig. Ich denke, mit dem großen Ansturm werden wir zum Wochenende hin rechnen müssen. Vor allem, weil mit Sicherheit für viele Ehemänner Weihnachten wie jedes Jahr wie aus dem Nichts vor der Tür steht und sie dann völlig verzweifelt noch ein Geschenk suchen, um den häuslichen Frieden und ihren Kopf an den Feiertagen doch noch zu retten", fügte sie lachend hinzu.

„Also alles wie immer." Auch Laura musste lächeln.

„Es wäre super, wenn du die Bestelllisten noch einmal durchgehen würdest und alles einträgst, was dir noch auffällt und was wir für den Weihnachtsansturm eventuell benötigen."

Laura nickte. „Kein Problem, ich mache die Listen heute fertig. So viele Kunden werden den Laden wohl im Laufe des Nachmittags nicht mehr stürmen."

„Super, vielen Dank. Ich muss dann auch los, Marie aus der KiTa abholen. Schließt du bitte heute Abend den Laden ab?"

„Ja, natürlich. Du kannst dich auf mich verlassen."

Mit einem letzten Nicken war die Ladenbesitzerin zur Tür hinaus und sie war allein, allein mit den

Pflanzen, die sie so liebte und die ihr die Umsetzung ihres Plans möglich gemacht hatten.

19. Dezember 2017 – Dienstag, 17:30 Uhr

„So, es reicht für heute. Machen Sie auch Feierabend."

Robert klappte den Kalender des Jahres 1996 zu, den er bis gerade nach Namen möglicher Liebschaften von Franz Mühlbauer durchsucht hatte.

Selbst Dennis Winterberger, der ja immer der Erste und Letzte im Büro war, war an diesem Nachmittag froh darüber, dass die ermüdende Recherche endlich ein Ende hatte. Sie hatten schon einige Namen gefunden, aber für den nächsten Tag lag noch ein großer Stapel Kalender vor ihnen, der durchsucht werden wollte.

Sie löschten das Licht und verließen das Büro.

Auf dem Heimweg kam Robert wieder an dem kleinen Blumenladen vorbei, zu dem es ihm aus unerfindlichen Gründen immer mal wieder hinzog. Er entschloss sich, seiner Frau heute mal wieder Blumen mitzubringen. Besser ein paar Tage vor Weihnachten als an den Feiertagen, wenn alles nur überteuerte B-Ware war.

Die Türglocke klingelte, als er den Laden betrat. Die junge Frau stand an der Kassentheke und füllte eine Liste aus. Sie blickte auf und als sie den Mann erkannte, lächelte sie freundlich.

„Was kann ich denn heute für Sie tun?", erkundigte sie sich in ihrer warmen weichen Stimme.

„Ich hätte gerne einen Weihnachtsstrauß vor Weihnachten", grinste Robert mit seinem Lausbubenlächeln.

„Und was ist ein ‚Weihnachtsstrauß vor Weihnachten'", fragte Laura zurück, die den Mann ausgesprochen sympathisch fand.

„Ich weiß es nicht, ich hatte gehofft, Sie könnten mir als Fachfrau da weiterhelfen."

Laura überlegte kurz. Dann zog sie eine Amaryllis aus einer großen Vase.

„Was halten Sie davon? Ich könnte Ihnen zwei oder drei von diesen hier mit Tannengrün und Dekoration zu einem Strauß binden. Die werden pünktlich zu Weihnachten blühen und halten auch eine gute Woche."

„Das ist eine sehr gute Idee, diese ...", er suchte nach dem Namen, „gefallen mir richtig gut."

„Amaryllis, die Blume heißt Amaryllis", informierte ihn Laura. Sie überreichte ihm den in Papier gewickelten Strauß. „Das macht dann zwölf Euro."

Robert legte den Strauß noch einmal kurz auf der Theke ab, zog sein Portemonnaie aus der hinteren Tasche seiner Jeans und gab ihr fünfzehn Euro.

„Der Rest ist für die Kaffeekasse, vielen Dank für die gute Beratung und schöne Feiertage wünsche ich Ihnen."

„Vielen Dank, Ihnen und Ihrer Familie auch ein frohes Fest."

Robert verließ den Laden und machte sich auf den Heimweg. Er hoffte inständig, dass auch der Mörder bis und über Weihnachten mal eine Pause einlegen würde. Dies würde das letzte gemeinsame Weihnachtsfest sein, bevor Hanno und Tom ihr Abitur machten und dann ins Berufsleben einsteigen würden. Bei den Berufen, für die die beiden sich entschieden hatten, würde es sehr unwahrscheinlich sein, dass alle drei noch einmal gemeinsam an Weihnachten frei hatten. Also könnte ihnen doch der Mörder einfach diese Feiertage Ruhe gönnen.

20. Dezember 2017 – Mittwoch, 08:00 Uhr

Fast gleichzeitig betraten Robert und sein Kollege Winterberger das Polizeipräsidium. Das Programm für den heutigen Tag war die Fortsetzung der Recherche und die Suche nach einer Verbindung zwischen den beiden Mordopfern, die sie irgendwann vielleicht auf die Spur zum Täter führen würde.

Winterberger hatte alle relevanten Einträge aus den Tagebüchern von Frau Roth in einem Dokument zusammengefasst. Immer wieder erschienen Hinweise auf Affären, doch leider gab es nie einen Namen dazu.

„Hier steht ein Hinweis auf einen Stadtteil", bemerkte er und markierte die Stelle mit einem gelben Textmarker.

Robert arbeitete gleichzeitig weiter die Kalender der Sekretärin Frau Weis durch.

„Sobald wir alle Namen auf einer Liste haben, jagen wir sie durch die EMA-Abfrage und versuchen, Übereinstimmungen mit den Angaben aus den Tagebüchern zu finden. Das ist zwar nur ein ziemlich kläglicher Versuch, aber etwas Besseres fällt mir echt nicht ein."

Den Rest des Vormittages verbrachten sie damit, alle Hinweise aus den Tagebüchern und den Kalendern zu sammeln.

Beide Listen lagen nun nebeneinander auf dem kleinen Konferenztisch am Fenster und die Kommissare standen davor und versuchten, Parallelen zu finden.

Zwei der Frauen aus den Unterlagen von Heidelore Weis wohnten aktuell in dem Stadtteil, in dem offensichtlich auch die Geliebte von Josef Zimmermann gelebt hatte. Ob das zur Zeit der Affäre auch schon so gewesen war, würden sie im nächsten Schritt herausfinden müssen. Sonst würde die ganze Suche wieder von vorne beginnen.

Nach der Mittagspause standen sie vor dem Haus in der Voßstraße 124. Zwischen verschiedenen Läden reihten sich einige Mehrfamilienhäuser ein, in denen ganz offensichtlich nicht die finanzstärkste Klientel wohnte.

„Martina Bellmann", Robert zeigte auf eins der Klingelschilder. „Das muss sie sein. Dann wollen wir mal hoffen, dass die gute Frau bereit ist, mit uns über ihren, beziehungsweise ihre verflossenen Liebhaber zu reden."

„Leicht wird das bestimmt nicht", gab Dennis Winterberger zu bedenken. „Immerhin hatte sie ein Verhältnis mit einem verheirateten Mann, damit geht keiner hausieren."

„Einem verheirateten Mann, der jetzt tot ist. Das sollte ihre Zunge schon ein wenig lockern."

„Wollen wir es hoffen."

Entschlossen drückte Robert auf den Klingelknopf. Nichts geschah. Er legte den Finger auf die Klingel, um ein weiteres Mal zu drücken, als sich die Gegensprechanlage meldete. Robert stellte sich und seinen Kollegen vor und ohne eine weitere Nachfrage ließ die Haustür sich öffnen.

Frau Bellmann wohnte im ersten Stock und laut EMA-Abfrage war sie auch in den letzten zwanzig Jahren nicht umgezogen. Sie erwartete die beiden Männer in der geöffneten Wohnungstür.

„Kripo? Mordkommission?", vergewisserte sie sich noch einmal.

Robert nickte und hielt ihr seine Polizeimarke hin, woraufhin sie den Türrahmen freimachte und die beiden Beamten mit einer Geste aufforderte, einzutreten. Sie bedeutete ihnen, durch den Flur hindurch ins Wohnzimmer zu gehen.

„Was kann ich denn jetzt für Sie tun? Also umgebracht habe ich keinen", versuchte sie es mit dem Standardscherz ungefähr jedes zweiten Zeugen, über den beileibe niemand lachen konnte.

„Deswegen sind wir auch nicht hier. Es geht um jemanden, den sie wahrscheinlich gekannt haben."

Robert entschied sich, diplomatisch vorzugehen und sich zunächst nur nach Franz Mühlbauer zu erkundigen, bevor er mit der Tür ins Haus fiel und die

Frau unter Umständen komplett zumachte und gar nichts mehr sagte.

Frau Bellmann war neugierig geworden.

„Und um wen handelt es sich? Ich weiß nichts davon, dass einer meiner Bekannten oder Freunde ums Leben gekommen ist."

„Es handelt sich auch eher um eine frühere Bekanntschaft. Sagt Ihnen der Name Franz Mühlbauer etwas?"

Die Frau gab kurz vor zu überlegen, aber dann wurde ihr klar, dass die Beamten ja etwas wissen mussten, also nickte sie.

„Aber das ist eine Ewigkeit her. Warum kommen Sie jetzt damit zu mir?", wollte sie wissen.

„Nun, Herr Mühlbauer wurde vor kurzem ermordet."

Weiter kam Robert nicht, denn Martina Bellmann schlug sich erschrocken die Hände vors Gesicht.

„Ermordet? Oh mein Gott, wer tut denn sowas?"

„Das wollen wir ja eben herausfinden und wir hoffen, dass Sie uns mit Informationen weiterhelfen können."

„Ich habe den Franz, also Herrn Mühlbauer, aber seit Jahren nicht mehr gesehen. Ich glaube nicht, dass ich Ihnen da helfen kann."

„In welchem Verhältnis standen Sie denn zu Herrn Mühlbauer?", fragte Robert.

„Das ist ein wenig schwierig zu beschreiben."

Die Frau pulte die Haut am Nagel ihres rechten Daumens ab und wich den Blicken der Kommissare aus.

„Wie sind Sie denn überhaupt auf mich gekommen?"

„Wir haben auch die Sekretärin von Herrn Mühlbauer befragt, nachdem seine Witwe uns den Hinweis gegeben hatte, dass Herr Mühlbauer wohl durchaus außerehelichen Aktivitäten nachging. Sie war der Meinung, seine Sekretärin könne uns da eher weiterhelfen. Also haben wir die Dame aufgesucht und sie war so freundlich, uns ihre alten Unterlagen zur Verfügung zu stellen, in denen wir einige Namen von mutmaßlichen Geliebten gefunden haben. Ihrer war auch dabei. Und weil wir vermuten, dass das Motiv für den Mord in der Vergangenheit von Herrn Mühlbauer liegt, recherchieren wir eben in diese Richtung."

„Sie müssen wissen", begann Frau Bellmann, der die ganze Situation merklich unangenehm war, „ich hatte vor vielen Jahren eine Affäre mit Herrn Mühlbauer. Ich weiß, dass er auch da schon verheiratet war, und ich bin auch nicht sonderlich stolz darauf, dass ich mich damals auf ihn eingelassen habe, aber ich war noch so jung und er war so charmant und zuvorkommend. Er ist mit mir ins

Theater gegangen, hat mich in noble Restaurants zum Essen eingeladen. So etwas kannte ich noch nicht und ich war sehr beeindruckt. Ich habe ihm sogar geglaubt, als er mir sagte, dass er sich von seiner Frau trennen und mit mir ein neues Leben beginnen wollte. Natürlich hat er das nicht getan", fügte sie mit einem bitteren Unterton hinzu.

„Wie lange ist das denn her?", schaltete sich Dennis Winterberger in das Gespräch ein.

„Das müssen jetzt über dreißig Jahre sein. Ich war damals gerade zwanzig, wir waren ungefähr ein Jahr liiert, dann war er meiner überdrüssig und hat sich wohl wieder was Jüngeres gesucht. Aber das weiß ich natürlich nicht, ich vermute es."

„Hatte Herr Mühlbauer einen Hang zu ... sagen wir mal ... sehr jungen Frauen?", hakte Robert nach. So langsam näherten sie sich dem Kern ihrer Befragung.

„Das ist mir jetzt wirklich ein bisschen peinlich", die Frau errötete, „ich möchte da nicht so sehr gerne drüber sprechen."

„Jedes Detail, und kommt es Ihnen auch noch so unbedeutend vor, kann für uns wichtig sein, um den Täter dingfest zu machen. Also sagen Sie uns bitte alles, auch wenn es Ihnen unangenehm ist", beharrte Robert.

„Nun", druckste die Frau herum, der das Thema sichtlich unangenehm war, „er hatte eine Vorliebe für

Rollenspiele beim Sex - am liebsten war es ihm, wenn ich Faltenrock und weiße Bluse anhatte und die Haare mit Samtbändern zu Zöpfen gebunden. So wie eine Schuluniform. Irgendwann hat ihm das dann wohl nicht mehr gereicht, da hat er sich die nächste Geliebte gesucht."

„Ich habe da noch eine Frage." Robert spürte, wie die Erregung in ihm hochstieg. „Sagt Ihnen der Name Josef Zimmermann etwas?"

Für den Bruchteil einer Sekunde war die Spannung im Raum fast greifbar, bis Frau Bellmann nach kurzem Zögern den Kopf schüttelte.

„Nein, der Name sagt mir gar nichts. Wer soll das denn sein?"

Robert schüttelte enttäuscht den Kopf.

„Wenn Sie den Mann nicht kennen, dann darf ich Ihnen dazu leider auch nichts sagen. Trotzdem vielen Dank für Ihre Ehrlichkeit."

Die beiden Kommissare erhoben sich und verabschiedeten sich von Frau Bellmann. Robert gab ihr noch eine Visitenkarte und sagte ihr, sie könne sich jederzeit melden, wenn ihr noch etwas einfiele.

Auf der Straße sahen die Ermittler sich an.

„Das war dann wohl ein Reinfall", sagte Dennis Winterberger.

„Nicht ganz", bemerkte sein Kollege. „Für mich erhärtet sich immer mehr der Verdacht, dass wir es mit Pädophilie als Mordmotiv zu tun haben. Die Hinweise in dem Tagebuch von Josef Zimmermann und das, was Frau Bellmann gerade ausgesagt hat, zeigen ziemlich deutlich, dass beide Männer die gleichen Vorlieben hatten und sie offensichtlich auch ausgelebt haben. Auch wenn das bis jetzt die einzige Gemeinsamkeit zwischen den beiden ist, so gibt sie doch ein durchaus brauchbares Mordmotiv her. Das wäre nicht das erste Mal, dass sich die Sünden der Vergangenheit irgendwann rächen. Und denken wir mal dreißig Jahre zurück, da war es nicht so einfach, an 'Kinder' aus dem Ostblock zu kommen und Kinderbordelle gibt es erst seit zehn bis fünfzehn Jahren."

„Aber die Affären von den beiden waren zwar jung, aber beileibe keine Kinder mehr", gab sein Kollege Winterberger zu bedenken.

„Da muss noch etwas sein, aber zunächst müssen wir die wirkliche Verbindung zwischen den beiden Opfern finden. Sie müssen etwas gemeinsam haben, was den Täter dazu bringt, sie beide mit Gift zu ermorden."

„Was wäre denn", begann Dennis Winterberger vorsichtig, „wenn es wirklich nur ein Zufall war, dass beide Männer umgebracht wurden und wir hier einem Phantom hinterher rennen? Immerhin sind beide auf ganz unterschiedliche Art und Weise getötet worden."

„Auch das sollten wir nicht völlig ausschließen, aber ich habe das Gefühl, dass diese beiden Morde zusammenhängen."

Auch wenn Winterberger noch nicht lange dabei war, so wusste er doch, dass es nichts Dümmeres gab als die Intuition des Kollegen Kunz in Frage zu stellen, wenn man im K9 Fuß fassen wollte.

20. Dezember 2017 – Mittwoch, 19:00 Uhr

Es klingelte an der Tür und Laura, die auf dem Sessel im Wohnzimmer eingenickt war, schreckte hoch.

Sie ging zur Tür. Da stand Max mit einem Korb voller Lebensmittel und einer Flasche Wein.

„Du hast gesagt, du hast heute Abend frei, da habe ich mir überlegt, dass wir zusammen essen könnten. Nur kochen musst du noch."

Mit seinem entwaffnenden Lächeln streckte er ihr den Korb entgegen.

Laura konnte nicht anders, sie musste lachen. Außerdem freute sie sich, ihn zu sehen.

„Aber sonst geht es dir noch gut?" Sie nahm den Korb und ließ ihn hereinkommen. „In der Küche kannst du mal schön mithelfen, so fangen wir gar nicht erst an."

Er folgte ihr in die kleine Küche und gemeinsam bereiteten sie den Gemüseauflauf zu, für den Max die Zutaten vom Wochenmarkt mitgebracht hatte. Die ganze Situation hatte etwas Familiäres, etwas, das sie so nur bei Max zu Hause kennengelernt hatte. Für einen Moment vergaß sie alle ihre Probleme und das Schreckliche, was sie erlebt hatte. Sie lachten und blödelten und hatten eine Menge Spaß. Als der Auflauf im Ofen stand, setzten sie sich auf die kleine Couch im Wohnzimmer und zappten sich durchs

Fernsehprogramm. Sie lehnte sich an Max´ Schulter und er legte eine Hand auf ihren Oberschenkel. Als seine Hand langsam weiter nach oben wanderte, war jedoch auf einmal alles wieder da.

Brüsk, fast rüde schob sie seine Hand zur Seite. „Lass das bitte. Ich will das nicht", brach es aus ihr heraus.

„Was ist denn los?" Max war wirklich erschrocken, er verstand nicht, was er falsch gemacht hatte.

„Ich kann es dir nicht erklären, es geht eben nicht."

Für den Augenblick gab sich Max mit dieser Antwort zufrieden, er beschloss jedoch, von nun an ein genaues Auge auf Laura zu haben und herauszufinden, was mit ihr los war.

22. Dezember 2017 – Freitag, 19:30 Uhr

Sie hatte die grünen Knollenblätterpilze heute Morgen vor der Arbeit aus dem Tiefkühlfach genommen und tagsüber im Kühlschrank auftauen lassen. Auf dem Nachhauseweg hatte sie in einem Supermarkt am anderen Ende der Stadt eine Schachtel Pralinen gekauft. Pünktlich zu Weihnachten würde sie den nächsten Teil ihres Plans vollenden.

Vorsichtig schälte sie die Pilze und löste das Fleisch ab, das das Gift enthielt. Das tückische am Gift des Knollenblätterpilzes war, dass es kein Antidot gab. Es griff die Leber an und begann sie zu zersetzen. Bekam der Betroffene nicht schnell genug ein Spenderorgan, so verstarb er sicher an den Folgen der Vergiftung. Und Spenderorgane waren rar, das wusste sie. Dazu kam, dass Hans-Joachim Hofer inzwischen über siebzig war und körperlich nicht in der besten Verfassung. All das waren Kriterien, die es für ihn unmöglich machen würden, in der Kürze der verbleibenden Zeit ein passendes Spenderorgan zu finden. Damit unterschrieb sie das nächste Todesurteil.

Sie arbeitete präzise und umsichtig, zerdrückte das giftige Fleisch mit einem Mörser, bis es zu einer breiigen Masse geworden war und rührte diese dann langsam in warmes Wasser ein, bis sich alles gelöst hatte. Vorsichtig öffnete sie die Zellophanverpackung der Pralinen und zog sie aus dem Umkarton. Mit Gummihandschuhen nahm sie die einzelnen Pralinen hinaus, legte sie umgekehrt auf ein Küchentuch und zog dann die inzwischen abgekühlte Flüssigkeit mit einer Einwegspritze auf, auf die sie eine dünne Injektionsnadel setzte. In jede einzelne Praline injizierte sie eine kleine Menge des flüssigen Giftes. Es durfte auf keinen Fall zu viel sein, denn dann würde der bittere Nachgeschmack des Knollenblätterpilzes trotz der Süße der Schokolade herauszuschmecken sein. Er musste mindestens fünf bis acht der Pralinen essen, um eine ausreichende Menge Gift aufzunehmen, aber sie erinnerte sich, dass er schon früher von Schokolade die Finger nicht hatte lassen können. Lächelnd legte sie die einzelnen Pralinen zurück in die Umhüllung, die sie vor Zerdrücken schützen sollten und schob dann das Tray wieder zurück in den Karton. Einzig das Zellophan konnte sie nicht wieder um die Schachtel wickeln, also entschloss sie sich, sie an den Seiten mit einem Tesastreifen zuzukleben und dann in Geschenkpapier einzupacken. Morgen früh würde die Schachtel in seinem Briefkasten liegen und er würde keinen weiteren Gedanken daran verschwenden, von wem die Pralinen wohl sein mochten.

Gegen zehn Uhr, nachdem sie die Küche aufgeräumt und alle Reste entsorgt hatte, legte sie sich ins Bett. Der Wecker stand auf ein Uhr nachts. Dann würde sie aufstehen und das tödliche Geschenk im Schutz der Nacht überbringen.

25. Dezember 2017 – Montag, 09:15 Uhr

Alles war mucksmäuschenstill im Haus. Robert schlief noch tief und fest und auch aus den Zimmern der beiden Jungs drang noch kein Geräusch. Anna lag auf dem Rücken im Bett und döste noch ein wenig vor sich hin. An Heiligabend und heute hatten Robert und Dennis Winterberger Bereitschaft, doch entgegen ihrer Befürchtung war der Melder gestern den ganzen Tag stumm geblieben. Sie hatten zu fünft einen ruhigen Abend bei Raclette und Kartenspielen verbracht. Pauline, die inzwischen Toms feste Freundin war, war über Nacht geblieben.

Wolle begann, sich am Fußende des Bettes zu regen. Leise stand Anna auf und ging mit ihm nach unten. Weiße Weihnachten gab es auch in diesem Jahr nicht, aber wenigstens war es trocken. Sie zog den Reißverschluss der Jacke bis unters Kinn hoch und machte sich auf den Weg durch die klare, kalte Winterluft. Sie mochte diese morgendlichen Spaziergänge, oft hatte sie dann die besten Ideen und es war immer ein guter Start in den Tag.

Mit geröteten Wangen kam sie nach Hause, es war immer noch alles totenstill. Anna kochte sich eine Tasse Tee und setzte sich im Wohnzimmer auf die Couch. Doch die friedliche Ruhe sollte nicht mehr lange anhalten, denn auf einmal ertönte ein schriller, durchdringender Piepton aus dem Obergeschoss – Roberts Alarmmelder. Nur wenige Minuten später kam ihr Mann die Treppe hinunter, die Haare noch zerzaust, aber schon angezogen.

„Sieht so aus, als hätte unser friedliches Weihnachtsfest gerade ein jähes Ende gefunden", sagte er und gab seiner Frau noch einen schnellen Abschiedskuss. „Ich melde mich, wenn ich weiß, wie lange es dauert."

Dann war er auch schon zur Tür hinaus und Anna hörte das Garagentor aufgehen.

„Was ist denn hier los? Muss hier mitten in der Nacht so ein Höllenlärm sein?" Toms verwuschelter Haarschopf erschien oben an der Treppe, hinter ihm schaute Pauline hervor.

„Das war es dann wohl mit ruhigen Weihnachtsfeiertagen", klärte Anna die beiden auf. „Der Höllenlärm war der Melder deines Vaters. Mörder kennen eben auch keine Feiertage. Gewöhn dich schon mal dran", grinste sie in die Richtung ihres Sohnes.

„Damit schreckst du mich nicht ab", grinste Tom zurück. „Meine Entscheidung ist gefallen, ich werde Polizist. Aber wenn wir jetzt sowieso schon alle wach sind, dann können wir auch frühstücken. Hanno", rief er nach oben, „raus aus den Federn."

Er verschwand ins Badezimmer und Anna machte sich daran, für alle das Frühstück zu bereiten, nicht ahnend, dass dies nicht die einzige Überraschung gewesen sein sollte, die der Tag für sie bereithielt.

25. Dezember 2017 – Montag, 09:45 Uhr

Gleichzeitig fuhren Robert und Dennis Winterberger auf den Parkplatz vor dem Präsidium. Winterberger sah aus, als wäre er noch nicht lange im Bett gewesen.

„Frohe Weihnachten", begrüßte Robert seinen unrasierten Kollegen mit den ungekämmten Haaren und dem zerknitterten Gesichtsausdruck. Den leicht sarkastischen Unterton konnte er sich angesichts des zerstörten Feiertages nicht ganz verkneifen.

„Guten Morgen", kam es verschlafen von dem jungen Mann zurück. „Was haben wir denn heute Morgen?"

„Ich weiß genauso viel wie Sie. Wir werden es hoffentlich gleich von Schulte erfahren."

Wenige Minuten später betraten sie das Büro, in dem Kommissariatsleiter Schulte bereits auf seine Ermittler wartete.

„Guten Morgen, meine Herren", begrüßte er sie. „Es tut mir Leid, dass ich Sie aus dem Kreise Ihrer Familien reißen musste, aber wir haben einen ungeklärten Todesfall. Und es sieht wieder einmal nach einem Giftmord aus."

„Wieder ein alter Mann?" Robert spürte, wie sich die Erregung in seinem Körper breitmachte. Plötzlich hatte er das Gefühl, dass eine Idee zum Greifen nah war, aber er konnte sie einfach noch nicht fassen.

„Ja, Sie haben Recht." Immer wieder war Schulte von der Intuition seines Ermittlers überrascht. „Es handelt sich um ...", er schaute kurz in die Unterlagen auf seinem Schreibtisch, „Hans-Joachim Hofer, 74 Jahre alt und gestern in der Uniklinik an multiplem Organversagen verstorben."

„Lassen Sie mich raten, todesursächlich war eine Vergiftung?"

„Genau, der Arzt, der den Tod festgestellt hat, konnte sich den plötzlichen Tod des alten Mannes, der sonst völlig gesund war, nicht erklären und hat eine Obduktion veranlasst. Professor Hofmann hat dann gestern Abend noch eine Obduktion durchgeführt und festgestellt, dass der Mann an einer Vergiftung gestorben ist."

Die beiden Beamten machten sich umgehend auf den Weg und betraten zwanzig Minuten später die Pathologie, in der Professor Hofmann schon mit mürrischem Gesicht auf sie wartete.

„Na, dann wollen wir mal", begrüßte er die Ermittler, „ich weiß ja nicht, was Sie mit Ihren Feiertagen vorhaben, aber ich hatte nicht vor, sie hier zu verbringen."

Er ließ die Beamten in den kühlen Obduktionsraum eintreten; die Leiche von Hofer lag unter einem blassgrünen Tuch. Nachdem Hofmann das Tuch zurückgezogen hatte, war der Y-förmige Schnitt zu erkennen, den Leichen nach der Obduktion aufwiesen.

„Darf ich vorstellen? Herr Hofer, verstorben an einer Vergiftung mit einem grünen Knollenblätterpilz."

„Grüner Knollenblätterpilz?", wiederholte Robert ungläubig. „Ich mag mich täuschen, aber die Pilzsaison ist ja wohl schon eine Weile vorbei. Und kein Mensch kauft grüne Knollenblätterpilze als Beilage."

„Irgendetwas müssen Sie ja auch noch zu tun haben." Hofmann konnte sich den für ihn so typischen Unterton nicht verkneifen. „Herauszufinden, wie er das Gift aufgenommen hat, das ist jetzt ihre Aufgabe. In seinem Magen befanden sich, soweit sich das noch feststellen ließ, Schweinebraten, Klöße, Rotkohl und Bitterschokolade."

Er hielt einen Beutel mit einer breiigen Masse hoch. Dennis Winterberger wandte den Blick ab.

„Und was war jetzt letztlich die Todesursache?", wollte Winterberger wissen. „Natürlich die Vergiftung, aber was löst sie im Körper aus?"

Hofmann schien sich über das Interesse des jungen Kollegen an seiner Arbeit zu freuen und antwortete bereitwillig: „Das Gift des grünen Knollenblätterpilzes zersetzt innerhalb von 24 – 48 Stunden die Leber des Opfers. Hat er einmal eingesetzt, ist dieser Prozess nicht mehr reversibel, lediglich eine Lebertransplantation könnte den Menschen dann noch retten. Und wir alle wissen, wie wenig wahrscheinlich es ist, in dieser kurzen Zeit ein passendes Spenderorgan zu finden, selbst wenn man einen Patienten diesen Alters noch in die Spenderliste bei Eurotransplant aufnehmen würde."

„Wieso nimmt man einen solchen Patienten eher nicht mehr auf?", fragte Winterberger weiter.

„Ganz einfach, es gibt unglaublich wenige Spenderorgane und unglaublich viele Patienten, die auf ein Organ warten. Also wird die Kategorisierung auch danach vorgenommen, wie das zu erwartende Outcome ist, das bedeutet, in welcher gesundheitlichen Verfassung ein Patient ist und wie groß seine Chancen sind, einen solchen Eingriff zu überleben. Ein Patient, der über siebzig und körperlich nicht im allerbesten Zustand ist, wird in der Liste weiter hinten eingestuft als zum Beispiel ein dreißigjähriger Patient, der bis auf seinen Leberschaden topfit ist."

„Das war mir nie so bewusst", meinte Winterberger nachdenklich.

„Das ist es den meisten Menschen nicht. Das nächste Problem ist, dass das Zeitfenster für eine Lebertransplantation in einem solchen Fall ziemlich klein ist, weil die Leber eines der Organe mit den meisten Funktionen ist und eine Menge Parameter für solch eine Transplantation passen müssen. Also war die Vergiftung mit dem Knollenblätterpilz in diesem Fall ein sicheres Todesurteil."

Robert ging nachdenklich zwischen dem Obduktionstisch und den metallenen Tischen, die ein wenig wie eine Küchenanrichte anmuteten, auf und ab.

„Das ist der dritte Mord mit Gift in einem halben Jahr. Alle Opfer sind ältere Herren mit einem mehr oder weniger hervorragenden Leumund. Und es gibt keine Verbindung zwischen ihnen – abgesehen vom Geschlecht und vom Alter, aber das trifft auf mehrere Millionen Menschen zu", überlegte er halblaut. „Irgendetwas müssen diese Männer gemeinsam haben, dass jemanden dazu veranlasst, sie alle umzubringen."

Hofmann hörte interessiert zu. „Das klingt danach, als hätten Sie noch eine Menge Ermittlungsarbeit vor sich."

„Aber nicht mehr an den Weihnachtsfeiertagen", entschied Robert. „Die Angehörigen können wir auch nach Weihnachten noch befragen."

„Dann bleibt mir nur, Ihnen und Ihrer Familie schöne Restfeiertage zu wünschen. Ich werde mich jetzt auch zurück nach Hause begeben und mich auf den leckeren Weihnachtsbraten meiner Frau freuen."

Hofmann verließ gemeinsam mit den Kommissaren den Obduktionssaal, nachdem er die Leiche von Hans-Joachim Hofer ins Kühlfach geschoben und das Licht gelöscht hatte.

25. Dezember 2017 – Montag, 09:30 Uhr

Nachdem Robert in Richtung Revier aufgebrochen war, hatte Anna sich mit Wolle auf eine ausgedehntere Runde gemacht, während Tom und die beiden anderen das Frühstück vorbereiteten. Es gab noch jede Menge Reste vom Vortag und so wartete auf Anna ein reich gedeckter Frühstückstisch, als sie mit geröteten Wangen vom Spaziergang zurückkam.

„Jetzt habe ich einen Bärenhunger", verkündete sie.

„Ich mache dir gerade noch einen Latte Macchiato." Tom war schon auf dem Weg in die Küche, Pauline schenkte in der Zeit Tee für die anderen aus.

Sie saßen in gemütlicher Runde am Tisch und aßen Toast mit allem, was vom Abend vorher übriggeblieben war. Anna biss gerade genüsslich in eine Scheibe Toast mit Marmelade, als es an der Tür klingelte.

„Hat Robert seinen Schlüssel vergessen oder wer will am ersten Weihnachtstag morgens früh etwas von uns?"

„Ich geh nachsehen", sagte Tom, der sich auf den Weg zur Tür machte. Er öffnete die Tür. Vor ihm stand eine Frau Ende Sechzig, die er noch nie in seinem Leben gesehen hatte. „Ja bitte, was kann ich für Sie tun?", fragte er die Frau, die zwei Koffer neben sich abgestellt hatte.

„Du musst mein Enkel Thomas sein", antwortete die Frau. „Ich bin Gertrud, deine Oma."

Tom traute seinen Augen und Ohren nicht. „Mein Name ist Tom und ich habe keine Großmutter. Mum", rief er, „kannst du bitte mal gerade kommen? Hier steht eine Frau, die behauptet meine Oma zu sein."

Anna betrat den Flur und blieb wie angewurzelt stehen. „Mutter, wo kommst du her und was machst du hier?"

Ohne eine Aufforderung abzuwarten, nahm die Frau ihre Koffer und trat ein. „Du kannst meine Sachen schon einmal ins Gästezimmer bringen", sagte sie an Tom gewandt, der immer noch da stand wie angewurzelt.

Auch Anna war völlig überrumpelt und wusste nichts zu sagen. Paulina und Hanno waren neugierig geworden und streckten ihre Köpfe aus dem Wohnzimmer in den Flur.

„Wie viele Kinder hast du denn?", wollte die Frau wissen. „Musstest du dir unbedingt eine Großfamilie anschaffen? Und wo ist überhaupt dein Mann oder hast du etwa keinen?"

„Nur Tom ist mein Sohn und mein Mann ist arbeiten, aber ich wüsste nicht, was dich das angeht. Was willst du überhaupt hier?"

„Ich will meine Familie besuchen. Ich habe mich spontan dazu entschlossen. Schließlich möchte ich meinen Enkel kennenlernen."

„Und das fällt dir jetzt ein? Nachdem du dich fünfzehn Jahre nicht gemeldet hast und dich nicht für uns interessiert hast?" Anna fiel es schwer, ihre Abneigung nicht zu zeigen, aber sie wollte vor Tom und den beiden anderen die Fassung nicht verlieren.

„Anna, sei doch nicht so nachtragend. Es ist Weihnachten und ich möchte bei der einzigen Familie sein, die ich noch habe. Wo ist denn jetzt mein Zimmer? Die lange Reise war anstrengend und ich möchte mich etwas ausruhen."

Tom blickte seine Mutter fragend an. „Soll ich die Sachen ins Büro bringen? Und dann das Gästebett vom Speicher holen?"

„Wie, du bewohnst ein Haus und ihr habt kein vernünftiges Gästezimmer für mich?"

„Wir haben drei Schlafzimmer - eins für meinen Mann und mich, eins für Tom und eins für Hanno", erklärte Anna, immer noch bemüht, ruhig zu bleiben. „Also ist nur noch das Büro frei. Aber du hast dort genug Platz und deine Ruhe."

„Wenn es denn unbedingt sein muss. Dann bleibe ich eben in dem Büro."

„Ich zeige dir das Bad, während die Jungen das Bett aufstellen", sagte Anna, die immer noch nicht fassen konnte, wie ihr gerade geschah. Sie hoffte nur, dass dieser Besuch möglichst schnell vorübergehen würde.

Eine halbe Stunde später saßen Anna und die drei Kinder wieder am Tisch.

„Mum, mal ganz ehrlich", fragte Tom mit hochgezogenen Augenbrauen, „was zur Hölle ist da denn gerade über uns hereingebrochen? Ich wusste bis jetzt gar nicht, dass ich eine Großmutter hatte und jetzt fällt hier dieser Drachen ein."

Pauline musste lachen. „Tom, so kannst du doch nicht über deine Großmutter sprechen."

„Ganz unrecht hat er aber nicht", schaltete sich Anna in das Gespräch ein. „Es gibt schon gute Gründe, warum ich Tom nie von der Existenz seiner Großmutter erzählt habe. Sie ist kurz nach seiner Geburt mit einem ihrer zahlreichen Liebhaber nach Spanien abgehauen und hat nie wieder etwas von sich hören lassen. Mein Vater hatte bis zu seinem Tod mit Frauen abgeschlossen und ich habe auch nicht damit gerechnet, dass sie hier je wieder auftaucht. Und ich hoffe auch, dass sie nicht plant, länger zu bleiben."

Sie lehnte sich zurück und nippte an ihrem Tee. Den inzwischen kalt gewordenen Kaffee hatte sie in der Küche ausgeschüttet.

„Hej, ich bin wieder zu Hause", klang es von der Tür her. Robert kam ins Esszimmer. „Habt ihr mir was vom Frühstück übriggelassen?" Er setzte sich und fing an, sich ein Brötchen zu schmieren.

„Ich mache dir einen Kaffee, mein Schatz." Geräuschvoll schob Anna den Stuhl nach hinten und ging in die Küche, aus der kurz darauf das Zischen der Kaffeemaschine erklang.

„Was ist das denn für ein Lärm hier?" In der Tür des Büros stand Annas Mutter.

Robert ließ das Brötchen sinken, blickte sich verwirrt zu der Stimme hinter ihm um. „Und Sie sind bitte?"

Tom hustete, um das Lachen, das in ihm aufstieg, zu unterdrücken. Die beiden Gesichter seiner Großmutter und seines Stiefvaters waren einfach zum Schreien komisch.

„Das, mein Schatz, ist meine Mutter. Mutter, darf ich vorstellen, das ist mein Mann Robert", stellte Anna die beiden vor.

„Kein Grund, hier so einen Lärm zu machen. Ich bin erschöpft von der Reise und muss mich ausruhen."

„Du musst entschuldigen, Mutter, aber hier leben noch mehr Menschen in diesem Haus und es ist

Vormittag. Außerdem kommt es nicht allzu oft vor, dass wir alle hier gemeinsam am Frühstückstisch sitzen." Anna klang jetzt schon ziemlich genervt.

„Ich ziehe mich jetzt wieder zurück, mein Kopf dröhnt und meine Gelenke schmerzen von der Reise." Mit diesen Worten zog sich Gertrud Mahler zurück und zog die Tür hinter sich zu.

„Möchte mich vielleicht jemand mal aufklären?", fragte Robert in die   Runde. „So lange war ich doch gar nicht weg?"

Tom, Pauline und Hanno lachten und standen dann gemeinsam vom Tisch auf.

„Das kann dir Mum wohl am besten erklären", sagte Tom mit einem breiten Grinsen im Gesicht. „Wir drei gehen dann mal nach oben noch ein bisschen chillen – wenn man in diesem Haus schon mitten in der Nacht geweckt wird und einfach nicht zur Ruhe kommt."

„Jetzt mach bloß, dass du nach oben kommst." Anna musste lachen. Wie schnell Tom doch die Situation wieder einmal erfasst hatte. Das mit ihrer Mutter und dem Rest der Familie würde allerdings in den nächsten Wochen noch eine Belastungsprobe für alle werden, da war sie sich sicher.

„Komm, wir räumen den Tisch ab und dann setzen wir uns in Ruhe ins Wohnzimmer und ich erkläre dir alles."

25. Dezember 2017 – Montag, 10:45 Uhr

Schweißgebadet wachte sie auf. Sie war nach dem Nachtdienst direkt ins Bett gefallen und eingeschlafen. Aber wie so oft hielt diese Müdigkeit nur wenige Stunden an und so war sie bereits jetzt wieder wach. Eine Zeitlang wälzte sie sich noch im Bett hin und her, dann entschied sie sich, doch aufzustehen und zu frühstücken. Sie würde sich einfach später noch einmal hinlegen. Heute Abend wartete die nächste Nachtschicht auf sie. Sie stellte sich unter die heiße Dusche, zog sich eine Jogginghose und einen Kapuzenpulli an und setzte sich mit einer Tasse Tee auf die Couch vor den Fernseher. Es dauerte nicht lange, bis die Müdigkeit sie überwältigte und sie erneut in einen unruhigen Dämmerschlaf fiel.

Als es an der Tür klingelte, schreckte sie hoch. Ein Blick auf die Uhr verriet ihr, dass es schon nach Mittag war. Vor der Tür stand Max und grinste sie mit seinem so lausbubenhaft anmutenden Lächeln an.

„Komm schon, alte Schlafmütze", ohne ihre Aufforderung abzuwarten, trat er ein, „ich weiß, du hattest Nachtdienst, aber trotzdem ist heute Weihnachten. Und damit wir nicht kochen müssen", triumphierend hielt er eine Tüte hoch, aus der er verführerisch duftete, „war ich beim Chinesen unseres Vertrauens und habe uns was zu essen besorgt."

Sie lachte. „Da kann ich ja wohl nicht mehr nein sagen. Dann komm rein, bevor das Essen kalt wird."

Als sie zu essen begann, merkte sie erst, wie hungrig sie doch war. Eine Weile aßen sie schweigend, dann erzählte sie ihm von der vergangenen Schicht, von all den skurrilen Dingen, die Menschen an Heiligabend taten, um dann damit doch am Ende nicht glücklich zu sein. Sie lachten unbeschwert, wie sie es oft als Kinder getan hatten und für eine kurze Zeit vergaß sie all ihren Kummer und den Schmerz, der drohte, sie innerlich zu zerreißen.

„Was ist eigentlich mit deiner Mutter?", fragte Max plötzlich unvermittelt, als sie mit ihrer Geschichte geendet hatte.

Ihr blieb der letzte Bissen ihres Essens fast im Hals stecken.

„Wie kommst du jetzt darauf?" Ihre Stimme klang distanziert und er glaubte, ein unterschwelliges Zittern in ihr zu hören. „Was soll mit ihr sein?"

„Ich habe mich nur gefragt, ob du überhaupt noch Kontakt zu ihr hast oder weißt, was sie jetzt macht. Aber wenn du nicht drüber reden willst, vergiss einfach, dass ich überhaupt was gesagt habe." Er hatte offensichtlich in ein ziemlich dickes Fettnäpfchen getreten.

„Ich habe keinen Kontakt mehr zu meiner Mutter, ich will auch keinen Kontakt mehr zu ihr, ich weiß nicht, wo sie jetzt ist oder was sie macht – und nein, ich will nicht darüber reden", sagte sie schärfer, als sie es eigentlich beabsichtigt hatte.

„Dann vergiss, dass ich gefragt habe", versuchte Max, sie zu beschwichtigen, doch die Stimmung war zerstört.

Sie saßen noch eine Weile im Wohnzimmer auf dem Sofa und sahen fern, das übliche Feiertagsprogramm, das in jedem Jahr das Gleiche war, doch nach einer Stunde verabschiedete sich Max, weil Laura sich vor dem Dienst noch eine Weile hinlegen wollte.

„Soll ich dich morgen früh an der Wache abholen und wir frühstücken dann zusammen?", fragte er noch an der Tür. „Wenn du etwas gegessen hast, kannst du vielleicht besser schlafen."

Sie wich seinem flehenden Blick aus. „Ich weiß nicht. Lass uns abwarten, wie die Nacht wird. Ich kann dir schreiben, wenn ich Feierabend habe."

Er nahm sie kurz in den Arm und ging dann mit hängenden Schultern die Straße hinunter.

25. Dezember 2017 – Montag, 18:30 Uhr

Am Abend war Max bei seinen Eltern zum Essen eingeladen. Den ganzen Nachmittag hatte er über Lauras seltsame Reaktion nachgedacht und ihm war auch die Szene vor ein paar Tage wieder durch den Kopf gegangen. Irgendetwas stimmte da nicht und nach heute wurde er das Gefühl nicht los, dass auch Lauras Mutter etwas mit dem komischen Verhalten zu tun hatte. Je länger er grübelte, desto mehr Dinge fielen ihm aus ihrer gemeinsamen Schulzeit ein. Laura war irgendwann immer verschlossener geworden und sie hatte ihm nichts über die Gründe sagen wollen. Auch ihre Noten in der Schule waren schlechter geworden und nachdem Max' Vater aus beruflichen Gründen mit der Familie weggezogen war, war der Kontakt zwischen ihm und Laura abgerissen, bis, ja bis vor ein paar Monaten auf der Straße, als sie sich wiedergesehen hatten.

„Du wirkst so nachdenklich", sagte sein Vater zu ihm, als sie sich vor dem Essen noch mit einem Glas Whiskey im Wohnzimmer hingesetzt hatten.

„Mir geht da was nicht aus dem Kopf", begann Max zu erzählen. Er nippte an seinem Glas, die Flüssigkeit rann seine Kehle hinunter und in seinem Magen breitete sich eine wohlige Wärme aus. „Ich habe vor ein paar Monaten auf der Straße zufällig Laura wiedergetroffen."

„Welche Laura?" Sein Vater wusste mit dem Namen nichts anzufangen.

„Die Laura, die früher in der Wohnung gegenüber auf derselben Etage gewohnt hat."

„Das ist doch ewig her, aber jetzt erinnere ich mich dunkel. War das nicht so ein stilles dunkelblondes Mädchen? Ziemlich schmal und viel geredet hat sie nicht. Aber ich habe sie meistens ja auch nur gesehen, wenn sie abends nach Hause ging und ich schon daheim war. Und die hast du jetzt zufällig wiedergetroffen? Das ist ja schon ein ziemlicher Zufall." Das Interesse vom Max' Vater an dieser Geschichte war geweckt. „Und warum denkst du jetzt so intensiv über diese junge Dame nach?", fragte er mit einem leichten Lächeln um die Lippen.

„Erstens war sie früher meine beste Freundin und zweitens finde ich sie schon ziemlich gut. Aber da ist etwas Seltsames an ihr – etwas Geheimnisvolles und ich habe keine Ahnung, was der Grund für ihr manchmal komisches Verhalten ist."

„Was meinst du mit komischem Verhalten?"

„Naja, letztens saßen wir bei ihr zu Hause und sind uns näher gekommen, aber plötzlich war sie total verschlossen und wollte nicht, dass ich sie weiter anfasse. Zuerst habe ich das für nicht so wichtig genommen, aber heute Mittag war ich bei ihr und habe mit ihr zusammen gegessen. Irgendwie kam mir die Frage nach ihrer Mutter in den Sinn und ich wollte wissen, ob sie noch Kontakt zu ihr hat. Da ist sie total ausgetickt und hat mit gesagt, dass sie keinen Kontakt mehr hat und auch keinen will."

Sein Vater goss ein wenig Whiskey in die beiden Gläser nach. Nachdenklich drehte er das Glas im Licht hin und her, so dass sich die Lichtstrahlen im Goldbraun der Flüssigkeit brachen.

„Vielleicht hat sie sich einfach nur mit ihrer Mutter verkracht und will jetzt nichts mehr mit ihr zu tun haben", schlug er als Lösung vor.

Max zuckte die Achseln. „Klar kann das sein, aber ich werde das Gefühl nicht los, dass da mehr dahinter steckt."

„Ich glaube, deine Mutter kann dir da eher weiterhelfen. Sie war nachmittags zu Hause und kann sich bestimmt besser an diese Laura erinnern. Vielleicht redest du einfach mal in Ruhe mit ihr und erzählst ihr die ganze Geschichte. Und warum lädst du Laura nicht zu uns ein? Dann könnte deine Mutter ja auch noch mit ihr reden. Aber jetzt essen wir erst in Ruhe und genießen unseren Familienabend."

25. Dezember 2017 – Montag, 20:30 Uhr

„Das Fleisch hätte früher aus dem Topf gemusst, das war ja ganz zerkocht und an dem Gemüse war gar kein richtiger Geschmack", Annas Mutter schob den zweiten Teller, den sie bis auf den letzten Krümel geleert hatte, von sich. „Kann ich jetzt bitte noch einen Wein haben?"

„Ja Moment, ich hole noch eine Flasche aus dem Keller." Robert stand auf und machte sich auf den Weg. ‚Na hoffentlich hat die nicht vor, noch lange zu bleiben', dachte er sich, als er die Treppen wieder nach oben stieg. Er nahm sich vor, heute Abend im Bett noch mit Anna darüber zu reden, denn er spürte, dass die Anwesenheit dieser Frau ihr offensichtlich nicht guttat.

„So, hier bin ich wieder", sagte er, entkorkte die Flasche und goss Gertrud ein, die ihm ihr Glas ungeduldig entgegenstreckte.

„Der schmeckt ja nach Kork." Sie verzog angewidert das Gesicht, nachdem sie den ersten Schluck genommen hatte.

Robert wandte sich ab, um das Grinsen zu verbergen, das seine Mundwinkel umspielte. ‚Das kommt davon, wenn man unbedingt das erste Glas haben muss', dachte er sich. Laut sagte er: „Es tut mir leid, dass der Wein dir nicht schmeckt. Ich räume dann mal ab und helfe Anna in der Küche."

„Wir auch", sagten Tom, Pauline und Hanno wie aus einem Mund, sprangen auf und stürmten mit ihren Tellern in der Hand in die Küche.

Zurück blieb Gertrud Mahler alleine am Tisch. In der Küche platzte es aus als Erstes aus Tom heraus.

„Wie werden wir die bitte wieder los? Ich bitte um konstruktive Vorschläge – ich bin für alles offen, abgesehen von Giftmord vielleicht."

Alle mussten lachen, auch wenn sie durchaus seiner Meinung waren.

„Ich hoffe einfach, dass sie nach den Feiertagen zurück nach Spanien verschwindet", seufzte Anna. „Dann verdirbt sie uns zwar Weihnachten, aber danach kehrt hoffentlich wieder Ruhe ein."

„Irgendein Gefühl sagt mir, dass da wohl eher der Wunsch der Vater des Gedankens ist." Robert legte die Arme um seine Frau und sog den Duft ihrer Haare ein, einen Duft, von dem er nie genug bekommen konnte.

„Was gibt es denn hier so Besonderes in der Küche?" In der Tür stand Annas Mutter. „Hat euch denn niemand gesagt, dass es unhöflich ist, Besuch einfach alleine zurück zu lassen?"

„Nein Mutter, das habe ich auch ohne deine Erziehung gelernt", Anna musste sich wirklich zusammenreißen, aber sie wollte keinen Streit vom Zaun brechen. Das entsprach nicht ihrem Naturell und offenbar wusste ihre Mutter das ganz genau.

Tom ergriff das Wort. „Wir machen die Küche fertig und gehen dann nach oben, ihr könnt schon mal wieder ins Wohnzimmer gehen und euch unterhalten." In Toms Stimme konnte man das Lachen förmlich hören.

Anna und Robert verließen die Küche, in der Tür drehte sich Anna noch einmal um und schnitt ihrem Sohn eine Grimasse.

„So", sagte Tom, als die drei alleine in der Küche waren und die Teller in die Spülmaschine stellten, „was machen wir jetzt, damit wieder Ruhe in diesem Haus einkehrt?"

„Wir könnten versuchen, sie einfach wegzuekeln", schlug Pauline mit Unschuldsmiene vor.

„Tolle Idee, aber wie willst du das anstellen?", fragte Hanno. „Ich glaube nicht, dass das so einfach wird. Die gute Frau macht auf mich nicht den Eindruck, als würde sie wieder abreisen, nur weil wir nicht nett zu ihr sind."

„Aber wenn sie noch lange bleibt", wandte Tom ein, „dann treibt sie Mum und mit Sicherheit auch Robert in den Wahnsinn."

Im Wohnzimmer hatte Annas Mutter auf dem Sofa Platz genommen, Robert saß auf dem Sessel und Anna hatte sich auf der Lehne niedergelassen. Die räumliche Trennung machte lediglich die Distanz noch offensichtlicher.

„Wieso habt ihr eigentlich so viele Kinder im Haus, wenn ihr nur ein gemeinsames Kind habt?", wollte Gertrud wissen. „Tom ist doch euer gemeinsames Kind, oder etwa nicht?"

Anna holte tief Luft, doch Robert legte ihr die Hand auf den Oberschenkel und kam ihr zuvor.

„Tom ist nicht unser gemeinsames Kind, aber ich habe ihn nach unserer Hochzeit adoptiert. Also ist er unser gemeinsamer Sohn mit allen Rechten. Und was Hanno angeht, so haben wir ihn vor zwei Jahren bei uns aufgenommen, da er hier in einem Internat lebte, das nach einer Mordserie geschlossen wurde. Seitdem geht er auf dasselbe Gymnasium wie Tom und alle drei machen dort im Januar ihr Abitur."

Damit gab sich Annas Mutter immer noch nicht zufrieden. „Und warum holt ihr euch einfach ein fremdes Kind ins Haus? Das ist doch nur eine zusätzliche Belastung."

„Hanno ist niemals eine Belastung gewesen", schnappte Anna, „und wie vielen Kindern wir in unserem", sie legte eine ganz besondere Betonung auf das Wort, „Haus ein Zuhause geben, ist immer noch unsere Entscheidung."

Sie stand auf und nahm Robert bei der Hand. „Du bist ja bestimmt noch erschöpft von deiner Reise, Handtücher liegen im Bad. Wir haben einen langen Tag hinter uns und Robert hat morgen auch noch Bereitschaftsdienst. Also entschuldige uns bitte, wir gehen jetzt noch kurz mit dem Hund raus und dann ins Bett."

Mit diesen Worten schnappte sie den verdutzten Wolle am Halsband und zog ihren Mann mit der anderen Hand hinter sich her, bevor ihre Mutter noch ein einziges Wort sagen konnte.

26. Dezember 2017 – Dienstag, 08:00 Uhr

Die Nacht war anstrengend gewesen, aber Laura plagte vor allem auch das schlechte Gewissen Max gegenüber. Er hatte es mit Sicherheit nicht böse gemeint, als er nach ihrer Mutter gefragt hatte, schließlich konnte er ja nicht ahnen, was diese Frau ihr angetan hatte. Sie hatte nicht ganz die Wahrheit gesagt. Sie wusste sehr wohl, wo ihre Mutter jetzt lebte, denn das hatte sie vor einigen Monaten beim Einwohnermeldeamt erfragt. Kontakt zu ihr wollte sie trotzdem nicht.

Unschlüssig drehte sie ihr Handy in der Hand hin und her. Dann begann sie eine Nachricht zu schreiben. *„Habe gerade Feierabend, war eine ziemlich anstrengende Nacht, aber frühstücken würde ich schon.“*

Zögernd schwebte ihr Finger über dem „Senden"-Button, doch dann schickte sie die Nachricht ab. Vielleicht war Max ja noch so sauer auf sie, dass er gar nicht erst antwortete. Sie würde es sehen.

Langsam schlenderte sie die Straße hinunter. Von der Wache zu ihrer Wohnung war es nicht weit und sie ging gerne nach dem Dienst noch ein paar Schritte zu Fuß, um den Kopf frei zu kriegen. Das Handy blieb stumm.

Wenige Meter vor der Haustür vibrierte das Handy, sie zog es schnell aus der Tasche. *„Dann geh ich jetzt kurz einkaufen und bin in einer halben Stunde bei dir."*

‚Der gute Max', dachte Laura und lächelte. ‚Immer ist er da, wenn man ihn braucht.' Sie war sehr froh, dass Max scheinbar nicht mehr wütend auf sie war.

„Ok, ich setze schon mal Kaffee auf", beantwortete sie die Nachricht und schloss dann die Wohnungstür auf.

Sie deckte den Tisch, stellte die Kaffeemaschine an und ging dann unter die Dusche. Als Max klingelte, stand sie mit noch feuchten Haaren und einem Jogginganzug in der Tür. Er lächelte sie an und streckte ihr einen Einkaufskorb entgegen, aus dem es nach frischen Brötchen und Obst duftete.

Sie frühstückten lange und ausgiebig, bis Laura beinahe am Tisch die Augen zufielen.

„Ich geh dann mal besser." Max stand auf und begann das Geschirr zusammenzustellen. „Du brauchst ganz dringend eine Mütze Schlaf."

Er lächelte sie mit seinen strahlend blauen Augen an.

„Magst du vielleicht hierbleiben?", fragte Laura. „Also einfach nur so, wenn es dir nichts ausmacht", setzte sie noch schnell hinzu.

„Wenn du möchtest, bleibe ich natürlich und bewache deinen Schlaf", grinste er. „Leg dich schon mal hin, ich räume hier gerade noch auf und komme dann nach."

Als er fünf Minuten später auf leisen Sohlen das abgedunkelte Schlafzimmer betrat, war Laura bereits eingeschlafen. Vorsichtig glitt er auf die andere Seite des Bettes, setzte sich mit dem Rücken ans Kopfende, klappte seinen Ebook-Reader auf und vertiefte sich in die Lektüre. Er hatte vielleicht eine halbe Stunde gelesen, als Laura begann, sich unruhig hin und her zu werfen und etwas im Schlaf murmelte. Er blieb ganz still sitzen und lauschte gebannt. Aus dem zunächst undeutlichen Gemurmel, aus dem er nur einzelne Wortfetzen aufschnappen konnte, wurden nach und nach Satzfragmente.

„Nein, ich will das nicht", stöhnte Laura und schlug mit den Armen um sich. Er wich zurück, um sie nicht zu wecken. „Das tut weh, lass mich in Ruhe." Sie begann zu schluchzen und schrak zusammen, als Max sie vorsichtig an der Schulter berührte. Instinktiv schlug sie auch nach ihm, doch er ließ die Hand auf ihrer Schulter liegen, schüttelte sie leicht und sprach sie an.

„Laura, wach auf, es ist alles in Ordnung."

„Was ist passiert?" Laura setzte sich abrupt auf, auf ihrer Oberlippe standen Schweißperlen und sie zitterte.

„Du hattest einen Albtraum", versuchte Max, sie zu beruhigen. „Leg dich wieder hin, ich gehe dir einen Tee machen und dann lese ich dir etwas vor, damit du wieder einschlafen kannst."

Erschöpft ließ sich Laura zurück in ihre Kissen sinken und atmete tief durch. Sie hasste diese Träume, die sie jede Nacht verfolgten und ihr den Schlaf raubten.

Max stand in der Küche und beobachtete das Brodeln des Wassers im Wasserkocher. Was hatte Laura erlebt, was bedeuteten die im Schlaf gestöhnten Sätze? Fragen konnte er sie nicht, soviel stand fest, aber er beschloss, es herauszufinden.

26. Dezember 2017 – Dienstag, 13:30 Uhr

„Wann gibt es denn jetzt endlich etwas zu essen?", nörgelte Annas Mutter, die den bisherigen Tag damit verbracht hatte, in jedes Zimmer und jeden Schrank zu gucken, um an allem etwas auszusetzen zu haben.

Die Schränke waren nicht richtig eingeräumt, die Einrichtung war nicht geschmackvoll und überhaupt müsste im Haus ja alles mal wieder gründlich geputzt werden. Anna war bereits jetzt mit den Nerven am Ende und heute wollten Marina und Hartmut zum Essen kommen, ein Nachmittag, auf den sich alle sehr gefreut hatten. Stellte sich nur noch die Frage, was sie mit Annas Mutter nach dem Essen machen sollten. Niemand hatte Lust auf ihre Gesellschaft und die ständige Nörgelei, aber sie wollte grundsätzlich überall dabei sein und im Mittelpunkt stehen.

Tom, Pauline und Hanno hatten sich mit den Worten „Ruft uns, wenn es Essen gibt", nach oben in Toms geräumiges Zimmer verzogen. Das sonst so entspannte und harmonische Familienleben war durch den unerwarteten Besuch empfindlich aus dem Gleichgewicht geraten. Und es sah im Moment nicht danach aus, als hätte das bald ein Ende.

Es klingelte an der Tür. Robert öffnete, er freute sich so, seine Kollegin mal wieder zu sehen und ausgiebig mit ihr zu reden.

„Frohe Weihnachten!" Marina und Hartmut standen vor der Tür und strahlten ihn an.

„Kommt erst mal ins Trockene." Im Flur nahm er den beiden die vom Nieselregen feuchten Jacken ab, gab erst Hartmut die Hand und legte dann seine Arme um Marina, die drei Wochen vor dem Geburtstermin inzwischen einen deutlich sichtbaren Bauch hatte.

„Gut siehst du aus", sagte er und hielt seine Kollegin ein Stück von sich weg, um sie zu betrachten.

Anna steckte den Kopf aus der Küche. „Schön, dass ihr da seid. Ich hoffe, ihr habt auch ordentlich Hunger mitgebracht."

„Na klar", lachte Hartmut mit seinem warmen Bariton, „Marina ist da zur Zeit ein echtes Phänomen. Die isst nicht nur für zwei, sondern glatt für drei."

„Hej", Marina boxte ihn lachend in die Rippen, „jetzt stell mich mal nicht als ein rund um die Uhr futterndes Monster dar."

„Als was denn sonst?", fragte er mit Unschuldsmiene zurück.

Anna und Marina mussten schallend lachen. In der Wohnzimmertür tauchte Annas Mutter auf.

„Willst du mir deine Freunde nicht einmal vorstellen?" Ihre Stimme klang herrisch.

Nein, wäre die Antwort gewesen, die Anna eigentlich auf der Zunge lag, doch sie riss sich zusammen.

„Darf ich vorstellen, das sind Marina und Hartmut – Kollegen von der Kripo", begann sie, dann wandte sie sich mit leicht gequältem Gesichtsausdruck um, „und das ist meine Mutter."

Marina und Hartmut, die bis dato gar nicht gewusst hatten, dass Anna überhaupt noch eine Mutter hatte, blieb kurz der Mund offen stehen, doch Marina fasste sich schnell wieder.

„Sehr erfreut", mit diesen Worten trat sie auf Gertrud Mahler zu und schüttelte ihr die Hand. „Ich bin Roberts Partnerin im K9, also sonst bin ich das, aktuell bin ich im Mutterschutz."

Annas Mutter musterte Marina abschätzend. „Mordkommission ist ja auch kein wirklicher Beruf für eine Frau."

„Es ist ein Beruf wie jeder andere auch", entgegnete Marina und ihre Stimme kühlte leicht ab. Dann wandte sie sich wieder Anna zu. „Komm, ich helfe dir noch in der Küche. Lass die Männer schon vorgehen ins Wohnzimmer." Mit diesen Worten hakte sie Anna unter und ließ Gertrud Mahler einfach stehen. Die folgte dann Robert und Hartmut ins Wohnzimmer.

„Du hast nie von deiner Mutter erzählt", platzte es aus Marina heraus, als die beiden Frauen alleine waren. „Und was macht sie jetzt plötzlich hier bei euch?"

Anna seufzte. „Ich hatte ihre Existenz auch schon erfolgreich fast verdrängt, was sie hier macht, weiß ich auch nicht, aber sie stand gestern Morgen plötzlich vor unserer Tür." Sie lehnte sich gegen die Küchentheke und ihre Augen füllten sich mit Tränen. „Und seit sie hier ist, macht sie uns das Leben zur Hölle. Sie meckert den ganzen Tag an allem herum, nichts ist ihr gut genug und sie treibt mich in den Wahnsinn."

Marina legte tröstend die Arme um die Schultern ihrer Freundin und Anna ließ ihren Tränen, die sie schon den ganzen Tag herunterschluckte, freien Lauf.

„Was ist denn los?" Robert war zurück in die Küche gekommen, um zu sehen, ob er noch etwas helfen konnte.

„Meine Mutter", schluchzte Anna, „sie treibt mich in den Wahnsinn."

„Ich weiß." Robert trat auf ihre andere Seite und legte Anna beruhigend die Hand auf den Arm. „Wir finden eine Lösung. Ich rede nach dem Essen mit ihr, sie kann auch in eine Pension ziehen, damit hier im Haus wieder Ruhe einkehrt."

Anna trocknete ihre Tränen und fuhr sich mit einem kalten Tuch über die Augen.

„Das würdest du wirklich für mich tun?" Dankbar blickte sie ihren Mann an.

„Das tue ich für uns alle", bekräftigte er entschieden. „Damit unser Familienleben wieder so wird wie früher. Und jetzt bringen wir das Essen ins Wohnzimmer."

„Das hat ja ewig gedauert", konnte sich Annas Mutter nicht verkneifen, zu sagen, „in Spanien wird mittags immer deutlich früher gegessen."

„Wir sind aber nicht in Spanien", erwiderte Robert. „Bei uns wird mittags dann gegessen, wenn es für unsere Familie passt."

Annas Mutter öffnete den Mund, um etwas zu erwidern, schloss ihn jedoch wieder, als sie den Ausdruck auf Roberts Gesicht sah. Tom und Hanno warfen sich einen verschwörerischen Blick zu. Sah ganz danach aus, als würde das Familienoberhaupt jetzt mal ein Machtwort sprechen.

Der Rest des Mittagessens verlief friedlich, die Klöße waren zwar zu matschig, wenn man Annas Mutter Glauben schenken wollte, aber die anderen waren so angeregt in ihre Gespräche vertieft, dass niemand Notiz von ihr nahm. Einige Male versuchte sie, eine ihrer Anekdoten aus Spanien in die Gesprächsrunde einzubringen, allerdings ging niemand auf ihre Anmerkungen ein und so widmete sie sich schließlich ihrem Essen.

„Wir gehen mal wieder nach oben, wir haben noch zwei gute DVDs auf unserem Plan", grinste Tom nach dem Essen. Die drei erhoben sich, stellten die Teller zusammen und deckten den Tisch ab, bevor sie wieder ins Toms Zimmer verschwanden.

„An den Feiertagen könnte die Jugend ja ruhig ein bisschen Familiensinn zeigen", merkte Gertrud Mahler an, doch keiner reagierte darauf.

„Und jetzt erzähl mal von eurer mysteriösen Mordserie." Marina faltete die Hände über dem Bauch und streckte die Beine aus. „Du warst gestern auch wieder draußen, hat Anna mir erzählt."

Robert warf einen Blick in die Richtung, in der Annas Mutter saß. Anna verstand den unausgesprochenen Hinweis.

„Mutter, du möchtest dich ja bestimmt nach dem Essen etwas ausruhen", sagte sie bestimmt zu ihrer Mutter. „Was Marina und Robert zu besprechen haben, ist nicht für Außenstehende bestimmt."

„Aber du bist auch außenstehend", beharrte ihre Mutter.

„Für mich gilt das nur bedingt, weil ich Roberts Ehefrau bin." Anna ließ nicht locker. „Also bitte lass uns jetzt allein."

Kopfschüttelnd zog sich Annas Mutter in das kleine Büro zurück. Nachdem sie die Tür lautstark hinter sich zugezogen hatte, stand Anna auf und schloss auch die Wohnzimmertür.

„Sicher ist sicher", sagte sie mit einem bitteren Lächeln, „denn sonst haben die Wände hier Ohren."

„So, jetzt schieß aber los", drängte Marina. „Schon wieder ein Giftmord?"

„Kommt, wir setzen uns aufs Sofa, dann erzähle ich euch alles."

Marina setzte sich in den Sessel und legte die Beine auf Hartmuts Schoß, Anna kuschelte sich auf dem Sofa an Robert, der dann erzählte, was Hofmann ihnen alles über den Toten und die Wirkung des grünen Knollenblätterpilzes erzählt hatte.

Doch so lange sie auch diskutierten und überlegten, es ließen sich weder ein Zusammenhang zwischen den Opfern noch ein Motiv herausfinden.

27. Dezember 2017 – Mittwoch, 07:30 Uhr

Robert war heute Morgen sehr früh ins Büro gefahren, der inzwischen dritte Giftmord innerhalb weniger Monate ließ ihm keine Ruhe. Dennis Winterberger hatte zwischen den Feiertagen Urlaub und so war er im Moment noch ganz alleine im Büro. Er fühlte sich schlecht bei dem Gedanken, seine Frau mit ihrer Mutter alleine zu Hause gelassen zu haben; heute Nachmittag auf dem Heimweg würde er an dem kleinen Blumenladen anhalten und etwas Besonderes für sie aussuchen. Trotzdem mussten sie sich dringend eine Lösung einfallen lassen, wo sie Annas Mutter unterbrachten, bei ihnen konnte sie nicht bleiben, so viel stand fest. Das tat seiner Familie auch kurzfristig nicht gut.

Ein Gedanke setzte sich in seinem Hinterkopf fest, aber wie so oft, wenn sein Unterbewusstsein arbeitete, war die Idee zwar da, aber sie ließ sich nicht greifen. Irgendetwas war plötzlich da gewesen, als er über Anna und ihr gespanntes Verhältnis zu ihrer Mutter nachgedacht hatte. „MUTTER-TOCHTER-VERHÄLTNIS" kritzelte er noch schnell auf ein Post-it, bevor er sich auf den Weg zur Witwe von Hans-Joachim Hofer machte. Er glaubte zwar nicht daran, dass sie bei den Ermittlungen wirklich weiterhelfen konnte, doch er musste auf jeden Fall mit ihr noch über den unnatürlichen Tod ihres Mannes sprechen. Er hatte keine Ahnung, ob man ihr im Krankenhaus multiples Organversagen oder die Vergiftung als Todesursache genannt hatte. Seufzend machte er sich auf den Weg.

Eine knappe halbe Stunde später erreichte er das Haus, in dem Hans-Joachim Hofer mit seiner Frau gewohnt hatte. Unschlüssig blieb er kurz auf dem Gehsteig stehen und betrachtete den Vorgarten, alles war ordentlich und gutbürgerlich, um nicht zu sagen spießig. Einige Pflanzen, die offensichtlich etwas kälteempfindlicher waren, waren in Jutesäcke gewickelt, die kurz über dem Boden zugebunden waren. Entschlossen ging er den kurzen gepflasterten Weg entlang und legte seinen Zeigefinger auf das Klingelschild, neben dem „Hier wohnen Hans-Joachim und Gisela Hofer" stand. Kaum hatte er das Klingeln gedämpft drinnen im Flur gehört, da wurde auch schon die Tür geöffnet. Eine kleine, leicht untersetzte Frau in schwarzer Kleidung stand vor ihm und blickte ihn fragend an.

„Ja, bitte?", fragte sie mit leicht distanziertem Unterton.

„Robert Kunz von der Mordkommission, K9", stellte der Kommissar sich vor und hielt ihr seinen Ausweis hin, so dass sie den Namen darauf gut lesen konnte. „Zunächst mein Beileid zum Tod Ihres

Mannes. Ich störe Sie auch nur sehr ungern in Ihrer Trauer, ich müsste Ihnen allerdings noch ein paar Fragen stellen."

„Mordkommission?", fragte Frau Hofer verwirrt. „Was hat denn die Mordkommission mit dem Tod meines Mannes zu schaffen? Er ist an einer Lebensmittelvergiftung oder so etwas gestorben. Ich habe ihn bestimmt nicht umgebracht."

Robert lächelte die Frau freundlich an. „Davon geht auch niemand aus, aber vielleicht besprechen wir das besser drinnen."

„Oh ja, Verzeihung, wie unhöflich von mir", Frau Hofer trat einen Schritt zur Seite und bedeutete Robert mit einer Geste, doch einzutreten. „Ich bin noch ganz durcheinander. Das war alles ein wenig viel in den letzten Tagen."

Er hatte Mitleid mit der älteren Dame, auf die jetzt mit Sicherheit eine Menge einstürmte. All die Formalitäten, die es jetzt zu erledigen galt und von jetzt auf gleich stand sie ganz allein da.

Frau Hofer streckte ihm die Hand entgegen, um seine Jacke entgegen zu nehmen und bat ihn dann ins Esszimmer.

„Ich koche uns eben schnell eine Tasse Kaffee oder kann ich Ihnen etwas Anderes anbieten?"

„Nein, Kaffee ist eine sehr gute Idee. Aber machen Sie sich meinetwegen keine Umstände."

„Das sind keine Umstände", beeilte Frau Hofer sich zu versichern. Insgeheim war sie froh um jede Abwechslung und die Gesellschaft, die sie von ihrer Trauer und Einsamkeit ablenkte. „In fünf Minuten bin ich damit fertig. Nehmen Sie doch einfach schon Platz."

Robert setzte sich an den Mahagoni-Esszimmertisch und ließ seinen Blick durch den Raum schweifen. An der einen Wand stand ein Bücherregal, das eine gute Auswahl von Belletristik bis Sachbuch enthielt. Der Raum war geschmackvoll eingerichtet, alles war sauber und ordentlich. Die Fensterbänke waren mit weihnachtlicher Dekoration geschmückt, eine Lichterkette wand sich um die Gardinenstange.

„So, der Kaffee ist fertig." Mit diesen Worten betrat Frau Hofer mit einem Tablett in der Hand das Esszimmer.

Sie stellte es auf dem Tisch ab, goss in beide Tassen ein und nahm dann gegenüber von Robert Platz.

„Wieso interessiert sich denn jetzt die Mordkommission für den Tod meines Mannes?", wollte sie wissen. „Wer sollte ihn den umbringen wollen?"

„Genau das wollen wir natürlich herausfinden", erklärte Robert ihr. „Im Krankenhaus wurde festgestellt, dass ihr Mann am Gift des grünen Knollenblätterpilzes gestorben ist."

Frau Hofers Augen weiteten sich vor Schreck. „Knollenblätterpilz?", hauchte sie. „Wo soll er den denn herbekommen haben? Sie glauben doch nicht etwa", ihre Augen wurden noch größer, „dass ich ...?"

„Nein, natürlich glauben wir das nicht", beeilte Robert sich, ihr zu versichern, dass sie nicht verdächtig wurde, „aber sicher ist es ja auch in ihrem Interesse, dass wir denjenigen finden, der Ihnen und Ihrem Mann das angetan hat. Und vor allem müssen wir herausfinden, worin das Gift war. Können Sie mir genau sagen, was Sie und Ihr Mann gemeinsam gegessen haben und was er alleine zu sich genommen hat."

Frau Hofer überlegte einen Moment. „Also die Hauptmahlzeiten haben wir gemeinsam gegessen, was mein Mann zwischendurch noch hatte, weiß ich nicht so ganz genau. Er isst, er aß zwischen den Mahlzeiten häufig Süßigkeiten, davon konnte er die Finger nicht lassen, auch wenn ihm der Arzt von zu viel Fett und Zucker abgeraten hatte."

Wie so oft bei Angehörigen von Verstorbenen, wechselte auch Frau Hofer zwischen Vergangenheit und Gegenwart beim Erzählen.

„Wo hatte Ihr Mann die Süßigkeiten normalerweise liegen", fragte Robert weiter.

„Er hat ein kleines Schränkchen neben dem Sofa, dort bewahrte er die Sachen meist auf", gab die Witwe bereitwillig Auskunft.

Beide erhoben sich und Frau Hofer zeigte ihm den kleinen Beistellschrank im Wohnzimmer, der mit Naschereien aller Arten vollgestopft war.

„Und von diesen Sachen hat immer nur ihr Mann gegessen?", fragte Robert noch einmal nach.

„Ja, ich esse nur sehr wenig Süßigkeiten und das wenige liegt in der Küche", bestätigte Frau Hofer. Es schien zwischenzeitlich, als habe sie noch nicht endgültig realisiert, was an Weihnachten geschehen war. Auch das war durchaus kein ungewöhnliches Phänomen. Gerade ältere Menschen flüchteten sich oft in eine Realität, die nicht mehr existierte.

„Ich würde den Inhalt des Schrankes gerne mitnehmen und in unserem Labor untersuchen lassen, wenn Sie einverstanden sind."

„Natürlich können Sie die Sachen mitnehmen. Warten Sie einen Augenblick, ich packe sie Ihnen ein." Sie wollte schon in den Schrank greifen, doch Robert hielt sie zurück.

„Lassen Sie mich das machen." Robert legte ihr eine Hand auf den Unterarm. „Vielleicht sind an einer Verpackung noch Fingerabdrücke außer Ihren und denen Ihres Mannes und wir können darüber einen möglichen Täter identifizieren. Könnten Sie mir vielleicht eine Plastiktüte holen?" Noch während er sprach, zog er die Einmalhandschuhe aus der Tasche seiner Jeans und streifte sie über.

Vorsichtig ließ er Schachtel um Schachtel in den Plastikbeutel gleiten, den Frau Hofer ihm hinhielt.

„Wissen Sie, ob irgendetwas davon eventuell in den Tagen vor Weihnachten mit der Post kam?", fragte Robert weiter. In diesem Fall würde er diese Schachtel natürlich zuerst untersuchen lassen.

„Ich weiß es nicht genau, aber an Heiligabend lag ein viereckiges Päckchen im Briefkasten", antwortete Frau Hofer mit gerunzelter Stirn. „Jetzt fällt es mir wieder ein, weil ich mich darüber gewundert habe. Der Postbote hatte morgens gar nicht bei uns angehalten und mittags fand ich dann das Päckchen im Briefkasten."

„Wie sah es denn aus? War eine Karte daran befestigt?"

Die Frau schüttelte den Kopf. „Nein, eine Karte war nicht daran. Es war einfach ein viereckiges Päckchen in braunem Packpapier mit dem Namen meines Mannes darauf. Ich habe mir nichts weiter dabei gedacht, sondern habe es ihm auf den Tisch gelegt."

„Wissen Sie, wo Ihr Mann das Papier hingetan hat oder ist es noch in der Papiertonne."

„Ich habe keine Ahnung, normalerweise wirft er das Papier immer in die kleine Papiertonne in der

Küche. Ich leere die dann von Zeit zu Zeit aus, wenn ich sowieso nach draußen gehe."

„Dann schauen wir dort nach. Vielleicht haben wir ja Glück."

Gemeinsam leerten sie erst den Papiermülleimer aus, doch dort fanden sie kein braunes Packpapier.

„Dann wird mir jetzt wohl nichts Anderes übrig bleiben, als mich der Papiertonne zu widmen", sagte Robert. „Sie steht draußen im Hof, nehme ich an?"

Frau Hofer nickte. „Hinter der Garage finden Sie die Tonnen."

Robert zog sich die Plastikhandschuhe wieder über und begann, die Papiertonne auszuräumen. Glücklicherweise waren die Hofers sehr ordentliche Leute, die den Müll akribisch sortierten, und so fand er unter einem Stapel ausgelesener Tageszeitungen ein sorgsam zusammengefaltetes, braunes Packpapier. Vrsichtig, um keine möglichen Spuren zu zerstören, legte er es oben auf die Tüte mit den Süßigkeiten fürs Labor, als er zurück zum Haus kam.

„Ich werde diese Sachen jetzt so schnell wie möglich ins Labor bringen, ich möchte Sie aber bitten, sehr vorsichtig zu sein und in den nächsten Tagen nichts zu essen, über dessen Herkunft Sie sich nicht zu hundert Prozent sicher sind. Wir können nicht ausschließen, dass sich noch weitere vergiftete Lebensmittel in Ihrem Haus befinden. Sobald wir die

Ergebnisse aus dem Labor haben, melde ich mich bei Ihnen."

Frau Hofer reichte dem Kommissar die Hand. „Ich möchte jetzt ein wenig allein sein, das war doch alles heute sehr viel für mich."

„Natürlich, das kann ich sehr gut verstehen." Robert zog eine Visitenkarte aus seiner Jackentasche und reichte sie der Frau. „Sollte Ihnen noch etwas einfallen oder sollten Sie sich unsicher fühlen, scheuen Sie sich nicht, mich oder die Kollegen anzurufen."

Frau Hofer blickte ihm noch eine Weile nach, nachdem er zum Auto gegangen und weggefahren war. Wer hatte ihren Mann so gehasst, dass er ihn vergiftet hatte? Jetzt war sie ganz allein auf der Welt. Sie ging zurück ins Haus, räumte das Kaffeegeschirr in die Küche und setzte sich dann in die Sofaecke, in der ihr Mann immer gesessen hatte und die noch ein wenig nach ihm und seinem Aftershave roch.

Robert fuhr mit seinen möglichen Beweisstücken direkt in die KTU, wo Hartmut, den er von unterwegs angerufen hatte, ihn bereits erwartete.

„Da bist du ja", begrüßte dieser den Kollegen seiner Lebensgefährtin mit seinem warmen Bariton. „Du hast mir ja eine ganze Menge Arbeit mitgebracht", sagte er mit einem Blick auf die volle Einkaufstüte.

„Ja, unser Opfer hatte ganz offensichtlich einen enormen Hang zu Süßigkeiten. Das braune Packpapier könnte einen Hinweis enthalten, die Witwe konnte sich an ein anonymes Geschenk am Heiligabend im Briefkasten erinnern. Was darin war, das wusste sie nicht mehr; das Päckchen war an ihren Mann adressiert und sie hat es ihm ungeöffnet übergeben. Guck mal, ob du Spuren oder Fingerabdrücke auf dem Papier finden kannst, auch wenn ich nicht glaube, dass unser Täter so doof ist und solche offensichtlichen Spuren hinterlässt."

„Nichts ist unmöglich", sagte Hartmut und nahm die Tüte entgegen. „Man hat schon Pferde vor der Apotheke kotzen sehen. Und irgendwann macht jeder Täter einmal einen Fehler."

Robert begleitete den Kollegen noch ein Stück auf dem Weg zum Labor. „Wie geht es Marina? Alles in Ordnung?"

Auf Hartmuts Gesicht breitete sich ein Lächeln aus. „Ja, ihr und dem Baby geht es prächtig. Und ich kann es überhaupt nicht mehr erwarten, bis es endlich so weit ist und ich den kleinen Wurm auch im Arm halten kann."

„Das kann ich mir lebhaft vorstellen, auch wenn ich es selber nie erleben durfte." In Roberts Stimme klang ein wenig Wehmut mit. „Aber dafür habe ich mit Tom einen tollen Sohn geschenkt bekommen, als ich schon gar nicht mehr an ein Familienleben geglaubt habe. Nach den ersten Nächten mit Windelwechseln und ohne Schlaf wirst du mich wahrscheinlich um meinen erwachsenen Sohn beneiden."

Hartmut lachte. „Das könnte schon passieren. Aber mal was anderes – was ist denn jetzt mit eurem ungebetenen Besuch? Hat Annas Mutter sich schon geäußert, wann sie nach Spanien zurückzugehen gedenkt?"

„Leider nicht", antwortete Robert, „und es sieht im Moment für mich beileibe noch nicht danach aus, als hätte sie überhaupt in näherer Zukunft vor, uns von ihrer Gesellschaft zu erlösen. Anna tut die Nähe ihrer Mutter absolut nicht gut und von mir aus könnte sie lieber heute als Morgen wieder aus unserem Leben verschwinden. Ohne sie war es definitiv viel entspannter."

„Das hört sich nicht gut an. Dann wollen wir mal hoffen, dass es deinem werten ‚Schwiegerdrachen' bald im ungemütlichen Deutschland zu kalt wird. Dass in Spanien alles so viel besser ist, daran hat sie beim Essen gestern ja keinen Zweifel gelassen."

Sie waren vor der Tür des Labors angekommen und Robert gab Hartmut die Hand.

„Meldest du dich bei uns, sobald ihr etwas herausgefunden habt?"

„Klar, alles wie immer. Sobald ich etwas weiß, seid ihr die Ersten, die es erfahren. Und lass dir was einfallen, wie ihr die", er machte mit den Fingern virtuelle Gänsefüßchen in die Luft, ‚garstige alte Frau' los werdet."

Robert musste ob dieser Formulierung seines Kollegen und Freundes lachen.

„Ich denke, wir werden versuchen, sie in einer Pension unterzubringen. Dann haben wir ein wenig räumliche Trennung und unser Privatleben nimmt wieder normale Formen an – hoffe ich doch sehr."

„Hast du meine Wäsche schon gewaschen und gebügelt?" Anna schrak zusammen, als sie die keifende Stimme ihrer Mutter hinter sich hörte.

Sie hatte sich gerade an den Laptop gesetzt, um die über die Feiertage aufgelaufenen E-Mails zu beantworten, als ihre Mutter auch schon wieder in der Tür stand.

„Nein Mutter, habe ich nicht", antwortete sie mit gezwungen ruhiger Stimme. „Ich habe erst noch einige andere Sachen zu erledigen."

„Ich habe aber nichts Sauberes mehr zum Anziehen", beschwerte sich Gertrud Mahler lautstark.

„Dann musst du in den Keller gehen und deine Wäsche selber anstellen", gab Anna zurück. „Wie die Waschmaschine funktioniert, muss ich dir ja wohl nicht erklären."

„Das könntest du ruhig mal für deine Mutter tun, du weißt, wie schwer rheumakrank ich bin und dass mir das nasskalte Klima in Deutschland überhaupt nicht bekommt", jammerte Annas Mutter weiter.

„Was machst du dann überhaupt hier, wenn in Deutschland alles so schrecklich ist?", erklang Toms Stimme von der Treppe her. Er war kurz zuvor heruntergekommen und hatte die Unterhaltung zufällig mit angehört. Und was er absolut nicht leiden konnte, das war, wenn jemand seine Mutter unter Druck setzte.

Gertrud Mahler schnappte nach Luft. „Du hast wirklich keine Erziehung genossen. Kein Wunder, wenn deine Mutter lieber ihrer Karriere nachgeht, als sich um die Erziehung ihres Kindes zu kümmern."

Anna und Tom tauschten einen schnellen Blick. Sie waren sich einig, jede weitere Diskussion mit Annas Mutter war sinnlos.

Tom startete einen weiteren Versuch, eine Antwort auf die Frage zu bekommen, die die ganze Familie bewegte.

„Wann willst du denn eigentlich zurück nach Spanien?", fragte er vorsichtig und versuchte, unverfänglich zu klingen. „Du hast ja bestimmt dort auch Dinge, um die du dich kümmern musst. Ewig kannst du deine Wohnung ja nicht allein lassen."

„Das muss doch nicht eure Sorge sein." Gertrud Mahler klang ausweichend. „Ich weiß noch nicht genau, wie meine Pläne sind. Das klingt ja fast, als wolltet ihr mich loswerden."

„Naja, bei uns fängt nach Neujahr der Alltag wieder an", sagte Anna so diplomatisch, wie sie konnte. „Für Tom, Hanno und Pauline stehen im Januar die Abiturprüfungen an, Robert steckt in den Mordermittlungen und ich muss wieder arbeiten. Wir haben eben einfach unser Leben, das in ziemlich festen Bahnen verläuft."

Annas Mutter ließ sich nicht beirren. „Dabei störe ich euch aber doch auch nicht."

‚Denkst du', dachte Anna bei sich, laut sagte sie: „Was wir dir damit sagen wollen, ist einfach, dass nach den Feiertagen hier niemand wirklich Zeit für dich hat. Wir sind alle morgens ziemlich zeitig aus dem Haus und unsere Tage sind ziemlich ausgefüllt."

„Ich versuche, euch nicht im Weg zu sein", lenkte Gertrud Mahler kleinlaut ein. „Ich kann ja auch versuchen, im Haushalt mitzuhelfen, solange mein Rheuma es zulässt."

‚Mal wieder das Rheuma', stöhnte Anna innerlich, sie sagte aber nichts weiter dazu und wurde aus der beklemmenden Situation befreit, weil Robert sich von der Haustür meldete.

„Ich bin wieder da", rief er, wedelte mit dem Blumenstrauß und Wolle startete sofort durch, um sein Herrchen begeistert zu begrüßen.

Anna ließ ihre Mutter ohne ein weiteres Wort stehen und empfing ihn im Flur mit einem Kuss. „Lass uns gemeinsam eine Runde mit Wolle drehen. Ich stelle schnell die Blumen in eine Vase und dann können wir los." Sie kam mit den Lippen ganz nah an sein Ohr. „Ich muss hier mal raus, sonst laufe ich Amok."

27. Dezember 2017 – Mittwoch, 16:45 Uhr

Max hatte sich auf dem Heimweg von der Arbeit spontan entschlossen, noch auf einen Kaffee bei seiner Mutter vorbeizufahren. Seine Mutter kannte Laura schon aus Kindertagen und vielleicht konnte sie ihm weiterhelfen. Etwas musste in ihrer Vergangenheit geschehen sein, dass sie bis heute verfolgte und offensichtlich immer dann an die Oberfläche kam, wenn ihre Seele besonders verletzlich war – dann, wenn sie schlief.

„Was machst du denn hier?", fragte seine Mutter überrascht, aber auch gleichzeitig erfreut, als sie die Tür öffnete.

„Ich brauche mal deinen Rat als Mutter", fiel Max direkt mit der Tür ins Haus.

„Dann komm erstmal rein, ich mach uns einen Kaffee und du erzählst mir, worum es geht."

Max folgte seiner Mutter in die Küche und setzte sich auf seinen Lieblingshocker an der Küchentheke, während seine Mutter zwei Latte Macchiato mit dem Kaffeevollautomaten zubereitete.

„So, wie kann ich dir denn jetzt helfen?" Mit diesen Worten stellte sie die beiden Gläser auf die Theke und nahm ihm gegenüber Platz.

„Ich weiß nicht so recht, wie ich es erklären soll", begann Max. „Es geht um Laura, die früher bei uns im

Haus gewohnt hat. Du erinnerst dich doch bestimmt an sie?"

Seine Mutter nickte. „Natürlich erinnere ich mich an sie. Ein nettes Mädchen, immer sehr still und zurückhaltend. Wie kommst du denn jetzt auf sie?"

„Das ist eine ziemlich komische Geschichte. Irgendwann haben wir uns ja aus den Augen verloren und vor ein paar Wochen sind wir uns zufällig in der Stadt über den Weg gelaufen. Seitdem treffen wir uns regelmäßig, aber irgendetwas ist seltsam. Oh Mann, du bist meine Mutter, ich weiß nicht, wie ich dir das sagen soll." Er nahm einen Schluck aus seinem Glas und fuhr sich mit allen zehn Fingern durch die Haare.

Seine Mutter lachte. „Eben, weil ich deine Mutter bin, kannst du es mir doch erzählen. Außerdem kann ich dir schlecht einen Rat geben, wenn ich nicht weiß, worum es geht."

„Auch wieder wahr. Sie verhält sich manchmal komisch. Sie weicht Berührungen aus, auch wenn ich das Gefühl habe, dass ihr wirklich etwas an mir liegt. Letztens hat sie total heftig reagiert, als ich ganz beiläufig nach ihrer Mutter gefragt habe und als ich mich jetzt neben sie gesetzt habe, während sie nach der Nachtschicht geschlafen hat, hat sie im Schlaf geredet und um sich geschlagen."

„Das kann auch ein normaler Albtraum gewesen sein", gab seine Mutter zu bedenken. „Was arbeitet sie denn?"

„Sie ist Rettungsassistentin."

„Dann könnte auch der Stress im Job der Grund für den unruhigen Schlaf sein." Nachdenklich rührte seine Mutter in ihrem Kaffee.

„Da ist aber noch was Anderes", fügte Max an. „Was sie im Schlaf gesagt hat, hat sich komisch angehört. Sie hat Sachen gesagt, wie ‚Lass das, das tut mir weh' und ‚Ich will das nicht'. Meinst du wirklich, das hat etwas mit ihrem Job zu tun?"

„Das ist schon sehr seltsam. Hast du denn einen konkreten Verdacht, womit es zu tun haben könnte?"

Max druckste ein wenig herum. „Ich habe schon einmal an sexuellen Missbrauch oder so etwas gedacht. Vielleicht bilde ich mir das alles nur ein, aber bevor wir von hier weggezogen sind, fand ich, dass Laura sich immer mehr verändert hat. Sie wurde immer stiller und hat sich mehr und mehr zurückgezogen. Damals habe ich das nicht so wahrgenommen, aber in den letzten Tagen habe ich öfter darüber nachgedacht und dann würde das alles zusammenpassen."

„Kannst du sie nicht einfach fragen?", schlug seine Mutter vor.

„Unmöglich", antwortete Max mit heftigem Kopfschütteln. „Schon die beiläufige Frage nach ihrer Mutter hat dazu geführt, dass sie mich regelrecht aus der Wohnung geworfen hat. Undenkbar, sie einfach zu fragen, ob ihr Verhalten etwas mit Missbrauch in ihrer Kindheit zu tun hat. Sie würde mich wahrscheinlich umbringen."

„Ist eine schwierige Situation, da gebe ich dir Recht." Sie trank erneut von ihrem Kaffee und blickte nachdenklich aus dem Fenster. „Eventuell würde es helfen, wenn du dich mal mit einer Psychologin unterhältst und dir Rat holst, wie man in solch einer Situation am besten mit der Person umgeht. Eine Bekannte hat mir letztens von einer jungen Therapeutin erzählt, die sich häufig um Missbrauchsopfer kümmert. Ich werde sie morgen anrufen und nach dem Namen fragen."

„Wenn ich dich nicht hätte, Mama." Max war nach dem Gespräch mit seiner Mutter erleichtert. Zum ersten Mal in den letzten Wochen hatte er das Gefühl, dass es vielleicht einen Weg gab, Laura zu helfen.

Sie unterhielten sich noch eine Weile über dies und da und nach einer Stunde verabschiedete sich Max mit einer herzlichen Umarmung. Er lief auf dem Heimweg noch eine Weile ziellos durch die Straßen und dachte über das nach, was seine Mutter ihm gerade gesagt hatte. Er ahnte nicht, was ihm in der nächsten Zeit noch bevorstehen würde.

28. Dezember 2017 – Donnerstag, 07:30 Uhr

Draußen war es noch dunkel, als sie langsam die Straße entlangging und vor dem Haus stehen blieb, in dem sie wohnte. Sie wusste nicht, warum es sie hierhin zog. Seit sie vor einigen Wochen die Adresse beim Einwohnermeldeamt herausgefunden hatte, hatte der Ausdruck in einer Schublade der Kommode im Flur gelegen. Jeden Tag war sie daran vorbei gegangen und hatte sich doch nicht getraut, sie zu öffnen. Wie die Büchse der Pandora war ihr die Schublade vorgekommen. Warum hatte sie sich die Adresse überhaupt geben lassen? Was wollte sie damit? Plötzlich war sie sich nicht mehr sicher. Wollte sie der Frau denn überhaupt noch einmal in ihrem Leben begegnen? Der Frau, die ihr Leben zerstört hatte und sie dann mit ihrem Elend allein gelassen hatte. Doch sie musste es jetzt ein für alle Mal zu Ende bringen, sie hatte diesen Weg beschritten und würde ihn jetzt auch zu Ende gehen.

Robert wachte neben seiner Frau auf, die noch tief und fest schlief. Als er so im Halbdunkel auf Annas entspanntes Gesicht blickte, regte sich in seinem Unterbewusstsein auf einmal wieder der Gedanke, den er sich gestern auf den Zettel in seinem Büro geschrieben hatte – MUTTER-TOCHTER-VERHÄLTNIS.

Der Besuch von Annas Mutter hatte ein tiefes Zerwürfnis zwischen den beiden zum Vorschein gebracht. Die drei Opfer der letzten Monate jedoch waren alle männlich gewesen und hatten nichts gemein außer der Tatsache, dass wenigstens zwei von ihnen es offensichtlich mit der ehelichen Treue nicht so ernst genommen hatten. Hier kamen wahrscheinlich Frauen ins Spiel. Was, ja was, wenn es nicht Frauen, sondern nur eine Frau gewesen war? Es durchfuhr Robert wie ein Stromschlag und er setzte sich ruckartig auf. Anna schrak zusammen und wurde wach.

„Was ist los?", fragte sie schlaftrunken und rieb sich die Augen. „Ist etwas passiert?"

„Nein, es ist alles in Ordnung", beruhigte Robert seine Frau und nahm sie in die Arme. „Es tut mir leid, dass ich dich geweckt habe, aber ich hatte plötzlich eine Idee, wo die Verbindung zwischen unseren drei Opfern liegen könnte."

Annas Interesse war geweckt. Auch sie setzte sich auf und blickte ihren Mann erwartungsvoll an.

„Und die Verbindung wäre?"

„Lach mich ruhig aus, aber das gespannte Verhältnis zwischen dir und deiner Mutter hat mich auf eine Idee gebracht. Was wäre, wenn das Bindeglied zwischen den drei Männern eine Frau gewesen wäre – ein und dieselbe Frau?"

Anna runzelte die Stirn und schaute ihn zweifelnd an. „Möglich wäre das, aber vergiss nicht, dass diese Frau am Alter der Männer geschätzt jetzt auch schon Mitte Sechzig wäre und was sollte sie ausgerechnet jetzt dazu bewegen, diese Männer umzubringen? Wo ist das Motiv? Sie hatte ein Verhältnis mit ihnen, aber deswegen bringt man ja niemanden um."

Robert stimmt ihr zu, wurde aber sein Gefühl nicht los, dass er den Schlüssel zur Lösung greifbar in seinem Kopf hatte.

„Wir wissen, dass mindestens zwei der drei Männer ihren Ehefrauen nicht treu waren und ich erinnere mich, dass die Sekretärin von Opfer Nummer Zwei erwähnt hat, dass ihr Chef auf sehr junge Frauen, beziehungsweise Mädchen abfuhr." Er raufte sich die Haare. „Es ist zum Verrücktwerden, wir drehen uns dauernd im Kreis."

Er ließ sich zurück in die Kissen sinken und zog seine Frau zu sich herunter.

„Komm, eine halbe Stunde haben wir noch Zeit", raunte er ihr ins Ohr. „Ich muss ja nicht immer der Erste im Büro sein." Mit diesen Worten schob er die Gedanken an den Fall beiseite und widmete sich seiner Frau.

28. Dezember 2017 – Donnerstag, 09:00 Uhr

Schulte hatte zur Besprechung gerufen. Robert, Dennis Winterberger und er saßen um den Tisch, auf dessen Mitte alle Unterlagen ausgebreitet waren.

„Nun, meine Herren", eröffnete Schulte die Gesprächsrunde, „wir haben inzwischen drei Leichen – alles ältere Herren, die durch Gift umgekommen sind und wir tappen immer noch völlig im Dunkeln. Was können Sie mir zum Stand der Ermittlungen sagen? So langsam rückt mir nämlich die Presse auf den Leib."

Dennis Winterberger überließ Robert das Wort, der durch seine Notizen blätterte.

„Nun, ich war gestern bei der Witwe unseres dritten Opfers Hans-Joachim Hofer und habe eine erste Befragung bei ihr durchgeführt. Es hat sich herausgestellt, dass ein anonymes Päckchen an Heiligabend im Briefkasten war. Wahrscheinlich waren Pralinen darin und diese könnten das Gift enthalten haben. Ich habe alle Süßigkeiten und das Packpapier gestern in die Kriminaltechnik gegeben, damit wir die Schachtel finden, in der das Gift war. Auch wenn ich nicht davon ausgehe, dass unser Täter darauf Fingerabdrücke hinterlassen hat. Was unsere bisherigen Ermittlungen bei den vorherigen Opfern angeht, kann Kollege Winterberger Sie auf den Stand der Dinge bringen.“

Winterberger errötete leicht, begann dann aber, alle Informationen zu den beiden ersten Opfern zusammenzufassen.

„Eine Verbindung zwischen den Opfern – abgesehen davon, dass sie alle Männer im ungefähr gleichen Alter waren und durch Gift umkamen – ist nirgendwo ersichtlich.“ Mit diesen Worten beendete er seine Rede.

„Das ist nicht viel“, sagte Schulte. „Sind Sie sich sicher, dass Sie keinen Anhaltspunkt übersehen haben?“, hakte er noch einmal nach. „Irgendetwas muss unsere Opfer doch verbinden.“

Robert räusperte sich. Der Gedanke von heute Morgen spukte noch immer in seinem Kopf herum, aber er war sich nicht sicher, ob er ihn wirklich hier in dieser Runde präsentieren sollte. Es war ja alles total unausgegoren und Anna hatte mit ihrem Einwand durchaus Recht.

„Kollege Kunz“, wurde er von seinem Chef aus seinen Gedanken gerissen, „sind Sie noch bei uns oder haben Sie mal wieder eine Ihrer Eingebungen?“

Robert räusperte sich. Dann erzählte er den Kollegen von seinem Gedanken.

Schulte, der in den Jahren gelernt hatte, auf die Intuition seines Kommissars zu hören, sagte: „Wir müssen in unserer Situation einfach jeder Idee und jedem Hinweis nachgehen. Ich schlage vor, bis der Bericht der Kriminaltechnik da ist, fahren Sie beiden noch einmal zur Witwe Hofer und befragen sie dahingehend, ob es auch ihr Ehemann mit der ehelichen Treue eventuell nicht so ernst genommen hat. Dann hätten alle Opfer eine weitere Gemeinsamkeit. Und als nächstes versuchen Sie, bei der Sekretärin oder den anderen Ehefrauen Namen von möglichen Geliebten zu erfahren. Sie sollen alte Unterlagen durchsehen, Kalender heraussuchen, die es noch gibt und einfach alle Namen aufschreiben. Wir müssen weiterkommen, bevor es noch weitere Opfer gibt."

Max saß an seinem Schreibtisch und brütete über komplizierten Dokumenten, doch er konnte sich einfach nicht richtig konzentrieren. Immer wieder spukte Laura in seinem Kopf herum und das, was seine Mutter ihm in dem Gespräch gesagt hatte, ließ ihn auch nicht los. Sein Handy klingelte, der Name seiner Mutter erschien auf dem Display.

„Hallo Mutter, ich habe gerade noch an unser Gespräch von gestern gedacht", begrüßte er sie. „Hast du etwa schon den Namen der Psychologin herausgefunden, von der du mir gestern erzählt hast?"

Er hörte aufmerksam zu, was seine Mutter ihm sagte, zog sich den Notizblock heran und schrieb einen Namen darauf: ‚Alena Konstantin'.

„Danke, ich werde sie heute noch anrufen und fragen, ob sie sich mit mir trifft." Max fühlte sich besser, weil er das Gefühl hatte, dass er Laura so vielleicht endlich helfen konnte.

In der Mittagspause rief er bei Alena Konstantin an und bat sie um ein Treffen. Sie stimmte zu, sich mit ihm nach Feierabend in der Stadt zu treffen, auch wenn sie ihm natürlich nicht versprechen konnte, dass sie in der Lage war, ihm wirklich weiterzuhelfen.

Für den Rest des Arbeitstages ließen die Gedanken an Laura ihn nicht mehr los.

Robert und sein Kollege Winterberger standen vor der Tür von Frau Hofer, die direkt nach dem ersten Klingeln öffnete. Die Frau wirkte irritiert, als sie den Beamten vom Tag zuvor erkannte.

„Was kann ich denn noch für Sie tun?", wollte sie wissen und nahm eine ablehnende Haltung ein. „Ich habe heute nicht viel Zeit, ich wollte gleich zum Beerdigungsinstitut. Ich muss jetzt eine Menge erledigen."

„Wir werden Sie nicht lange aufhalten", beruhigte Robert die Frau. „Wenn wir kurz hereinkommen können, wir haben lediglich noch einige wenige Fragen an Sie."

Die Frau trat zur Seite und öffnete die Tür so weit, dass die Ermittler eintreten konnten. Sie bat sie ins Wohnzimmer, wo sie an dem Esstisch Platz nahmen.

„Was möchten Sie denn noch von mir wissen?"

„Nun", begann Robert vorsichtig. Es war ein heikles Thema und Frau Hofer würde mit Sicherheit nicht gerne über eine mögliche Affäre ihres verstorbenen Mannes sprechen. „Wir müssen Ihnen noch ein paar Fragen zur Vergangenheit Ihres Mannes stellen."

„Was denn für Fragen? Und was hat die Vergangenheit meines Mannes mit dem Mord zu tun? Suchen Sie doch lieber nach demjenigen, der ihm, uns das angetan hat."

„Genau das haben wir ja vor", versuchte Robert, die Frau zu beschwichtigen. „Aber dazu müssen wir so viel wie möglich über Ihren Mann und auch Ihre Ehe erfahren. Vielleicht gibt es irgendetwas in seiner oder Ihrer gemeinsamen Vergangenheit, was uns einen Hinweis auf den Täter liefern könnte."

Frau Hofer wirkte nicht überzeugt. „Dann fragen Sie eben, aber ich glaube nicht, dass ich Ihnen wirklich viel sagen kann."

Auf Roberts Blick hin ergriff Dennis Winterberger das Wort. Er deutete auf eins der gerahmten Fotos an der Wand, das schon ein wenig vergilbt war und ein Hochzeitspaar vor einer Kirche zeigte.

„Sind Sie beide das bei Ihrer Hochzeit? Das ist ein sehr schönes Foto. Wann war das denn?", versuchte er, das Eis zu brechen. Scheinbar hatte er Erfolg, denn der Gesichtsausdruck von Frau Hofer wurde etwas weniger abweisend.

„Das war vor über fünfundzwanzig Jahren", antwortete sie mit leicht verklärtem Blick. „Im nächsten Jahr hätten wir Rubinhochzeit gefeiert. Das ist das Jubiläum, was man nach vierzig Jahren Ehe feiert", fügte sie erklärend hinzu, als sie den fragenden Blick von Winterberger bemerkte. „Sind Sie eigentlich verheiratet?"

Winterberger schüttelte den Kopf. „Nein, mir ist die richtige leider noch nicht begegnet."

Robert war in die Beobachterposition zurückgetreten. Er beobachtete die Reaktionen der Frau.

„Ich möchte ja nicht indiskret sein", sprach Dennis Winterberger weiter, „aber waren Sie glücklich in Ihrer Ehe oder gab es auch ab und zu mal Probleme?"

„Nun, junger Mann, wissen Sie, wenn man solange verheiratet ist, dann gibt es immer Höhen und Tiefen. Natürlich gab es auch bei uns einige Probleme, aber wir haben uns immer wieder zusammengerauft. Und darauf bin ich auch ein wenig stolz. Wenn ich auf die

Jahre zurückblicke, dann waren sie mehr glücklich als unglücklich."

„Bitte verstehen Sie mich nicht falsch, aber ist Ihr Mann in den ganzen Ehejahren immer treu gewesen oder gab es eventuell doch mal eine Affäre? So etwas kommt ja durchaus auch in guten Ehen mal vor."

Für einen Moment verschloss sich Frau Hofers Miene, doch dann gab sie sich einen Ruck.

„Ja, vor vielen Jahren da gab es einmal eine Affäre, aber die hat nicht lange gedauert. Nach ein paar Monaten war der ganze Spuk vorbei und Hans-Joachim hatte wohl eingesehen, dass diese Frau nicht die Richtige für ihn war. Ich hatte damals schon überlegt, mich von ihm zu trennen, aber als er dann reumütig zu mir zurückkam und mich um Verzeihung gebeten hat, habe ich ihm eine zweite Chance gebeten. Von diesem Tag an war er mir immer ein treuer und aufmerksamer Ehemann."

Robert war plötzlich wie elektrisiert. Plötzlich nahm die ganze Geschichte Konturen an. Alle drei Männer mussten ein Verhältnis mit ein und derselben Frau gehabt haben. Nur so ergaben die drei Giftmorde einen Sinn. Wenn sie jetzt nur noch den Namen dieser Frau herausfinden konnten, dann wäre der Schritt zur potentiellen Täterin nicht mehr weit. Inzwischen war er sich fast sicher, dass es sich um eine Täterin handelte. Schon Gift als Tatwaffe sprach für eine Frau als Täterin, weil Giftmorde fast immer auf das Konto von Frauen gingen.

Frau Hofer runzelte angestrengt die Stirn. „Das ist schon über zwanzig Jahre her", sagte sie. „Damals ist der Name auf jeden Fall in einem oder mehreren Gesprächen gefallen, aber ich kann mich einfach nicht erinnern."

Die Hoffnung in Robert sank. Wo sie auch glaubten, einen Schritt weiter zu kommen, landeten sie wieder in einer Sackgasse.

Frau Hofer sah ihm die Enttäuschung scheinbar an, deswegen beeilte sie sich, hinzuzufügen: „Wenn ich in den nächsten Tagen unsere ganzen Unterlagen sichte, werde ich aber auf jeden Fall darauf achten, ob mir noch etwas einfällt. Dann melde ich mich natürlich bei Ihnen. Kann ich sonst noch irgendetwas für Sie tun? Wenn nicht, dann wäre ich gerne wieder allein – auch wenn ich mich an das Alleinsein erst wieder gewöhnen muss."

„Vielen Dank, wir wollen Ihre Zeit auch nicht länger in Anspruch nehmen. Wenn Ihnen noch etwas einfällt oder Sie noch Fragen haben, melden Sie sich ruhig."

Die beiden Ermittler erhoben sich und wandten sich zum Gehen, als Frau Hofer sie aufhielt. „Wann kann ich meinen Mann denn nun beerdigen? Ich weiß, dass Sie Ihre Arbeit tun müssen, aber ich glaube, mir würde es weiterhelfen, wenn ich richtig", sie zögerte einen kurzen Moment, bevor sie weitersprach, „Abschied nehmen könnte – also wenn ich ihn beerdigen dürfte."

Robert tat die alte Frau leid, die sich nach so langer Ehe plötzlich ihren Alltag wieder neu organisieren musste. „Ich denke, dass die Leiche Ihres Mannes in den nächsten Tagen freigegeben wird. Die Todesursache ist geklärt und von daher gibt es keinen Grund, dass Ihr Mann nicht beerdigt werden kann. Die Kollegen werden sich sicherlich in Kürze bei Ihnen melden." Er reichte der Frau seine Visitenkarte. „Wenn das nicht der Fall sein sollte, können Sie mich gerne anrufen, dann werde ich mich erkundigen."

28. Dezember 2017 – Donnerstag, 17:45 Uhr

Bereits eine Viertelstunde vor der vereinbarten Zeit saß Max in dem kleinen Café in der Innenstadt, in dem er sich mit Alena Konstantin verabredet hatte. Er hätte nicht genau sagen können, warum, aber die Aussicht auf das Gespräch mit der Psychologin gab ihm irgendwie neue Hoffnung. Gedankenverloren rührte er in der Tasse mit dem schwarzen Tee, den die Kellnerin ihm gebracht hatte und beobachtete, wie der Kandis am Boden des Glases langsam zerbröselte.

„Max Schumann", eine Frauenstimme riss ihn aus seinen Gedanken.

Er schrak hoch und blickte in zwei warme braune Augen.

„Ich bin Alena Konstantin", sagte die Frau und reichte ihm die Hand. „Sie wollten mit mir sprechen?"

„Vielen Dank, dass Sie so schnell Zeit für mich hatten." Max erhob sich von seinem Stuhl, bis die Psychologin Platz genommen hatte. „Was darf ich Ihnen zu trinken bestellen?"

‚Aufmerksamer, junger Mann', dachte Alena anerkennend. „Ich nehme auch einen Tee."

Max gab der Kellnerin ein Handzeichen, die daraufhin die Bestellung aufnahm.

Alena lehnte sich zurück und schlug die Beine übereinander. „Wie kann ich Ihnen denn nun helfen?", fragte sie. „Ihre Mutter hat mir noch nicht viel erzählt, lediglich, dass es um eine Freundin von Ihnen geht."

Die Kellnerin brachte den bestellten Tee und Alena ließ einige Stücke Kandis in das noch dampfende Getränk gleiten, die das typische Knacken von sich gaben.

„Es ist schwierig zu erklären", begann Max, „und vielleicht sehe ich ja auch einfach Gespenster. Aber manchmal verhält sich Laura – so heißt meine Freundin – irgendwie seltsam."

„Erzählen Sie mir einfach alles, was Ihnen in der letzten Zeit seltsam vorgekommen ist."

Nachdem Max einmal angefangen hatte, von den letzten Wochen mit Laura zu berichten, merkte er, wie es ihm immer leichter fiel, sich den ganzen Kummer von der Seele zu reden.

„Sie hat immer wieder im Schlaf geredet und solche Sachen wie ‚Lass das, das tut mir weh' und ‚Ich will das nicht' gesagt. Außerdem reagiert sie ab und zu auf Berührungen sehr abweisend. Als ich das meiner Mutter erzählt habe, meinte sie, es könnte etwas mit sexuellem Missbrauch zu tun haben", schloss er seine Erzählung ab.

Alena hatte ihm aufmerksam zugehört. Ihm schien sehr viel an dieser jungen Frau zu liegen und egal, was in der Vergangenheit passiert war, er war wahrscheinlich der einzige, der ihr längerfristig helfen konnte, ein mögliches Trauma zu überwinden.

„Wie lange kennen sie beide sich eigentlich schon?", fragte die Psychologin weiter.

„Wir waren früher Nachbarskinder und sind in dieselbe Klassenstufe gegangen. Zu Hause bei Laura war es schon immer schwierig, sie hat aber nie darüber geredet. Ihre Mutter hatte ständig wechselnde Männerbeziehungen und ihre Tochter war ihr wohl ziemlich egal. Die Männer gingen dort ein und aus, mehr als ein paar Monate blieb nie einer. Die ganze Nachbarschaft hat darüber getratscht, aber auch das schien ihr gleichgültig zu sein."

„Was ist mit dem Vater?", wollte Alena wissen, die sich während des gesamten Gesprächs Notizen auf ihrem Block gemacht hatte. „Lebten die Eltern getrennt?"

„Ich weiß es nicht ganz genau, ich weiß nur, dass Lauras Vater früh verstorben ist. In der Nachbarschaft war von Selbstmord die Rede, aber Laura wollte nichts darüber erzählen. Es tut mir Leid, aber mehr kann ich Ihnen dazu nicht sagen."

Alena legte den Kopf schräg und drehte gedankenverloren eine ihrer braunen Haarsträhnen um den Zeigefinger. Max schwieg und wartete, dass sie etwas sagte.

„Eine Ferndiagnose ist natürlich immer sehr schwierig", begann die Psychologin. „Das beste wäre, wenn ich einmal mit Laura selbst sprechen könnte. Aber so, wie Sie die Situation bis jetzt beschreiben, glaube ich nicht, dass Laura einem Gespräch zustimmen würde."

Max schüttelte den Kopf. „Mit Sicherheit wird sie keinem Termin mit einer Therapeutin zustimmen. Wenn ich das zur Sprache bringe, dann schmeißt sie mich achtkantig aus ihrer Wohnung und aus ihrem Leben gleich mit. Dabei möchte ich ihr doch nur helfen", setzte er noch mit traurigem Blick hinzu.

Alena wollte dem jungen Mann helfen, doch das war in diesem Fall gar nicht so leicht. Man konnte Menschen nicht helfen, die sich nicht helfen lassen wollten oder sich der Tatsache, dass sie dringend Hilfe brauchten, gar nicht bewusst waren.

Sie schob Max ihre Visitenkarte über den Tisch. „Ich werde mir zu Hause meine Notizen alle noch einmal in Ruhe anschauen und überlege mir etwas, wie wir ein gemeinsames Treffen mit Laura organisieren können. Geben Sie mir ein paar Tage Zeit, ich melde mich auf jeden Fall in den nächsten

Tagen bei Ihnen. Und sollte in der Zwischenzeit irgendetwas passieren, können Sie mich natürlich jederzeit anrufen."

„Vielen Dank, ich bin sehr froh, dass Sie mir helfen wollen", sagte Max mit Erleichterung in der Stimme.

Alena wollte der Kellnerin ein Zeichen zum Zahlen geben, doch Max hielt sie zurück.

„Das übernehme selbstverständlich ich." Er lächelte die Psychologin dankbar an. „Sie haben schon genug für mich getan."

28. Dezember 2017 – Donnerstag, 19:00 Uhr

„Ich bin wieder zu Hause", rief Robert, als er durch die Haustür kam. Wolle stand schon schwanzwedelnd in der Erwartung eines Spaziergangs vor ihm. „Nein, du Räuber, du bist jetzt noch nicht dran." Lachend strich Robert dem Mischling über den Kopf und schob ihn sanft aus dem Weg.

Anna streckte ihren Kopf aus dem Wohnzimmer. „Wir sind hier, das Abendessen steht schon auf dem Tisch."

Er umarmte und küsste seine Frau, bis aus dem Hintergrund die Stimme erklang, deren Anwesenheit er nur zu gern vergessen hätte. „Gibt es denn jetzt bald Abendessen?", keifte Annas Mutter, die bereits am Tisch saß. „Ich bin es nicht gewohnt, so spät zu essen."

Robert konnte sich einen kleinen Seitenhieb in Richtung der lieben Schwiegermama nicht verkneifen. „In den südlichen Ländern wird abends aber spät gegessen, also sollte dir das nichts ausmachen. Ich komme nun einmal leider nicht immer pünktlich wie ein Finanzbeamter nach Hause."

Gertrud Mahler schnappte empört nach Luft, Tom verzog hinter dem Rücken seiner Oma das Gesicht zu einem breiten Grinsen und Robert musste an sich halten, um ernst zu bleiben. ‚Es wird wirklich höchste

Zeit, dass die alte Schabracke wieder dahin zurückgeht, wo sie hergekommen ist', dachte er bei sich und beschloss, das Gespräch nach dem Essen endlich auf eine mögliche Abreise des Hausdrachens zu lenken.

Das Essen verlief weitgehend friedlich; die gesamte Familie hatte in den letzten Tagen Übung darin bekommen, die schnippischen Bemerkungen und das Gejammer ihres Feriengastes geflissentlich zu ignorieren. Nach dem Essen zogen sich Tom, Hanno und Pauline zurück, denn sie lernten abends immer gemeinsam für die im Januar anstehenden schriftlichen Abiturprüfungen.

„Wir drehen jetzt noch eine Runde mit Wolle", setzte Anna ihre Mutter in Kenntnis, nachdem sie den Tisch abgedeckt hatte.

„Aber danach würden wir gerne noch kurz mit dir sprechen", sagte Robert an Annas Mutter gewandt, ließ jedoch keine weiteren Rückfragen zu und verließ mit Anna und Wolle das Haus.

„Was willst du denn gleich mit meiner Mutter klären?", fragte Anna, als sie Hand in Hand gemächlich durch den Park schlenderten.

„Ich werde ihr endgültig sagen, dass sie in eine Pension ziehen muss oder zurück nach Spanien gehen soll. So geht das nicht weiter", sagte Robert und legte den Arm um seine Frau.

„Glaubst du wirklich, dass sie sich davon überzeugen lässt?" In Annas Stimme schwang eine Menge Zweifel mit. „Ich habe irgendwie das Gefühl, dass an ihrer Geschichte etwas nicht stimmt. Sie hat sich jahrzehntelang nicht für uns interessiert, taucht jetzt plötzlich mitten im Winter bei uns auf und macht einen auf Familie. Das passt alles nicht zu ihr, also nicht zu dem, was ich sonst von ihr kenne."

„Meinst du, sie hat finanzielle Probleme oder Probleme mit irgendeinem ihrer Lebensabschnittsgefährten?", wollte Robert wissen.

Anna zuckte ratlos die Achseln. „Ich habe wirklich keine Ahnung. Ich weiß nur eins – diese Frau treibt mich in den Wahnsinn."

„Ich werde ihr gleich sagen, dass sie ausziehen muss. Sie bringt unseren gesamten Alltag durcheinander, Tom und die beiden anderen müssen sich auf ihre Prüfungen konzentrieren und ich", er lächelte verschmitzt, „ich hätte gerne auch mal wieder so etwas wie ein Privatleben." Er zog seine Frau an sich und küsste sie leidenschaftlich. „Für ein Tête-à-tête im Park ist es um diese Jahreszeit nämlich eindeutig zu kalt", flüsterte er und strich mit seinen Lippen ihren Hals entlang. „Und ich könnte mir eine Menge Dinge vorstellen, die ich gerne mit dir in unserem Zuhause tun würde, wenn wir es mal wieder für uns hätten."

„Du kannst es auch nicht lassen." Anna erwiderte seinen Kuss und schmiegte sich dicht an seinen Körper. Er konnte die Wärme ihrer Haut durch die Winterkleidung spüren und es machte ihn schier wahnsinnig.

„Deine Mutter muss ausziehen", sagte er mit vor Erregung rauer Stimme. „Das werde ich ihr schon klarmachen."

„Dein Wort in Gottes Ohr." Anna war sich noch nicht sicher, dass ihre Mutter das einmal von ihr eroberte Feld so kampflos wieder aufgeben würde.

Sie schlenderten noch eine ganze Weile weiter durch den Park und genossen die kalte Winterluft und die Ruhe, bevor sie gegen halb zehn wieder zu Hause ankamen. Wie zu erwarten gewesen war, hatte sich Annas Mutter im Wohnzimmer niedergelassen und schaute eine Schnulze im Fernsehen. Fest entschlossen, sich durch nichts von der geplanten Aussprache abbringen zu lassen, ging Robert schnurstracks auf den Fernseher zu und drückte den Hauptschalter.

„Was soll denn das?", protestierte Gertrud Mahler. „Ich möchte meinen Film zu Ende schauen."

„Das geht jetzt nicht", sagte Robert bestimmt. „Wir haben etwas mit dir zu besprechen. Es geht um deinen, sagen wir mal deinen Aufenthalt hier."

Seine Schwiegermutter sah ihn zum ersten Mal mit einem fast betroffenen Gesichtsausdruck an. Sie schien zu merken, dass er es mit dem, was er zu sagen hatte, wirklich ernst meinte.

„Und das wäre?" Sie hatte sich nur einen Augenblick später wieder gefangen und ihr Ton klang schnippisch wie eh und je. So leicht ließ sich eine Gertrud Mahler nicht aus dem Konzept bringen.

„Nun, wir haben es ja schon einmal angedeutet, aber hier ist einfach nicht genug Platz für uns alle. Anna und ich sind beide berufstätig und die beiden Jungs müssen sich auf die anstehenden Abi-Prüfungen vorbereiten. Für ein paar Nächte war das mit deiner Unterbringung in unserem Büro kein Problem, aber jetzt nach den Feiertagen muss bei uns alles wieder seinen gewohnten Gang gehen. Solltest du also noch nicht vorhaben, wieder nach Spanien abzureisen, wäre es für uns alle besser, wenn du dich in einer Pension oder einem kleinen Hotel einmietest."

Sekundenlang herrschte bleierne Stille im Raum, eine Stille, die viel länger wirkte, als sie es eigentlich war. Sie senkte sich wie ein Nebel auf die anwesenden Personen.

„Ihr setzt mich also vor die Tür?" Mit einem Mal schwang etwas Klägliches in der sonst so harten, herrischen Stimme von Gertrud Mahler mit.

„Wir setzen dich nicht vor die Tür", sagte Anna, auch wenn es im Grunde das war, was sie sich mehr als alles andere wünschte. „Aber du musst doch verstehen, dass es hier für sechs Personen einfach zu eng ist. Vor allem, weil Robert oft nachts oder am Wochenende in den Dienst muss."

„Ist doch nicht meine Schuld, dass er sich so einen Job ausgesucht hat oder dass ihr hier drei Jugendliche beherbergt", nörgelte ihre Mutter.

Das brachte das Fass für Anna zum Überlaufen. „Genau, es ist nicht deine Schuld, aber auch nicht deine Entscheidung. Es ist eine Entscheidung, die Robert, Tom und ich als Familie getroffen haben – eine Familie, zu der du nie dazu gehören wolltest. Und weil du ja alles in Spanien so viel besser findest als hier, schlage ich vor, dass du einfach dahin zurück gehst und wir alle wieder unser Leben leben wie bisher."

Anna holte tief Luft. Sie konnte kaum glauben, dass sie das wirklich gesagt hatte, aber endlich war es raus und es hatte ihr unglaublich gut getan.

„Ich kann aber nicht zurück", gab Gertrud Mahler mit kleinlauter Stimme zu.

„Was soll das heißen, du kannst nicht zurück?", wollte Anna jetzt wissen. „Was ist mit deinem Haus dort und hattest du nicht auch einen Lebensgefährten?"

Annas Mutter sackte immer weiter in sich zusammen. Nach einer gefühlten Ewigkeit antwortete sie: „Mein Lebensgefährte ist mit einer jüngeren Frau durchgebrannt, mein Geld hat er gleich mitgenommen und das, was ich in seine Firma gesteckt hatte, hat er verspekuliert."

Stille. Stille, die schwer wie ein kalter Nebel im Raum lag.

‚Ganze Arbeit, Mutter', dachte Anna sich. ‚Du schaffst es doch immer wieder, Unglück über die Menschen zu bringen, die sich in deiner Nähe befinden.'

„Und was soll jetzt mit mir werden?", fragte Gertrud Mahler in die Runde.

„Keine Ahnung." Anna warf ihrem Mann einen ratlosen Blick zu. „Also hier kannst du auf Dauer nicht wohnen, das ist für uns alle keine Lösung."

„Aber ich kann doch nirgendwo hin." Die Stimme von Annas Mutter klang jetzt wehleidig und weinerlich. Nichts war mehr zu hören von der herrischen alten Frau, die ihnen allen in den letzten Tagen das Leben zur Hölle gemacht hatte.

„Das muss ich jetzt erstmal verdauen", sagte Robert, der sich mit allen zehn Fingern durch die dichten Haare fuhr, „und in Ruhe über eine mögliche Lösung nachdenken. Ich schlage vor, wir gehen alle zu Bett und morgen werden wir versuchen, eine Lösung zu finden, die für alle passend ist."

Ohne ein weiteres Wort oder einen weiteren Blick nahm er seine Frau bei der Hand und gemeinsam verließen sie das Wohnzimmer und gingen nach oben. Mit dieser Situation hatte keiner der beiden gerechnet.

29. Dezember 2019 – Freitag, 06:30 Uhr

Als Robert die Augen aufschlug, blickte er in die geöffneten Augen seiner Frau, die ihm zugewandt auf der Seite lag und nachdenklich wirkte.

„Und jetzt?", fragte sie, als sie sah, dass er wach war.

„Ganz ehrlich", antwortete er, „ich habe keine Ahnung. Natürlich können wir deine Mutter nicht einfach auf die Straße setzen, aber hierbleiben kann sie definitiv auch nicht."

„Aber wo bringen wir sie unter, wenn sie kein Geld hat?"

„Ich werde mich heute im Büro erkundigen, welche Möglichkeiten es gibt. Dann muss sie eben in eine Sozialwohnung ziehen, die sie von den staatlichen Hilfen bezahlen kann. Ich gehe davon aus, dass wir mit ziemlicher Sicherheit für sie werden aufkommen müssen, aber das ist mir dann auch egal. Ärgerlich, aber nicht zu ändern. Bevor sie hierbleibt, zahle ich lieber." Robert wirkte entschlossen.

Er küsste seine Frau, machte sich dann aber entschlossen von ihr los und stand auf.

„Nützt ja nichts", seufzte er, „aber ich muss heute mal früh ins Büro. Auch wenn ich dich nur ungern in der Höhle des Löwen allein lasse."

„Ich nutze meinen letzten Urlaubstag, um mit Alena frühstücken zu gehen", klärte Anna ihn über ihre Pläne auf. „Das haben wir schon eine Ewigkeit nicht mehr gemacht und ich freue mich darauf, sie mal wieder zu sehen und mit ihr zu quatschen. Aber jetzt mache ich uns erst Frühstück, während du im Bad bist. Genießen wir die Ruhe zu zweit."

Sie warf sich einen Bademantel über und ging nach unten. Robert nahm sich frische Sachen und stellte sich unter die Dusche. Als er frisch rasiert und mit noch feuchten Haaren in die Küche kam, duftete es bereits nach frischem Kaffee und Toast. Er setzte sich gegenüber seiner Frau an die Küchentheke und schweigend tranken sie ihren Kaffee – ein Moment der Zweisamkeit, den sie sich, wann immer es möglich war, gönnten, und der ihnen wichtig war. Eins der kleinen Rituale, das sich in den letzten Jahren in ihre Beziehung eingeschlichen hatte, ohne sie in irgendeiner Weise langweilig werden zu lassen.

Als Robert seine Schlüssel vom Haken nahm und Richtung Haustür ging, erhob sich auch Wolle aus seinem Körbchen im Flur.

„Ja, du Räuber", sagte Anna und streichelte dem Mischling über den Kopf, „wir gehen jetzt auch gleich unsere Runde."

Sie küsste ihren Mann zum Abschied, zog sich im Bad schnell etwas Bequemes an und machte sich mit

Wolle auf die Runde durch den Park, in dem zu dieser Zeit nur wenige Menschen unterwegs waren. Der eine oder andere unbeirrbare Jogger lief an ihr vorbei, doch ansonsten war es ruhig. Während sie die klare, kalte Winterluft einatmete, wanderten ihre Gedanken unwillkürlich zurück zu ihrer Mutter, einer Frau, die für sie eigentlich eine Fremde war. Dem Stammbaum nach war sie ihre Mutter, also eine Verwandte ersten Grades, aber dem Gefühl nach war diese Frau, die vor ein paar Tagen vor ihrer Haustür gestanden hatte, eine Fremde. Was wusste sie eigentlich über sie? So gut wie nichts – gestand sie sich ein und wenn sie ganz ehrlich zu sich war, dann interessierte es sie auch nicht sonderlich. Sie würde gleich mal in Ruhe mit Alena über alles reden und sie um Rat fragen.

Als sie zurück nach Hause kamen, war immer noch alles ruhig und das war Anna auch sehr recht so. Sie fütterte Wolle und nahm eine heiße Dusche, bevor sie sich anzog und sich die Haare föhnte. Für die Verabredung mit Alena war sie noch eine gute halbe Stunde zu früh, aber sie entschloss sich, trotzdem jetzt schon in die Stadt zu fahren, um nicht ihrer Mutter zu begegnen.

‚Schlimm genug, dass ich mich wie ein Dieb aus meinem eigenen Zuhause stehlen muss, nur um meiner Mutter aus dem Weg zu gehen', dachte sie sich, als sie die Haustür hinter sich zuzog.

29. Dezember 2017 – Freitag, 08:15 Uhr

In der Stadt war gemessen an der frühen Tageszeit schon eine Menge Betrieb. Das allseits beliebte und fast schon traditionelle Umtauschen der Weihnachtsgeschenke hatte begonnen. Anna schmunzelte, als sie durch die Fußgängerzone schlenderte und die ganzen Menschen geschäftig mit ihren Tüten von Geschäft zu Geschäft laufen sah. Viele Geschäfte öffneten erst um neun Uhr und so standen einige Leute mit langen Gesichtern vor verschlossenen Türen.

Das Café, in dem sie sich mit Alena für halb neun verabredet hatte, bot Frühstück für Frühaufsteher an und so war es auch schon recht belebt, als Anna den Gastraum betrat und sich an einen hellen Tisch vor dem Fenster mit Blick auf die Fußgängerzone setzte.

„Darf ich Ihnen schon etwas zu trinken bringen?" Unvermittelt war ein junger Kellner an ihrem Tisch aufgetaucht und hielt ihr die Tageskarte hin.

„Ich nehme einen Cappuccino, das Essen bestellen wir später", erwiderte Anna das freundliche Lächeln des Angestellten und nahm die ihr angebotene Karte entgegen.

Nur wenige Minuten später brachte der Kellner ihr den mit Kakaopulver verzierten Cappuccino und Anna rührte gedankenverloren in dem Milchschaum, während sie aus dem Fenster schaute und die Menschen beobachtete, die in der Fußgängerzone auf- und abliefen.

„Guten Morgen", erklang Alenas warmherzige Stimme. „Wartest du schon lange?"

Anna schüttelte den Kopf und die beiden Freundinnen umarmten einander.

„Nein, aber ich habe die Flucht von zu Hause ergriffen", erklärte Anna ihrer Freundin. „Aber das ist eine lange Geschichte, die erzähle ich dir gleich in Ruhe, wenn unser Frühstück da ist. Setz dich doch erst einmal."

Alena nahm ihrer Freundin gegenüber Platz. „Jetzt machst du mich aber neugierig", fragte sie nach. „Du hast die Tage am Telefon schon so ein paar komische Andeutungen gemacht. Was ist denn bei euch los? Probleme mit Robert oder den Kindern?"

„Nein, absolut nicht", lachte Anna ob des beunruhigten Blickes ihrer Freundin und ehemaligen Therapeutin. „Aber meine Mutter ist an Weihnachten plötzlich bei uns aufgetaucht." Ihre Miene verfinsterte sich bei dem Gedanken.

Alena zog überrascht die Augenbrauen hoch. „Deine Mutter? Entschuldige, ich wusste gar nicht, dass du eine Mutter hast. Solange wir uns kennen, war nie die Rede von deiner Mutter. Wo kommt die denn auf einmal her?"

„Das haben wir uns auch gefragt, als sie auf einmal mit ihrem Koffer vor der Tür stand. Naja, jetzt ist sie auf jeden Fall da und es sieht ganz danach aus, als würden wir sie auch so schnell nicht wieder los."

Der Kellner kam und nahm die Bestellung entgegen.

„Erzähl mal in Ruhe", forderte Alena ihre Freundin auf. „Was ist denn jetzt mit deiner Mutter?"

Anna begann die ganze Geschichte von vorne zu erzählen, ihre Freundin hörte ihr aufmerksam zu. Zwischendurch wurde das Frühstück gebracht.

„Und nachdem Robert und ich ihr gestern Abend gesagt haben, dass sie nicht weiter bei uns wohnen kann, kam sie endlich mit der Wahrheit raus. Sie hat in Spanien alles verloren, hat kein Geld und keine Bleibe mehr und nur deswegen ist sie zurückgekommen. Mit Sinn für die Familie hat das definitiv nichts zu tun und es war auch nicht ihre Sehnsucht, ihren Enkel kennen zu lernen, sondern reine Berechnung. Sie wusste einfach nicht mehr, wo sie hin sollte", schloss Anna ihre Erzählung mit bitterem Unterton in der Stimme.

„Das ist ja mal ein wirklich dickes Ding." Alena war ehrlich erstaunt. „Aber ich gebe dir Recht, bei euch kann sie wirklich nicht bleiben. Das würde früher oder später in einer Katastrophe enden."

„Und was sollen wir jetzt tun?", fragte Anna. „Wir können sie ja schlecht mitsamt ihren Taschen auf die Straße setzen und unter der Brücke schlafen lassen."

„Das nicht", räumte die Psychologin ein. „Aber ihr müsst eine andere Lösung finden als mit deiner Mutter unter einem Dach zu leben."

Alena wickelte nachdenklich eine Haarsträhne um ihren linken Zeigefinger. „Fast ein bisschen seltsam – eine ganz ähnliche Geschichte habe ich gestern erst gehört. Von einer jungen Frau, deren Mutter ständig wechselnde Männerbekanntschaften hatte und ihre Tochter darüber wohl vernachlässigt hat. Da muss es allerdings wohl noch einige andere schlimme Geheimnisse geben, denen ich erst noch auf den Grund gehen muss. Das Interessante in diesem Fall ist, dass sich ein junger Mann, dessen Mutter ich recht gut kenne, an mich gewandt hat, weil ihn das streckenweise etwas seltsame Verhalten seiner Freundin beunruhigt. Er möchte ihr gerne helfen, weiß aber nicht, wie er die Sache angehen soll. Das ist schon süß irgendwie", fügte Alena lächelnd hinzu, als sie an das Gespräch mit Max zurückdachte. „Dass sich Menschen immer noch so viele Gedanken umeinander machen, lässt mich hoffen, dass es noch etwas wie Menschlichkeit in unserer Gesellschaft gibt."

„Ich hoffe bloß, dass Robert etwas herausfinden konnte, wie wir das Problem mit meiner Mutter lösen können", seufzte Anna. „Ich will bestimmt kein Unmensch sein, aber bei uns kann sie definitiv nicht bleiben. Das ist, als wenn eine völlig Fremde plötzlich in unser Haus und unser Leben eingedrungen wäre – und dazu noch eine nicht wirklich nette und umgängliche Fremde", setzte sie noch dazu, woraufhin beide Frauen ob des Bildes, das Anna gerade mit ihren Worten gezeichnet hatte, lächeln mussten.

Alena warf einen Blick auf die Uhr und erschrak, weil es schon so spät war. „Wie die Zeit verfliegt – ich muss jetzt los, aber ich melde mich bei dir, wenn mir etwas einfällt, das euch bei dem Problem mit deiner Mutter helfen könnte."

Sie umarmte ihre Freundin. „Und halt die Ohren steif, das hier werdet ihr auch meistern."

Im Gehen wandte sich die Psychologin noch einmal um. „Und bis zu unserem nächsten Treffen lassen wir nicht wieder so viel Zeit ins Land gehen. Ab jetzt machen wir das mal wieder regelmäßig."

Anna schaute ihrer Therapeutin und FreundIn, die viel mehr das letzte als das erste geworden war, noch einen Augenblick nach, dann machte auch sie sich auf den Heimweg – zurück in die Höhle des Löwen, die

hoffentlich in absehbarer Zeit wieder ihr
harmonisches Zuhause werden würde.

29. Dezember 2017 – Freitag, 11:00 Uhr

„Guten Morgen, was macht die Kunst?"

Mit diesen Worten betrat Kommissariatsleiter Jürgen Schulte das Büro, in dem Robert heute noch allein war. Dennis Winterberger hatte zwischen den Feiertagen Urlaub und war irgendwo im verschneiten Österreich zum Skilaufen. Robert, der sich nach den Anfangsschwierigkeiten durchaus an den neuen Kollegen gewöhnt hatte, auch wenn er seine vertraute Kollegin und Freundin immer noch vermisste, genoss es, das Büro mal wieder ganz für sich zu haben und in Ruhe seinen Gedanken nachhängen zu können. Die drei Giftmorde ließen ihn nicht los und er wollte diesen Fall unbedingt lösen.

„Na ja, bis auf die Tatsache, dass hier nach wie vor drei ungelöste Mordfälle auf dem Tisch liegen, von denen ich immer noch nicht den endgültigen Zusammenhang kenne und einen sehr ungewollten Besuch, der unser Leben zu Hause mächtig durcheinander bringt, ist alles wie immer."

Robert deutete auf die ‚Tapete', wie sie das große weiße Papier nannten, auf dem er in den letzten Wochen alles Relevante zu den drei Morden zusammengetragen hatte.

„Es ist wie verhext", sagte er zu seinem Chef, „jedes Mal, wenn wir glauben eine Spur zu haben, dann marschieren wir schnurstracks in die nächste Sackgasse. Inzwischen wissen wir, dass alle drei Männer wohl vor Jahren außereheliche Affären hatten, aber der Verbindungspunkt zwischen ihnen ist einfach nicht da. Es gibt weder einen gemeinsamen Bekanntenkreis noch berufliche Verbindungen oder Überschneidungen irgendwelcher Art. Namen von den Affären kann uns natürlich auch niemand mehr sagen."

„Wie läuft es mit dem Kollegen Winterberger?", fragte Schulte, dem die Spannungen zu Beginn der Zusammenarbeit nicht entgangen waren.

„Sagen wir mal so", versuchte Robert, es zu erklären, „wir haben zu einem Weg gefunden, wie wir ordentlich zusammen arbeiten können. Er wird Marina natürlich nie ersetzen können, aber es wird ja mit Sicherheit noch ein wenig dauern, bis sie wieder zurück in den Dienst kommt. Es ist, wie es ist und wir werden uns schon aneinander gewöhnen."

„Wie geht es Frau Thomas denn?", erkundigte der Leiter des K9 sich.

„Gut", lächelte Robert bei dem Gedanken an das letzte Treffen an Weihnachten. „Beide können die Geburt kaum noch erwarten und es ist ja auch nicht mehr lange, bis das Kleine endlich da ist."

„Wissen die beiden denn schon, was es wird?"

„Nein, das soll eine Überraschung werden, aber ich persönlich tippe darauf, dass es ein Junge wird", grinste Robert seinen Chef an.

„Und wie kommen Sie darauf?"

„Bauchgefühl." Robert zuckte mit den Schultern.

„Dann wird es wahrscheinlich wirklich ein Junge", stimmte Schulte zu.

„In ein paar Wochen wissen wir hoffentlich mehr. Ich werde gleich noch einmal versuchen, die Sekretärin unseres zweiten Mordopfers zu erreichen. Vielleicht hat sie sich inzwischen ja an einen oder mehrere Namen der Affären ihres Chefs erinnert. Wenn ich von ihr auch keine Namen bekomme, weiß ich so langsam nicht mehr, wo wir ansetzen sollen. Dann können wir nur noch auf Kommissar Zufall hoffen."

„Machen Sie heute nicht zu lang", riet Schulte seinem Kommissar. „Ich glaube nicht, dass es in den nächsten Tagen einen weiteren Mord geben wird."

„Wollen wir es hoffen", sagte Robert, der im Laufe des Tages auf jeden Fall noch versuchen wollte, eine Lösung für das Besuchsproblem zu Hause zu finden.

„Dann lasse ich Sie jetzt mal weiterarbeiten." Mit diesen Worten verabschiedete sich Schulte. In der Tür drehte er sich noch einmal um. „Bis circa fünfzehn Uhr bin ich heute hier, dann werde ich mich auch ins Wochenende begeben, und das sollten Sie auch tun."

Noch bevor er Heidelore Weis anrief, tätigte Robert einige Anrufe beim Sozialamt und der Verwaltung. Die Antworten, die er dort bekam, stellten ihn nicht wirklich zufrieden. Um Sozialwohnungen war es in und um Hannover ausgesprochen schlecht bestellt. Dazu kam, dass Annas Mutter ja jahrelang im Ausland gelebt hatte und in Deutschland keine Abgaben gezahlt hatte. Ihr standen also zunächst einmal keine oder sehr geringe Leistungen zu und da sie aktuell ja nicht obdachlos war, gab es auch keinen Anlass für ihre Unterbringung in einem Obdachlosenheim. Also durchstöberte Robert im Internet alle Wohnungsanzeigen für Einzimmer-Apartments, die so erschwinglich waren, dass Anna und er sie auch für die nächsten Monate notfalls bezahlen konnten, bis die Frage der Leistungen endgültig geklärt war. Sie verdienten beide recht ordentlich und sein Familienfrieden war es ihm auf jeden Fall wert. Allerdings würden sie Annas Mutter ernsthaft ins Gewissen reden müssen, dass sie sich einen Job suchte – wenigstens auf 450 €-Basis. Plötzlich kam ihm eine Idee. Er würde auf dem Heimweg in dem kleinen Blumenladen vorbeifahren, in dem er häufiger Blumen für seine Frau geholt hatte, denn dort hatte er letztens ein Schild gesehen, dass eine Aushilfe gesucht wurde.

Er wählte die Nummer von Frau Weis, die beim dritten Klingeln schon abhob.

„Weis", meldete sie sich.

„Hallo Frau Weis, hier ist Robert Kunz von der Mordkommission", brachte er sich in Erinnerung. „Wir waren vor einiger Zeit schon einmal bei Ihnen wegen des ungeklärten Todes Ihres ehemaligen Chefs."

„Ja natürlich erinnere ich mich", bestätigte die Sekretärin. „Was kann ich denn noch für Sie tun?"

„Wir sind immer noch auf der Suche nach Hinweisen, die uns bei der Suche nach dem Mörder helfen", erklärte Robert der Frau. „Haben Sie sich eventuell in der Zwischenzeit noch an etwas erinnern können – Namen, Orte, irgendwelche Besonderheiten?"

„Ich hätte mich in den nächsten Tagen sowieso bei Ihnen gemeldet." Frau Weis klang ein wenig schuldbewusst. „Ich bin nur wegen des ganzen Trubels während der Feiertage noch nicht dazu gekommen."

„Das macht doch nichts, wir sind wirklich für jeden Hinweis dankbar." In Robert machte sich die Erregung breit. Vielleicht bekamen sie endlich die ersehnte heiße Spur, auf die sie so lange gewartete hatten.

„Ich habe meine alten Kalender alle noch einmal durchgeschaut und Ihnen eine Liste mit all den Namen gemacht, die ich im Laufe der Zeit notiert habe. Leider sind häufig nur Vornamen und Telefonnummern dabei und ob es diese Anschlüsse noch gibt, das kann ich Ihnen natürlich nicht sagen."

„Das sind ja tolle Neuigkeiten", bedankte Robert sich, „und das hilft uns bestimmt einen großen Schritt weiter. Ist es Ihnen Recht, wenn ich die Liste heute noch bei Ihnen abholen komme?"

„Natürlich können Sie die Unterlagen heute bei mir abholen", sagte Frau Weis. „Ich habe allerdings gleich noch eine private Verabredung zum Mittagessen und bin erst gegen vierzehn Uhr wieder zu Hause. Wäre es Ihnen möglich, dann vorbei zu kommen?"

„Natürlich richte ich mich ganz nach Ihnen." Robert konnte seine Aufregung in der Stimme kaum verbergen. „Dann bin ich um vierzehn Uhr bei Ihnen. Vielen Dank schon einmal."

Nachdem er aufgelegt hatte, lief er in seinem Büro vor der ‚Tapete' auf und ab wie ein Tiger im Käfig, der auf seine Fütterung wartete. Vielleicht war das endlich der Durchbruch und sie hatten die Verbindung zwischen den Morden entdeckt. Vorausgesetzt, seine Theorie bestätigte sich.

Er holte sich das Telefon und tippte die private Nummer von Marina und Hartmut ein. Er wusste, dass Hartmut bis zum 2. Januar noch Urlaub hatte, aber das hier duldete keinen Aufschub.

„Thomas", meldete sich die vertraute Stimme von Marina.

„Ich bin's, Robert", sagte er und freute sich einen kurzen Moment an der Vertrautheit, die zwischen ihnen einfach da war. „Ist deine bessere Hälfte vielleicht auch zu Hause?"

„Klar, ich geb ihm das Telefon. Scheint ja was mächtig Dringendes zu sein", lachte sie.

„Lach nicht, ist es auch." Er wartete, bis Hartmut sich mit seinem Bariton meldete. „Hallo Hartmut, es tut mir echt Leid, dass ich dich, euch in deinem wohlverdienten Urlaub stören muss, aber ich habe gerade eben mit der Sekretärin unseres zweiten Mordopfers gesprochen. Sie hat uns eine Liste mit Namen und Telefonnummern zusammengestellt, allerdings sind die Telefonnummern alle von anno dazumal. Kannst du die Anschlüsse trotzdem noch herausfinden?"

„Puh, du willst es aber wissen", antwortete sein Kollege. „Ich kann es über die alten Datenbanken der Telefongesellschaften versuchen, aber das wird mit Sicherheit ein paar Tage dauern."

„Super, ich hole die Daten heute Mittag ab, mache dir eine Kopie und bringe sie dir vorbei."

„Hej, ich habe Urlaub", protestierte Hartmut halbherzig, doch er wusste bereits, bevor er den Satz zu Ende gesprochen hatte, dass dieser Protest ungehört verhallen würde.

„Tut mir Leid", lachte Robert, „da kann ich jetzt nur bedingt Rücksicht drauf nehmen. Wie haben unsere Eltern immer gesagt? Augen auf bei der Berufswahl."

„Na gut, dann bring die Sachen eben heute Nachmittag vorbei. Aber wag es dich, keinen Kuchen mitzubringen. Und auf jeden Fall was mit Obst, Marina fährt im Moment voll auf Obst und Kuchen ab."

„Alles ok, wird erledigt", stimmte Robert zu. „Dann bis später."

29. Dezember 2017 – Freitag, 14:00 Uhr

Bis halb zwei hatte Robert im Büro noch den ganzen Papierkram erledigt, auch wenn er nicht die richtige Ruhe dafür hatte. Das Versprechen von Frau Weis, ihm die Liste zur Verfügung zu stellen, hatte in ihm neue Hoffnung wach werden lassen.

Um Punkt vierzehn Uhr klingelte er in der Fritz-Behrens-Allee bei Frau Weis, die ihm auch umgehend öffnete.

„Guten Tag, Frau Weis", begrüßte er die adrett gekleidete Dame, die ihm mit einer Geste bedeutete, doch einzutreten.

„Möchten Sie eine Tasse Kaffee trinken?", bot sie ihm an und auch wenn Robert es eigentlich eilig hatte, wollte er aus Höflichkeit nicht ablehnen. Also nahm er an dem Esstisch Platz, während Frau Weis zwei Tassen und ein Schälchen mit Keksen aus der Küche holte.

„Sie sagten, Sie haben die alten Kalender noch einmal durchgesehen?", lenkte Robert das Gespräch auf die begehrte Namensliste, kaum dass sie gegenüber am Tisch Platz genommen hatte.

„Nach unserem letzten Gespräch habe ich in Ruhe noch einmal über alles nachgedacht und mir ist eingefallen, dass ich zusätzlich zu meinen Kalendern noch einen Tischkalender geführt habe. Und weil ich ab und zu die ‚Gespielinnen'", sie machte virtuelle Anführungszeichen in die Luft, „meines Chefs anrufen musste, um Termine abzusagen oder zu verschieben. Aus diesem Grund hatte ich mir verschiedentlich die Namen und Telefonnummern aufgeschrieben, die er mir gesagt hat."

Sie schob ihm ein DIN A4-Blatt über den Tisch, auf dem insgesamt neun Namen mit Telefonnummern standen.

„Leider hatte ich nicht mehr alle Kalender und ich weiß auch nicht, wie viele Affären Her Mühlbauer noch hatte, von denen ich nichts wusste", fuhr sie fort, „aber ich hoffe, das hier hilft Ihnen vielleicht doch weiter."

Robert nahm den letzten Schluck von seinem Kaffee. „Bestimmt hilft es uns weiter. Ich bringe die Liste jetzt zu meinem Kollegen von der KTU und dann sehen wir, was er zu den Namen und Telefonnummern herausfinden kann."

Er erhob sich. „Vielen Dank für Ihre Mühe." Er reichte der Frau die Hand.

29. Dezember 2017 – Freitag, 14:30 Uhr

Auf dem Weg zu Marina und Hartmut hatte Robert an einer Bäckerei angehalten und eine Platte mit gemischten Tortenstücken besorgt. Schließlich wollte er seine Kollegen ja bei Laune halten.

„Na, da ist ja unser Störenfried." Mit diesen Worten empfing Hartmut ihn an der Haustür.

„Aber ich habe den bestellten Kuchen mitgebracht." Triumphierend hielt Robert ihm das Tablett entgegen.

„Höre ich da Kuchen?", erklang Marinas Stimme aus dem Flur.

Etwas schwerfällig kam sie an die Tür. Inzwischen sah man ihr die fortgeschrittene Schwangerschaft deutlich an.

„Für meine Lieblingskollegen immer nur das Beste", scherzte Robert und umarmte Marina.

„Lass dich bloß nicht einwickeln", grinste Hartmut. „Er ist nicht bloß vorbei gekommen, um mit uns bei einer netten Tasse Kaffee und Kuchen zu plauschen. Er hat auch Arbeit mitgebracht."

Marina lachte auf. „Dafür kenne ich ihn gut genug. Das war mir schon klar, dass er nicht ohne Arbeit hier aufkreuzt. Was hast du uns denn Feines mitgebracht?"

„Zeige ich euch, wenn ihr mich reinlasst."

„Oh, klar doch." Hartmut trat einen Schritt zur Seite und schloss die Tür hinter Robert. Sie gingen ins Esszimmer und setzten sich dort an den Tisch.

„Was möchtest du trinken?", fragte Marina und wollte sich auf den Weg in die Küche machen, doch Hartmut hielt sie auf.

„Du setzt dich jetzt mal schön hin", sagte er bestimmt und drückte sie auf den Stuhl am Esstisch. „Den Tisch kann ich auch decken."

„Ich hätte gerne einen Tee, Kaffee hatte ich gerade schon reichlich, als ich die Liste mit den Namen abgeholt habe."

Nur wenige Minuten später kam Hartmut mit einer Kanne Tee und drei Tassen zurück. Auf Marinas fragenden Blick hin, sagte er: „Für uns ist Tee auch besser als Kaffee, für dich sowieso."

Marina rollte mit den Augen. „Bin ich froh, wenn das Baby endlich da ist und ich nicht mehr ständig bevormundet werde."

Alle drei mussten lachen.

„So, und jetzt zeig her, was du mitgebracht hast", forderte Marina ihn auf, nachdem Hartmut eingeschenkt hatte und die Platte mit dem Kuchen in der Mitte des Tisches stand. Marina angelte sich ein Stück Erdbeerboden.

„Ich liebe Erdbeerboden", sagte sie, nachdem sie die erste Gabel in den Mund gesteckt hatte.

„Ich habe noch einmal Kontakt mit der Sekretärin unseres zweiten Opfers aufgenommen und sie hat sich noch einmal alle alten Kalender vorgenommen und uns einige Namen mit Telefonnummern aufgeschrieben", begann er zu erklären.

„Aber das ist doch super", sagte Marina. „Das ist doch endlich mal ein erster Anhaltspunkt."

„Das Ganze hat nur einen kleinen Haken", merkte Robert an und zog die zusammengefaltete Liste aus der Tasche seiner Jacke. „Die Nummern haben nichts mehr mit den Telefonnummern heute zu tun. Die sind nämlich alle so rund zwanzig Jahre alt."

„Und da", er schob Hartmut die Liste über den Tisch, „kommt deine bessere Hälfte ins Spiel."

„Ah, ich verstehe", grinste Marina. „Und du hast meinen Schatz vorher angerufen und ihn gewarnt. Das war doch nett von dir", fügte sie mit unschuldigem Augenaufschlag in Richtung ihres Partners hinzu.

„Du hast gut lachen", grummelte Hartmut. „Du musst dich ja auch nicht stundenlang hinsetzen und alte Online-Telefonbücher wälzen und versuchen, die zugehörigen Nachnamen zu den Vornamen der Damen herauszufinden, die bei meinem Glück alle auch noch zwischenzeitlich mindestens einmal geheiratet haben."

„Du schaffst das schon", sagte Marina. „Ich glaube fest an dich. Und es ist ja schließlich unsere einzige Spur."

„Sieht so aus, als wäre das sowieso schon entschieden und ich werde hier ja scheinbar nicht gefragt, also alles wie immer", stöhnte Hartmut, doch es war zu hören, dass er es nicht so ganz ernst meinte. „Gib das Zeug schon her, ich werde sehen, was sich machen lässt, aber versprechen kann ich nichts."

„Das reicht mir schon", grinste Robert. „Und jetzt mache ich mich so langsam auf den Heimweg, vorher werde ich allerdings noch Blumen für meine Frau holen, bevor wir uns mit dem Schwiegermonster auseinander setzen."

„Was ist denn jetzt eigentlich mit Annas Mutter?", wollte Marina wissen. „Will sie nicht so langsam wieder nach Hause fahren?"

„Stimmt, das wisst ihr ja noch gar nicht", sagte Robert. „So einfach lässt sich dieses Problem leider nicht lösen. Genau mit diesem Vorschlag haben wir Annas Mutter gestern auch konfrontiert, weil ich nicht mehr länger unseren Familienfrieden gefährden möchte. Und da ist sie dann mit ein paar Sachen herausgerückt, die sie uns vorsichtshalber zu Beginn ihres Besuches verschwiegen hat."

Marina und Hartmut blickten sich erstaunt an. Was jetzt wohl kommen würde?

„Und das wäre?" Marina konnte ihre Neugier kaum bezähmen.

„Dass sie gar nicht zurück kann, weil sie kein Zuhause mehr in Spanien hat. Ihr letzter Lebensgefährte ist wohl in Liebe zu einer jüngeren entbrannt und weil sie nichts vorher geregelt hatte, hat er die materiellen Vorteile gleich mit eingepackt. Fakt ist auf jeden Fall – jetzt steht sie da ohne Dach über dem Kopf, ohne Geld und ohne Partner. Und in dieser Notsituation hat sie sich dann plötzlich an die Familienbande erinnert."

„Ganz großes Kino", tat Hartmut sarkastisch seine Meinung dazu kund. „Was stellt sie sich denn jetzt vor? Dass sie sich bei euch ins gemachte Nest setzt, bis sie den nächsten Typen irgendwo aufgabelt, wenn sie überhaupt noch jemanden findet, so ganz taufrisch ist sie ja nun auch nicht mehr", fügte er breit grinsend hinzu.

„Du lachst", sagte Robert. „Uns ist gar nicht danach zumute. Wir können sie schlecht einfach auf die Straße setzen, aber bei uns bleiben kommt definitiv auch nicht in Frage."

„Was wollt ihr denn jetzt machen?" Marina, die gesehen hatte, wie Anna der Besuch ihrer Mutter zugesetzt hatte, hatte Mitleid mit den beiden.

„Ganz ehrlich, ich habe noch keine richtig brauchbare Idee. Leistungen vom Staat stehen ihr nur bedingt zu, Grundsicherung ja, aber mehr nicht. Also wird uns wohl nichts Anderes übrig bleiben, als eine billige, kleine Wohnung für sie suchen und solange sie nichts dazu verdient, werden wir den Rest wohl bezahlen. Das ist mir die Ruhe zu Hause wert, das kannst du mir glauben", sagte er mit grimmigem Unterton.

„Hört sich nicht gerade besonders einfach ein. Da drücke ich euch mal alle Daumen, dass das möglichst schnell über die Bühne geht."

„Das hoffe ich auch. So, jetzt muss ich aber wirklich los, ich möchte ausnahmsweise freitags mal ein wenig früher zu Hause sein. Und – da ich an Silvester und Neujahr keine Bereitschaft habe, könnten wir vier uns doch treffen und gemütlich ins Neue Jahr feiern."

Marina war begeistert. „Das machen wir. Gemütlicher Abend bei uns", schlug sie vor. „Ihr bringt Wolle mit und dann haben wir unsere Ruhe."

29. Dezember 2017 – Freitag, 16:00 Uhr

Auf dem Weg nach Hause hielt Robert an dem kleinen Blumenladen mit der netten Inhaberin an. Die melodische Glocke erklang, als er die Tür öffnete, aber niemand stand hinter der Theke.

„Einen Moment, ich bin sofort für Sie da", erklang eine junge Stimme aus einem der hinteren Räume.

„Lassen Sie sich Zeit", antwortete er. „Ich schaue mich noch ein wenig um. Ich weiß sowieso noch nicht, was ich genau haben möchte."

Robert schlenderte zwischen den Regalen her und sog den verführerischen Duft nach frischen Blumen tief ein. In dieser dunklen Jahreszeit vermittelte dieser Geruch ein wenig den ersten Vorgeschmack auf den Frühling, auf den alle so sehnsüchtig warteten, auch wenn jeder wusste, dass es noch dauern würde. Sein Blick blieb an ein paar Töpfen mit prächtigen Orchideen hängen, die in voller Blüte standen.

„Was kann ich für Sie tun?" Mit diesen Worten trat eine junge Frau auf ihn zu. Sie hatte dunkelblondes, halblanges Haar und blaugrüne Augen, die sie niederschlug, als Robert sie interessiert anblickte.

Robert zeigte auf das Regal mit den Orchideen. „Ich finde die hier total schön. Sind sie sehr schwer zu pflegen? Muss ich etwas Besonderes beachten, wenn ich sie meiner Frau schenke?"

„Nein", lächelte die junge Frau. „Sie müssen nicht viel wissen. Orchideen mögen einen warmen, hellen Platz, wo sie stehen bleiben. Einmal die Woche gießen Sie die Pflanzen und dann werden Sie lange Freude daran haben."

„Dann möchte ich gerne diese zweifarbige hier haben." Mit diesen Worten deutete er auf eine besonders farbenprächtige Pflanze in einem Terracotta-Übertopf.

Die Angestellte nahm den Topf vom Regal und trug ihn zur Kasse, wo in mehreren Tonkrügen verschiedene Dekostecker standen. Darunter waren Marienkäfer, Zwerge und Blumen.

„Den hier hätte ich gerne auch noch dazu." Robert zog einen Marienkäfer aus dem Krug und reichte ihn über die Theke.

„Gute Wahl", lächelte die Verkäuferin. „Möchten Sie Zellophanpapier oder reicht auch normales Papier? Mit Rücksicht auf die Umwelt", fügte sie hinzu.

„Sie haben Recht, normales Papier reicht völlig aus", sagte Robert. „Zu Hause wird sie ausgepackt, da ist das hier genug."

Sein Blick fiel auf einen Aushang neben der Kasse. *,Aushilfe für den Verkauf stundenweise auf 450,- Euro-Basis gesucht'* stand dort.

„Oh, Sie suchen noch eine Aushilfe." Er zeigte auf das Blatt.

„Ja, aber da müssten Sie mit der Chefin reden", sagte sie. „Ich gebe Ihnen gerne eine Visitenkarte mit, dann können Sie die Chefin anrufen. Sie sehen aber nicht so aus, als suchten Sie einen Job."

„Nein, um Himmels willen, ich habe mehr als genug zu tun und meine Frau auch", lachte Robert. „Aber ich wüsste vielleicht jemanden, der einen Nebenjob gebrauchen kann." Er nahm die verpackte Blume und die Karte entgegen. „Vielen Dank, was bin ich Ihnen schuldig?"

„Die Orchidee und der Dekostecker, das sind zusammen 18,90 €", sagte sie.

Robert reichte ihr einen Zwanzig-Euro-Schein. „Das stimmt so, der Rest ist für Ihre Kaffeekasse. Ich gehe doch davon aus, dass Sie so etwas haben. Ich wünsche Ihnen noch ein schöes Wochenende."

Pfeifend verließ er den Blumenladen und machte sich auf den Weg nach Hause. Anna würde sich über die Blumen freuen und ihre Mutter würde er wegen des Jobs in den Laden schicken. Schadete ihr mit Sicherheit nicht, ein wenig Freundlichkeit zu üben.

31. Dezember 2017 – Sonntag, 19:00 Uhr

„Wir sind dann jetzt weg", verabschiedeten sich Anna und Robert von Annas Mutter, die im Flur stand wie ein begossener Pudel und ihnen nachblickte.

„Ihr wollt mich jetzt am Silvesterabend doch nicht hier allein lassen", startete sie noch einen letzten Versuch mit weinerlicher Stimme, doch mitgenommen zu werden.

„Doch, wir sind bei unseren Freunden eingeladen und wenn Robert ausnahmsweise einmal an einem Feiertag keine Rufbereitschaft hat, dann möchten wir den Abend auch für uns nutzen", antwortete Anna mit fester Stimme. Tom, Hanno und Pauline waren mit anderen aus der Schule verabredet und würden erst am nächsten Tag zurück sein und sie hatte sich seit zwei Tagen auf den gemeinsamen Abend mit Marina und Hartmut gefreut. Es würde ihr vorläufig letzter Pärchenabend vor der Geburt des Babys werden und den würden sie genießen.

„Dir einen schönen Abend, du kannst dir ja eine deiner Sendungen im Fernsehen anschauen", fügte Anna noch hinzu, bevor sie mit Wolle an der Leine das Haus verließen.

Laura beendete ihre Zwölfstundenschicht pünktlich, die Ablösung wartete schon auf der Wache. Sie war hundemüde und hatte Hunger bis unter die Arme, weil sie den ganzen Tag nicht zum Essen gekommen waren. Am liebsten wäre sie nach einer schnellen Dusche nur noch in ihr Bett gefallen und hätte sich ausgeschlafen. Aber sie hatte Max versprochen, dass sie den Silvesterabend zusammen verbringen würden. Er wollte etwas zu essen mitbringen und sich einen gemütlichen Abend mit ihr machen. Sie befürchtete lediglich, dass sie Mitternacht nicht mehr wach erleben würde.

Punkt acht Uhr klingelte es an ihrer Tür. Ihre Haare waren noch feucht von der Dusche und sie hatte sich einen Kapuzenpulli und eine bequeme Baumwollhose angezogen, die ihre schlanke und doch weibliche Figur verdeckten.

„Einen wunderschönen guten Abend, junge Frau", begrüßte Max sie mit seinem lausbubenhaften Lächeln und einer Tüte in der Hand, aus der es verführerisch duftete. „Ich habe mir erlaubt, heute kochen zu lassen", sagte er und Laura trat einen Schritt zurück, um ihn reinzulassen.

„Wie war dein Tag?", wollte er wissen, während sie den Tisch deckten.

„Das willst du nicht wirklich wissen." Mit einem tiefen Seufzer ließ sie sich auf den Stuhl fallen und zog die Beine in den Schneidersitz.

„So schlimm?"

„Schlimmer", sagte sie. „Ab Mittag sind wir ohne Pause unterwegs gewesen – Jugendliche, die meinen, mit Feuerwerk rumspielen zu müssen und andere, die schon am Nachmittag so betrunken sind, dass sie den Abend nicht mehr erleben. Ein Zehnjähriger hat sich beim Zündeln mit Feuerwerk schwere Verbrennungen an der Hand zugezogen und den Zeigefinger amputiert. Da hat er jetzt den Rest seines Lebens was von. Ich verstehe nicht, wie man so unvernünftig sein kann. Und dabei hat er noch Glück gehabt. Wenn die Augen betroffen gewesen wären, hätte er unter Umständen vollständig erblinden können." Sie schüttelte verständnislos den Kopf.

„Vergiss den Tag, jetzt essen wir in Ruhe etwas und dann gucken wir uns spannende Silvestershows im Fernsehen an."

Laura musste lachen. „Das hört sich ja nach einem total spannenden Abend an. Ich muss dich aber warnen, ich befürchte, ich werde heute Abend nicht mehr alt. Ich bin hundemüde."

„Das macht nichts, dann schläfst du auf der Couch und ich bewache deinen Schlaf", grinste er. „Aber jetzt essen wir erst was Vernünftiges."

Um halb acht klingelten Anna und Robert bei ihren Freunden an der Haustür. Marina öffnete, ihr Bauch war inzwischen kugelrund und sie bewegte sich mit den typisch schwerfälligen Schritten einer Schwangeren.

„Schön, dass ihr da seid", begrüßte Marina die beiden. „Du natürlich auch." Mit diesen Worten streichelte sie Wolle über den Kopf, der ihr freudig wedelnd die Hand leckte.

Sie setzten sich im Wohnzimmer an den großen Esstisch, auf dessen Mitte bereits der Raclette-Grill stand. Drumherum waren die Teller mit den Zutaten aufgebaut.

„Gut, also futtern bis zum Fresskoma", grinste Robert. „Nutz es aus, noch darfst du ja für zwei", sagte er in Marinas Richtung, die diese Bemerkung auch prompt mit einem Tritt vors Scheinbein quittierte.

Gemeinsam verlebten sie einen gemütlichen Silvesterabend, um Mitternacht schauten sie sich von der Terrasse aus das Feuerwerk an und um halb drei machten sich Anna und Robert auf den Weg nach Hause. Zu Fuß war es eine knappe halbe Stunde, doch sie genossen den Spaziergang durch die kalte, trockene Winterluft und Wolle freute sich, dass die Knallerei vorbei war und er noch zu einem späten Spaziergang kam.

„Spätestens am Dienstag soll sich deine Mutter in dem Blumenladen bewerben, wo ich die Stelle gesehen habe", sagte Robert, als die Hand in Hand die Straße entlang schlenderten.

„Das wird ihr überhaupt nicht gefallen", bemerkte Anna.

„Das mag sein, aber im Moment interessiert nicht, was ihr gefällt und was nicht", entgegnete Robert. „Sie wird jetzt das tun, was wir ihr sagen. Schließlich nimmt sie unsere finanzielle Unterstützung ja auch an. Also wird sie sich jetzt einfach mal fügen müssen. Ich möchte, dass so schnell wie möglich wieder Ruhe bei uns zu Hause einkehrt."

Laura war nach dem Essen ziemlich bald auf der Couch eingeschlafen. Max blieb neben ihr sitzen und schaute abwesend in den Fernseher. Seine Gedanken drehten sich um das Gespräch mit der Psychologin und Lauras seltsames Verhalten. Was sollte er nur tun, um ihr zu helfen? Er war sich nicht sicher, ob es klug war, sich in ihr Leben einzumischen. Sie hatte das schon früher nicht gemocht und er wollte nicht riskieren, sie erneut zu verlieren.

Laura regte sich unruhig im Schlaf. Mit den Händen machte sie eine abwehrende Handbewegung und unwillkürlich rutschte Max ein Stückchen weiter in die Ecke der Couch, damit sie sich auf keinen Fall bedrängt fühlte.

Er hatte eine Idee. Er würde versuchen, Lauras Mutter ausfindig zu machen und sie dann zur Rede stellen. Er musste wissen, was in ihrer Kindheit vorgefallen war.

02. Januar 2018 – Dienstag, 08:30 Uhr

Sie stand etwas abseits und wartete, dass die Frau wie jeden Morgen um diese Zeit ihr Haus zum Einkaufen verließ. In der rechten Jackentasche war die Tüte mit dem chloroformierten Tuch.

Die Haustür öffnete sich, die Frau trat heraus. Heute würde sie wohl nicht nur zum Einkaufen gehen, denn dafür war sie zu aufgedonnert. Offensichtlich ging sie aus, um sich mit einem neuen Mann zu treffen. Die Frau ging langsam die Straße hinunter, sie folgte ihr in gebührendem Abstand, um nicht bemerkt zu werden. Einige hundert Meter weiter war die Bushaltestelle, an der sie immer die Linie ins Zentrum von Hannover nahm. An einem Morgen wie heute, an dem noch Schulferien waren und die meisten Leute Urlaub hatten, würde niemand außer ihr dort stehen und sie könnte ihren Plan vollenden.

Jetzt blieb sie an der Haltestelle stehen, bis der Bus kam, würden noch gut zehn Minuten vergehen. Langsam näherte sie sich von hinten, zog das chloroformierte Tuch langsam aus der Tasche – stets darauf bedacht, sich nicht durch das Knistern der Tüte zu verraten und sie auf sich aufmerksam zu machen – und presste es der überraschten Frau im nächsten Moment aufs Gesicht. Ein kurzes Zucken und Aufbäumen, dann sackte die Frau in sich zusammen.

Sie zog sie die wenigen Schritte zu ihrem Auto und hievte sie in den Kofferraum. Dort verband sie ihr die Augen und fesselte ihr die Hände auf dem Rücken. Mit dem Wagen fuhr sie zurück zur Adresse der Frau, setzte rückwärts in die Einfahrt und brachte sie in den Keller, wo sie sie auf ein altes Sofa legte und so fixierte, dass sie nicht wegkönnen würde, wenn sie erwachte. Einige Minuten stand sie noch unschlüssig und schwer atmend da, ihr Atem ging so schnell, als hätte sie eben einen Marathon gelaufen. Dann verließ sie den Keller und fuhr mit dem Wagen nach Hause. Heute Nachmittag würde sie wiederkommen und es endlich zu Ende bringen. Ihr Albtraum würde ein Ende haben und vielleicht könnte sie mit Max irgendwann ganz weit weg ein neues Leben beginnen.

Das Einwohnermeldeamt war am Berneroder Rathausplatz 1. Max stellte seinen Wagen an der Lelne ab und ging den Rest zu Fuß. Er hatte keine Ahnung, ob es richtig war, was er hier vorhatte, aber er musste es versuchen, wenn er eine Chance auf ein Leben mit Laura haben wollte.

„Herein", sagte eine weibliche Stimme, nachdem er an die Tür des Einwohnermeldeamtes geklopft hatte.

„Guten Morgen." Max trat ein und nahm auf dem Stuhl gegenüber des Schreibtisches Platz, auf den die etwa fünfzigjährige Dame wies. Sie sah humorlos und unerbittlich aus, ihre Haare waren im Nacken zu einem strengen Knoten zusammengebunden.

„Was kann ich für Sie tun?", fragte sie Max, der auf einmal nicht mehr so richtig wusste, wie er sein Anliegen erklären sollte.

„Nun, ich möchte gerne ...", suchte er nach Worten.

Die Dame hinter dem Schreibtisch wurde ungeduldig. „Sie müssen mir schon sagen, was Sie gerne wissen möchten, wenn ich Ihnen helfen soll und ich habe nicht den ganzen Tag Zeit, junger Mann. Also reden Sie schon."

„Es ist nicht ganz so einfach zu erklären", startete Max einen zweiten Versuch. „Ich bin auf der Suche nach jemandem, aber die Dame ist nicht mit mir verwandt, sondern sie ist die Mutter meiner Freundin."

„Und warum kommt ihre Freundin dann nicht selber hierher, wenn sie nach ihrer Mutter sucht?"

„Genau genommen sucht meine Freundin gar nicht nach Ihrer Mutter und sie weiß auch nicht, dass ich heute hier bin." Max entschied sich für die Wahrheit. „Wir haben schon zu unserer Schulzeit im gleichen Haus gewohnt und ich glaube, dass es meiner Freundin helfen würde, wenn ich Ihre Mutter finde, aufsuche und mehr über ihre Vergangenheit in Erfahrung bringen kann. Aber dafür brauche ich eben Ihre Hilfe. Ich weiß, dass Sie mir wahrscheinlich nicht helfen dürfen, aber ich wollte es wenigstens versuchen", beendete er seine Erklärung mit einem mutlosen Schulterzucken.

„Das ist allerdings wirklich eine ungewöhnliche Geschichte." Der strenge Gesichtsausdruck der Dame war etwas weicher geworden, oder täuschte er sich? „Und Sie haben Recht, dass ich Ihnen eigentlich nicht helfen darf."

„Dann gehe ich jetzt wohl besser wieder." Max wollte sich schon erheben, doch die Dame hielt ihn zurück.

„Ich habe nicht gesagt, dass ich Ihnen nicht helfen werde", sagte sie und um ihren strengen Mund spielte für den Bruchteil einer Sekunde ein kleines Lächeln. „Ich darf es offiziell wirklich nicht, aber auch im Amt kann man ja ab und zu mal ein Auge zudrücken."

Max traute seinen Ohren kaum. „Sie wollen mir wirklich helfen?"

„Ja, ich werde Ihnen helfen. Also schießen Sie mal los. Was können Sie mir denn zu der Dame sagen, die Sie finden möchten?"

„Von 1984 bis ungefähr 1990 hat sie mit Ihrer Tochter Laura Bayer in der Südstadt in einem der Hochhäuser in der Siemensstraße 20 gewohnt. Danach ist sie mit ihrer Tochter weggezogen, ich weiß aber nicht, wohin. Zu dem Zeitpunkt habe ich dann auch den Kontakt zu meiner besten Freundin Laura verloren. Durch Zufall haben wir uns vor einigen Monaten in der Stadt wiedergetroffen, aber ich werde das Gefühl nicht los, dass irgendetwas Schlimmes in Lauras Vergangenheit passiert ist und ich glaube, ich kann es nur herausfinden, wenn ich ihre Mutter finde und danach frage."

„Das ist ja richtig romantisch. Geben Sie mir einen Augenblick Zeit, ich werde sehen, was ich für Sie tun kann." Sie bewegte die Computermaus hin und her, klickte auf verschiedene Tasten und knetete angestrengt ihre Unterlippe. „Das ist gar nicht so einfach, es sieht so aus, als wäre die Dame sehr oft umgezogen."

Max wagte nicht, ein Wort zu sagen, um sie nicht zu unterbrechen. Nach einigen Minuten, die ihm wie Stunden vorkamen, nickte die Angestellte zufrieden mit dem Kopf.

„Na bitte, da haben wir es doch", sagte sie triumphierend und druckte ein Blatt aus. „Die Frau heißt nicht mehr Bayer, sondern Hohlfeld und wohnt jetzt in einem Vorort am Rande der Stadt, im Masurenweg 15."

„Vielen Dank", Max hätte die Angestellte am liebsten umarmt, doch das ließ er dann lieber bleiben und nahm stattdessen den Zettel entgegen, den sie ihm über den Tisch schob.

„Ich wünsche Ihnen viel Erfolg bei dem, was Sie vorhaben." Mit diesen Worten verabschiedete sie den jungen Mann, dessen Entschlossenheit ihr imponiert hatte. „Sie haben die Adresse natürlich nie von mir bekommen", erinnerte sie ihn.

„Auf gar keinen Fall und noch einmal vielen, vielen Dank."

02. Januar 2018 – Dienstag, 12:00 Uhr

In ihrem Körper begann sich das Leben wieder zu regen. Arme und Beine kribbelten, doch sie konnte sich nicht bewegen. Ihr Mund war trocken und für einen Moment wurde sie panisch, weil sie das Gefühl hatte zu ersticken. Sie zwang sich, ruhig zu atmen und überlegte, was sie zuletzt getan hatte und wie sie hierhergekommen war. Sie hatte heute Morgen das Haus verlassen und war zur Bushaltestelle gegangen, um von dort in die Stadt zu fahren. Das war das letzte, woran sie sich erinnern konnte. Langsam stieg die Panik wieder in ihr hoch.

Max hatte sich auf direktem Weg vom Einwohnermeldeamt zu der Adresse auf dem Zettel gemacht. „Gisela Waldmann" stand über der Adresse. Offensichtlich hatte Lauras Mutter also noch mindestens einmal nach dem Tod ihres Vaters geheiratet.

Er erreichte die Straße und ging auf das Haus zu. Weit und breit war niemand zu sehen, die ganze Gegend wirkte um diese Zeit wie ausgestorben. Er trat auf die Haustür zu, die Post steckte noch im Briefkasten, aber niemand schien zu Hause zu sein. Er klingelte – nichts rührte sich. Achselzuckend wandte Max sich ab, doch dann drehte er sich noch einmal um und ging durch den kleinen Garten hinter das Haus. Doch auch dort war alles still und niemand bewegte sich hinter den Fenstern.

Laura saß zu Hause auf dem Sofa, hatte die Beine ganz eng an den Körper gezogen und starrte vor sich hin. Das hier hatte die Vollendung ihres Plans werden sollen, doch nachdem sie jetzt so weit war, wusste sie nicht mehr, was sie tun sollte. Diese Frau hatte ihr das größte Leid zugefügt, was man einem anderen Menschen zufügen konnte und dieses Unrecht wog doppelt, eben weil sie ihre Mutter war. Mütter beschützten ihre Kinder gegen jedes Unheil und wurden zu reißenden Wölfinnen, wenn ihren Kindern Unheil drohte, sie lieferten sie nicht dem Unheil bewusst aus. Sie hasste ihre Mutter, aber sie wusste einfach nicht mehr weiter. Verzweiflung machte sich in ihr breit und sie begann hemmungslos zu schluchzen. Fast zehn Minuten hielt ihr Weinkrampf an, dann sank sie erschöpft in die Kissen zurück und ihre Augen fielen wie von selbst zu.

02. Januar 2018 – Dienstag, 14:00 Uhr

Das Schrillen der Türklingel riss sie aus ihrem Schlaf. Laura wusste im ersten Moment nicht, wo sie war. Sie stand auf, torkelte regelrecht zur Tür und öffnete sie.

„Mein Gott, was ist denn mit dir passiert?" Max stand in der Tür und starrte sie entsetzt an. „Bist du krank?"

„Nein, nein", beruhigte sie ihn. „Ich habe geschlafen, mir war heute Morgen nicht so gut."

„Brauchst du einen Arzt?" Max war sehr besorgt, denn so hatte er Laura noch nie gesehen.

„Nein, komm rein." Sie trat einen Schritt zurück und ließ ihn eintreten. „Aber ich muss mit dir reden. Es ist dringend."

Max folgte ihr ins Wohnzimmer und ließ sich am anderen Ende des Sofas nieder. Laura kauerte sich wieder mit hochgezogenen Beinen in die Ecke.

„Ich weiß nicht, wie ich es dir sagen soll", begann sie zögernd. „Ich habe Mist gebaut."

„So schlimm wird es schon nicht sein", versuchte Max, sie zu beruhigen. „Wir werden das zusammen wieder hinkriegen, egal was es ist."

Laura schüttelte verzweifelt mit dem Kopf. „So einfach ist das leider nicht." Ihre Augen füllten sich wieder mit Tränen. Sie blickte Max mit unendlicher

Traurigkeit an – und dann begann sie, alles zu erzählen. Sie ließ nichts aus, war schonungslos gegen sich selbst, aber mit jedem Wort, das aus ihrem Mund kam, spürte sie auch die Erleichterung, die ihr dieses Geständnis verschaffte.

„Hasst du mich jetzt?", fragte sie, als sie geendet hatte.

Max war einen Augenblick lang sprachlos. „Nein, natürlich hasse ich dich nicht. Aber wir müssen den Schaden begrenzen, soweit wir das noch können. Zuerst werde ich zum Haus deiner Mutter fahren und sie befreien. Ich denke, ich kann sie davon überzeugen, keine Anzeige gegen dich zu erstatten. Und danach", er hasste, was er ihr jetzt sagen musste, „gehen wir zur Polizei und du packst aus. Anders geht es nicht."

Laura nickte ergeben. Das Spiel war aus und dieses Mal gab es keine Gewinner.

03. Januar 2018 – Mittwoch, 09:30 Uhr

Laura Bayer wurde nach ihrer Festnahme am Abend zuvor, nachdem sie sich gestellt hatte, zu einem ersten Verhör in den Vernehmungsraum des Präsidiums gebracht. Sie hatte angegeben, auf einen Anwalt zu verzichten. Sie wusste, dass das Spiel aus war und wollte reinen Tisch machen.

Robert und sein Kollege Dennis Winterberger nahmen gegenüber von der schlanken jungen Frau Platz, deren blaugrüne Augen von tiefen Ringen umschattet waren. Robert stellte das kleine Diktiergerät auf den Tisch.

„Frau Bayer, wir werden unser Gespräch aufzeichnen", begann er, „und alles, was Sie hier aussagen, kann auch später vor Gericht gegen Sie verwendet werden."

„Das ist mir bewusst", antwortete sie mit müder, aber gefasster Stimme.

„Was hat Sie dazu bewogen, diese Männer umzubringen?" Robert hatte sich entschieden, nicht lange um den heißen Brei herumzureden. Er hatte so lange auf diesen Moment gewartet, er konnte seine Zeit nicht länger mit Routinefragen verschwenden.

„Es hört sich an wie eine Räuberpistole", begann Laura Bayer zu erzählen. „Wie Sie wissen, bin ich von Beruf Rettungsassistentin. Eines Abends im August letzten Jahres wurden wir mit dem Rettungswagen zum St. Antonius-Heim gerufen. Als wir unseren Patienten transportfähig gemacht hatten, kamen wir an einer geöffneten Zimmertür vorbei, in der ein Mann stand – ein Mann, dessen Gesicht ich sofort wiedererkannte. Ein Mann, der mir unendliches Leid zugefügt hatte. Ich brauchte keinen Blick auf das Namensschild zu werfen, aber als ich es tat, wurde mein Erschrecken bestätigt. Es war Josef Zimmermann, einer der zahlreichen Liebhaber meiner Mutter. In diesem Moment war die Erinnerung an alles, was mir in meiner Kindheit passiert war, auf einmal wieder da. Von diesem Tag an plagten mich die Albträume schlimmer als je zuvor und in mir reifte der Plan, mich jetzt endlich zu rächen. Mir war klar, dass ich niemals einen Menschen mit einem Messer oder einer Pistole würde töten können, außerdem wollte ich auch eigentlich nicht, dass er leidet. Irgendwann kam mir die Idee mit dem Gift – ein schneller und schmerzloser Tod, aber ich hoffte, dass ich auf diesem Weg die Geister meiner Vergangenheit loswerden würde."

Sie nahm dankbar einen Schluck von dem Kaffee, den Robert ihr einschenkte.

„Warum haben Sie bei allen Opfern unterschiedliche Gifte verwendet?", fragte Robert weiter. Diese Frage hatte ihn während des gesamten Falles immer wieder beschäftigt.

„Der Hauptgrund war, dass ich Bedenken hatte, dass die Polizei sofort Verdacht schöpfen würde, wenn mehrere Männer an dem seltenen Gift Maitotoxin versterben würden. An sich hatte ich das Maitotoxin nur verwendet, weil es zu Herzversagen führt und bei einem älteren Mann durchaus als natürlicher Tod gewertet werden könnte. Wie sind Sie überhaupt darauf gekommen, dass es kein Herzversagen auf Grund einer dekompensierten Herzinsuffizienz war?", wollte Laura auf einmal wissen.

Robert beantwortete die Frage. „Auch das war ein Zufall", sagte er. „Einer jungen Pflegerin ist eine Einstichstelle aufgefallen, um die sich eine Nekrose gebildet hatte. Sie ist dann zur Polizei gegangen und die Polizisten sind zu uns gekommen."

Laura lachte auf. „Das ist doch verrückt. Da fliegt alles nur auf, weil ich bei der Injektion nicht umsichtig genug gewesen bin." Sie schüttelte den Kopf. „Vielleicht hat es so kommen sollen."

„Wie haben Sie die anderen Männer gefunden?"

„Ich habe nach dem Tod von Josef Zimmermann, der mir Genugtuung verschafft hatte, angefangen zu recherchieren. In der Zwischenzeit konnte ich das Rizin aus den Bohnen des Wunderbaums herstellen, den ich in einem kleinen, verlassenen Gewächshaus hinter dem Blumenladen, in dem ich ab und zu arbeite, gezogen hatte. Ich hatte die Adresse von Franz Mühlbauer herausgefunden und ihn beobachtet, bis ich mit seinen Gewohnheiten und denen seiner Frau vertraut genug war, um den richtigen Augenblick abzupassen. Und ich wusste, dass Hans-Joachim Hofer regelrecht süchtig nach Süßigkeiten war, ganz besonders nach Bitterschokolade, denn meine Mutter hat immer nur die edelsten Sorten gekauft, wenn er abends vorbeikam." Ihre Stimme klang nun bitter und sie tat Robert leid.

„Wissen Sie", fuhr sie nun fort, „was das Paradoxe und Widersinnige an der ganzen Geschichte ist? Mein Beruf ist es eigentlich, Leben zu retten und nicht Leben zu nehmen. Und genau das habe ich jetzt getan. Ich fühle mich furchtbar, wenn ich in den Spiegel schaue."

Robert wusste nicht, was er dazu sagen sollte. Sein Beruf war es, Verbrecher zur Strecke zu bringen, aber an Tagen wie diesen hasste er seinen Job. Sicher, Laura Bayer war eine Mörderin im Sinne des Gesetzes, doch er wollte und konnte diese junge Frau, die ihm dort gegenüber saß, nicht für das verurteilen, was sie getan hatte. Was war ihr alles Grausames angetan worden, dass sie so verzweifelt werden ließ, dass sie diesen Weg gewählt hatte? Und wie grausam musste der Zufall ihr mitgespielt haben, dass sie nach Jahren einem ihrer Peiniger über den Weg lief?

Dennis Winterberger ergriff das Wort. „Was war mit der Entführung Ihrer Mutter?"

Laura Bayer seufzte. „Sie ist eigentlich die Wurzel allen Übels. Ihr ganzes Leben drehte sich um Männer und ihre Affären. Damit hat sie erst meinen Vater in den Tod getrieben, danach gingen die Männer bei uns ein und aus. Irgendwann war ihren Männern der Sex mit ihr wohl nicht mehr genug, da hat sie ...", sie brach ab und verbarg das Gesicht in den Händen. „Da hat sie ihnen dann erlaubt, nachts auch zu mir zu kommen – nur, damit sie nicht verlassen wurde und weiter ihren irrsinnigen Träumen von der großen Liebe nachjagen konnte."

„Sie hat, sie hat wirklich ihre Liebhaber nicht zurück gehalten?" In Robert stieg eine unbändige Wut auf. Diese Frau hatte das Leben ihrer Tochter wissentlich zerstört und sie würde ungestraft davonkommen. In diesen Momenten wusste er nicht mehr, was Gut und Böse war und wie er damit umgehen sollte.

„Frau Bayer, es ist ganz wichtig, dass Sie uns alles erzählen, was damals vorgefallen ist", sagte er eindrücklich zu der jungen Frau. „All das kann im

Prozess sehr wichtig für Sie sein. Ich würde gerne auch Alena Konstantin dazu holen, die Sie ja schon kennen. Sie kann Sie therapeutisch begleiten."

Laura Bayer zuckte apathisch mit den Schultern. „Wenn Sie meinen, dass mir das helfen kann, verlasse ich mich auf Ihre Erfahrung und Ihren Rat. Auch wenn ich nicht glaube, dass mir noch etwas oder jemand helfen kann."

„Doch, da bin ich mir sicher, dass wir Ihnen helfen können", widersprach Robert entschlossen. Er wollte dieser jungen Frau helfen, so gut er konnte.

Epilog

Die Verhandlung gegen Laura Bayer fand erst im Juni 2018 statt. Sie dauerte mehrere Tage, auch wenn die Verdächtige ein umfassendes Geständnis abgelegt hatte. Doch die Staatsanwaltschaft interessierte sich nicht nur für die Taten, sondern auch für die Hintergründe. Sie wollten nicht einfach nur eine Täterin verurteilen, sondern das Gesamtbild erfassen.

In zahlreichen Sitzungen mit erfahrenen Psychologen, in denen unter anderem auch Hypnose angewandt wurde, erfuhren die Beamten von dem jahrelangen Missbrauch, dem Laura Bayer durch die zahlreichen und häufig wechselnden Liebhaber ihrer Mutter ausgesetzt gewesen war. Diese schweren seelischen und körperlichen Misshandlungen, sowie die Tatsache, dass Laura den Selbstmord ihres Vaters nie verwunden hatte, wirkten sich bei der Urteilsfindung als mildernde Umstände aus. Sie wurde als nur eingeschränkt schuldfähig von den Ärzten beurteilt und erhielt eine Haftstrafe von zehn Jahren unter der Auflage, dass sie in ihrer Haft regelmäßig eine Therapie besuchte.

Ihr alter Schulfreund Max besuchte sie jede Woche mindestens einmal in der Untersuchungshaft und setzte seine Besuche auch in der Haft unbeirrt fort. Er hatte seine Freundin Laura wiedergefunden und wollte sie trotz allem, was geschehen war, nicht wieder verlieren. Ein wenig fühlte er sich mitschuldig, denn einerseits hatte er es nicht geschafft, sie zu beschützen, und andererseits war er letztlich derjenige gewesen, der sie dazu überredet hatte, das Geständnis abzulegen, das schließlich zu ihrer Verhaftung führte.

Eine Woche nach Laura Bayers Verhaftung, am 10. Januar, entband Marina Thomas einen gesunden Jungen, der auf den Namen Maximilian getauft wurde. Im Rahmen der Taufe im Juni schlossen Marina und Hartmut dann auch den Bund fürs Leben, was mit einer großen Gartenparty mit vielen Kollegen gebührend gefeiert wurde.

Tom, Hanno und Pauline bestanden im März ihr Abitur und schmiedeten Pläne für die Zukunft.

Tom wollte bis zu seinem Ausbildungsbeginn am 1. Oktober bei der Polizei ein Praktikum machen, um in die verschiedenen Zweige der Polizeiarbeit hineinzuschnuppern. So ging er zum ersten 1. Juni für vier Monate nach Koblenz. Naturlich hätte er das in Hannover tun können, er hatte sich jedoch für einen Praktikumsplatz in Koblenz beworben, um nicht als Sohn von Kriminalhauptkommissar Kunz anders behandelt zu werden. Und in seinem Praktikum wartete eine Menge Spannendes auf ihn.

Pauline begann am 1. Juni ein Freiwilliges Soziales Jahr, in dem sie eine Ausbildung zum Rettungssanitäter machte, bevor sie ihr Lehramtsstudium beginnen wollte.

Hanno blieb in Hannover und begann seine Ausbildung zum Notfallsanitäter bei der Berufsfeuerwehr in Hannover – eine Entscheidung, die seinem Vater, der seinen Sohn am liebsten in einer Verwaltung oder Bank gesehen hätte, die Haare zu Berge stehen ließ. Er stellte umgehend alle Zahlungen ein und teilte seinem Sohn mit, er könne sich bei ihm melden, wenn er wieder zur Vernunft gekommen sei. So lebte Hanno weiter bei Anna und Robert im Gästezimmer.

Bei Anna und Robert kehrte Mitte Januar wieder Ruhe und Frieden ein, denn Annas Mutter bekam den Job in der Blumenhandlung, der nach Laura Bayers Verhaftung vakant geworden war, Robert hatte darüber hinaus ein kleines, erschwingliches Einzimmer-Apartment gefunden, in das sie sie unter großen Protesten einquartiert hatten. Natürlich hatte Gertrud Mahler nach wie vor an allem etwas auszusetzen, aber letztlich fügte sie sich in ihr Schicksal – auch, weil sie wusste, dass sie keine andere Wahl hatte.

E N D E